海明威全集

渡河入林

Across the River and Into the Trees

〔美〕海明威 著

雪 茶 译 俞凌嫡 主编

中国出版集团 现代出版社

图书在版编目（ＣＩＰ）数据

渡河入林 /（美）海明威著；雪茶译. — 北京：
现代出版社，2018.6
（海明威全集 / 俞凌娣主编）
ISBN 978-7-5143-7124-6

Ⅰ. ①渡… Ⅱ. ①海… ②雪… Ⅲ. ①长篇小说－美
国－现代 Ⅳ. ①I712.45

中国版本图书馆CIP数据核字（2018）第109911号

渡河入林

著　　者　（美）海明威
译　　者　雪　茶
主　　编　俞凌娣
责任编辑　杨学庆
出版发行　现代出版社
地　　址　北京市安定门外安华里504号
邮政编码　100011
电　　话　010-64267325　64245264（传真）
网　　址　www.1980xd.com
电子邮箱　xiandai@cnpitc.com.cn
印　　刷　三河市金元印装有限公司
开　　本　880mm×1230mm　1/32
印　　张　9
版　　次　2019年1月第1版　2019年1月第1次印刷
书　　号　ISBN 978-7-5143-7124-6
定　　价　45.00元

序

众所周知，海明威是一个生活经历异常丰富的知名作家，同时也是一个在世界上享有盛名并且写作风格鲜明的文学大师。海明威复杂的生活经历描绘了他所有作品的故事曲线，也构成了他作品中丰富多彩的主题。

首先，就个人浅见，有必要剖析一下海明威的成长经历。海明威出生于美国芝加哥以西的一个郊区城镇，人口并不密集，因此给了海明威一个平静、安逸的童年生活。幼时的海明威喜欢读图画书和动物漫画，听稀奇古怪的故事，也热衷于缝纫等各种家事。少年时期，他更喜欢打猎、钓鱼，内心充满了对大自然的好奇与敬畏，这一点在他多部作品中都有体现。在初中时，海明威为两个文学报社撰写文章，这为他日后成为美国文学史上一颗璀璨的明星打下了基础。高中毕业以后，海明威拒绝上大学，他到了在美国媒体具有举足轻重地位的《堪城星报》当了一名记者。虽然他只在《堪城星报》工作了 6 个月，但这 6 个月的时间，使他正式开始了写作生涯，并且在文学功底上受到了良好的训练。1918 年，第一次世界大战爆发，海明威不顾家人反对，毅然辞掉了工作，去战地担任了一名救护车司机。战场上的血流成河，令海明威极为震惊。由于多次目睹了战争的残酷，给海明威的创作生涯提供了丰富的素材和灵感。在他早期的小说《永别了，武器》中，他进行了本色创作，揭示了战争的荒唐和残酷的本质，反映了战争中人与人之间的相互残杀以及战争对人的精神和情感的毁灭。1923年海明威出版了处女作《三个故事和十首诗》，使他在美国文坛崭露头角。1925年。海明威出版了《在我们的时代里》这一短篇故事系列，显现了他简洁明快的写作风格。继而海明威出版了多部长篇小说和大量的短篇小说，令他成为了美国"迷惘的一代"作家中的代表人物。《老人与海》获得了1953年美国的普利策奖，并有助于他获得1954年的诺贝尔文学奖，将海明威推上了世界文坛的制高点，可以说，《老人与海》是他文学道路上的巅峰之作。

其次，海明威的感情生活错综复杂，给海明威的作品增添了大量的情感元素。海明威有过四次婚姻经历，这些经历赋予了海明威不同寻常的爱情观。司各特·菲茨杰拉德曾打趣道："海明威每写一部小说都要换一位太太。"连他自己都没有想到，竟然一语成谶。世人皆知，海明威有四大巅峰之作，分别是《太阳照常升起》《永别了，武器》《丧钟为谁而鸣》和《老人与海》，在时间上，他的确先后娶了四位太太。据考证，1917年海明威和一位护士相爱，但是不久后，这位护士便嫁给了一位富有的公爵后代。海明威对爱情始终抱有完美主义，所以这样的结局令海明威无法接受，甚至愤恨。因此，海明威常常将女人比作妖女，这一点在他的多部作品中有所反映。1921年，海明威与他的第一任妻子哈德莉结婚，但是婚姻观的差异最终使两人分道扬镳。不得不说，哈德莉对海明威的文学创作起到了至关重要的作用。在她的帮助下，海明威学会了法文并结识了著名女作家斯泰因。这段时期，海明威佳作不断，哈德莉却毫无成长，这导致两人的婚姻关系更加恶劣。1926年海明威出版了《太阳照常升起》，这部小说使他声名大噪，也间接宣告了海明威与哈德莉婚姻关系的破裂。1927年，海明威与第二任妻子宝琳结婚，两人在佛罗里达州和古巴过了几年宁静而美满的婚姻生活。海明威在这几年中完成了他的不朽名作《永别了，武器》。然而，没过几年，海明威对宝琳开始厌倦，他遇见了他的第三任妻子——战地女记者玛莎。最开始，海明威以玛莎为荣，并为她创作了《丧钟为谁而鸣》，令人叹息的是，这对最为相配的夫妻也在 1948 年结束了婚姻关系。海明威的第四任妻子维尔许是一名战时通讯记者，研究分析政治和经济形势，为三大杂志提供背景资料。婚后，维尔许放弃了自己的工作，专心照顾家庭，但这仍未给两人的婚姻关系带来一个美满的结局。1961 年，海明威在家中饮弹自尽，享年 62 岁。

对大自然的喜爱之情和对生命的敬畏丰富了海明威小说五彩斑斓的主题，纷然杂陈的情感生活和不同寻常的生活环境造就了海明威作品中跌宕起伏的故事情节。因此，海明威的每篇长篇小说、短篇小说、新闻及书信都有着鲜明的个人风格。海明威用最简洁明了的词汇，表达着最复杂的内容；用最平实轻松的对话语言，揭示着事物的本来面貌。他的每部小说不冗不赘，造句凝练，丝毫没有矫揉造作之感。即使语言简洁，但是海明威的故事线索依然清晰流畅，人物对话依然意蕴丰富。海明威曾这样形容自己的写作风格："冰山在海里移动之所以显得庄严宏伟，是因为它只有八分之一的部分露出水面。"这无疑是个非常恰当的比喻，十分形象地概括了海明威对自己作品的美学追求。海明威最开始创作了众多短篇小说，使他在文坛新秀中占有一席之地，后来《太阳照常升起》的出版，奠定了他在"迷惘的一代"代表作家中的超然地位。"迷惘的一代"是美国两次世界大战期间涌现的一类作家的总称，他们共同表现出的是对美国社会发展的一种失望和不满。他们之所以迷惘，是因为这一代人的传统价值观念完全不再适合战后的世界，可是他们又找不到新的生活准则。海明威将"迷惘"这一形容词表现得淋漓尽致，他用深刻而典型的对话将第一次世界大战后青年的彷徨与迷惘的心声书写出来。可以说海明威的大量文字都散发着战时与战后美国青年对现实的绝望。海明威不只竭尽所能地发挥着对"迷惘"的认知，同时也表现着海明威内心的"硬汉观"。海明威一向以文坛硬汉著称，他是美利坚民族的精神丰碑，代表着美国民族坚强乐观的精神风范。在《老人与海》中海明威用鲨鱼等塑造了一个"人可以被消灭，但是不可以被打败"的硬汉形象，同时也反映了海明威英勇、坚定的生活态度。海明威的众多作品中不仅充斥了"迷惘""硬汉"等思想，不可忽视的还有他对自然与死亡的理解。作为一个对生命有着独特理解的文学大家，海明威形成了对死亡的坦荡、豁达的人生态度。《午后之死》就明确指出："所有的故事，要深入一定程度，都以死为结局，要是谁不把这一点向你说明，他便不是一个讲真实故事的人。"海明威想要表达"死亡是人生的终点，任何人不可逃避"这一观点。《老人与海》中也有海明威对自然生态的想法，海明威利用圣地亚哥、环境、鱼类的关系形象地阐述了：人不能过于追求物质享乐，要尊重自然、节省资源、保护生态环境，才能达到人与自然的和谐。总之，海明威光彩夺目的主题思想和艺术风格都在探究着人类文明进程中对生命的思考。

海明威的创作经历了一个复杂的发展变化过程。在海明威早期的作品中，海明威表达对西方资本主义日趋腐朽的绝望和内心痛恨战争的不满情绪，文字中蕴藏着一种悲观和颓废的色彩。海明威在创作中期才改变了这种思想，开始对西方资本主义和战争的本质有了新的认识，这是海明威心理历程上的一个重大发展。海明威的后期作品依旧延续着早、中期的写作风格和迷惘情绪，但是比早、中期的作品反映的情绪更加明显。值得一提的是，海明威的创作中也充斥了大量的意识流和含蓄表达，从而使读者在真假变换中感受到人物或强烈、或浪漫的内心世界。

为了方便海明威文风的欣赏者了解海明威，我们特出版海明威全集系列丛书，其中包含海明威的多部小说、书信、新闻稿以及诗等作品。读者可从中感受到海明威享受心灵的自由却求索不得的无奈，也可感受到海明威对内心对生命最强烈的回响。海明威的作品无论在中心思想层面，还是语言风格上都有其独到之处，因此他的作品读来令人回味无穷。对于欣赏者来说，要具备独特的艺术鉴赏力和审美修养才能发掘海明威"海面下的宏伟冰山"，从而产生更多对生命的思考。

目　录

第一章 ……………………………………………………………………… 1

第二章 ……………………………………………………………………… 7

第三章 ……………………………………………………………………… 11

第四章 ……………………………………………………………………… 20

第五章 ……………………………………………………………………… 31

第六章 ……………………………………………………………………… 38

第七章 ……………………………………………………………………… 54

第八章 ……………………………………………………………………… 66

第九章 ……………………………………………………………………… 75

第十章 ……………………………………………………………………… 98

第十一章 …………………………………………………………………… 101

第十二章 …………………………………………………………………… 110

第十三章 …………………………………………………………………… 144

第十四章 …………………………………………………………………… 152

第十五章 …………………………………………………………………… 157

第十六章 …………………………………………………………………… 159

第十七章 …………………………………………………………………… 162

第十八章 …………………………………………………………………… 166

第十九章 …………………………………………………………………… 169

第二十章 …………………………………………………………………… 172

第二十一章 …………………………………… 175

第二十二章 …………………………………… 180

第二十三章 …………………………………… 183

第二十四章 …………………………………… 187

第二十五章 …………………………………… 190

第二十六章 …………………………………… 192

第二十七章 …………………………………… 195

第二十八章 …………………………………… 201

第二十九章 …………………………………… 205

第三十章 ……………………………………… 213

第三十一章 …………………………………… 223

第三十二章 …………………………………… 225

第三十三章 …………………………………… 227

第三十四章 …………………………………… 232

第三十五章 …………………………………… 234

第三十六章 …………………………………… 238

第三十七章 …………………………………… 241

第三十八章 …………………………………… 246

第三十九章 …………………………………… 251

第四十章 ……………………………………… 254

第四十一章 …………………………………… 263

第四十二章 …………………………………… 269

第四十三章 …………………………………… 272

第四十四章 …………………………………… 275

第四十五章 …………………………………… 276

第一章

他们在天亮前两小时就启程。一开始，所有的船只都依次而行，在水道中沿途的冰块并没有形成阻碍，小船平稳快速地前行着。每只小船的船尾处都站着一个船夫，他们的身影隐藏在黑暗中，模糊不清。他们用长桨划行，沿途留下哗哗的流水声。狩猎者坐在一只打猎凳上，凳子被牢牢固定在甲板上的一个木箱盖子上。箱子里装着午餐，还有足够多的猎枪子弹。不远处的甲板上还放着一些木质的鸭子，这些木制的鸭子是用来浮在水面当诱饵的。木质架子上放着狩猎者的猎枪，可以看到至少有两支，当然或许有更多。每只船的甲板上都放着一只口袋，里面或装着一两只活的雌野鸭，或是一只雌的和一只雄的。每条船上还带着一只猎犬，黑暗中每当有野鸭飞过，这些狗儿都会变得有些躁动，发出呼噜噜的警示声，甚至会在甲板上来回窜动巡视。

他们一行共有六艘小船，其中四艘沿着主干道的方向前行，一艘则向旁边的一条支流驶去，另一艘则停留在南边的一处浅滩区。

河中的冰面是新结的。就在昨晚，一场巨大的寒流悄然席卷了这个城市，使得整个河面都被厚厚的冰层覆盖着。冰层十分坚硬，还带着一点儿韧性。通常遇到这种情况，船夫会在冰面上凿开一个凹坑，然后用船桨用力一戳；紧接着就听见"咔嚓"的声音，冰面就像玻璃窗一样尖锐地碎裂开来。但是冰面十分宽广，小船并没有因此向前移动多少。

"请将另一支桨递给我。"第六条船上的狩猎者说。他稳住身体，小心翼翼地站了起来。漆黑的夜空传来翅膀拍打的声音，那是野鸭飞过的声音。这让甲板上的猎犬又开始躁动起来。从北面也传来冰面碎裂的声音，那是其他几艘船也在破冰前行。

"小心点儿，"船夫站在船尾提醒，"你可别把整艘船都弄翻了。"

"我也是个船夫。"狩猎者说。

船夫递给他一把长船桨，狩猎者接过来将船桨调了个个儿。他双手握住桨叶，桨柄对着冰面，稳稳地举起桨，用力向前朝冰层下凿去。当船桨透过冰层顶到湖底，他整个人都趴在宽厚结实的桨叶上，运用身体的力量带动船桨向后方推动，直到船桨与船身平行，再将船桨抽回来放到船尾。就这样，狩猎者站在船头驾驶着小船，不停地重复着刚才的动作，一路上凿开前面的冰层，破冰前行。冰面像一块平玻璃一样碎裂开来，船身压在碎冰块上嘎嘎作响。船夫站在船尾，用力拿桨推开碎冰，好让小船能顺利前行。

这样一直用力地滑行，不多久狩猎者也感到有些疲倦，厚厚的棉衣下开始微微冒汗。他稍微停了一下，转身问船夫："我们打猎的大木桶应该放在哪里？"

"就在我们的左边，下一个湖湾中间。"

"那不如我们现在掉头往那边行驶吧？"

"当然可以，如果你愿意的话。"

"你这话是什么意思？这难道是我一个人的事情吗？还是你觉得这水会带着我们去哪儿？"

"现在正在退潮。谁知道呢？"

"如果我们再不快点儿，等我们到那里的时候早就天亮了。"

船夫没有回答。

船夫的回答，让狩猎者十分生气，他在心中暗骂他是个脾气粗暴的蠢货。他开始担心今天的收获，尤其现在他们已经走了三分之二的路程。如果船夫担心工作烦琐费力，不愿意打碎冰面前往那里去打野鸭的话，那绝对是一件糟糕的事情。

"用力推啊，蠢货。"狩猎者生气地催促道，不过他说的是英语。

"你说什么？"船夫用的是意大利语，他不明地问道。

"我说。让我们快点前进吧，天快亮了。"

他们来到安放打猎桶地点的时候，天早就亮了。狩猎者们的打猎桶是用橡木做成的，被直接固定在湖底。浅湾周围是一片长满芦苇和杂草的斜坡。杂草上结起了冰粒，狩猎者小心地走在上面，沿途发出咔嚓咔嚓的声响，那是杂草断裂的声音。小船上，船夫把固定好的打猎凳和子弹箱交给狩猎者。狩猎者俯身将它们安进大木桶的底部。

狩猎者穿着一双高筒靴，身上是一件老旧的作战夹克，肩上的金星也早已脱落，只留下几个细小的针孔，反倒是他的左肩上有着一块让人看不懂的补丁。他迈开步子，爬进狩猎桶，船夫把他的两杆枪递给他。

狩猎者蹲在桶里，先把枪靠在木桶内壁，然后在两杆枪之间钉着铁钩的地方挂上子弹袋，最后再把枪靠在子弹袋旁边。

"你那有水吗?"他问船夫。

"没有。"船夫回答。

"那这环礁湖的水可以喝吗?"

"不可以，湖水太脏，喝了对身体不好。"

一路上破冰前行，狩猎者已经十分口渴了。船夫的回答让他感到愤怒，却又不得不忍住自己的脾气，只能略带怨气地说道："那需要我过去帮你撑船破冰和放诱饵吗?"

"不需要。"船夫生冷地答道，狩猎者的话让他感到不快，他开始将怨气发泄到周围的冰上。他就像个野蛮人一样，粗暴地将船撞向周围的薄冰处，船下不断传来冰面碎裂的声音。接着他用宽厚的船桨将周围碎裂的冰块捣碎撑开，然后弯下腰，拿出那些木制的鸭子诱饵向身后和船外抛去。

他的脾气可真差劲，好像一只不讲理的野兽一样，狩猎者心想。撑船本来就是他应该做的事，我一路上像一匹马一样拼命干活儿帮忙，他却怒气冲冲，究竟是谁惹了谁? 如果他是个打猎的，我现在要干的工作，难道他不是一样要干吗?

他将凳子放到一个极佳的位置，好让它能向左右两边随意转动。他将几个子弹盒拿了出来，其中一个全部放进了随身的口袋中，另外几个则都倒进挂在桶内壁的子弹袋里，这样做让他可以在需要弹药时随时取出来。黎明前的曙光将整个湖面照得晶莹剔透，如宝石般闪亮。波光粼粼的湖面上显出黑色的船身和船夫强壮的身影。他一边用桨叶破冰前行，一边甩手扔着诱饵，仿佛在扔掉令人憎恶的东西。

　　狩猎者向湖湾对面的那片堤岸看去，他知道在堤岸的另一边同样也安放着两个打猎桶。此时借着天光，他已经能看到堤岸最低的地方了。距离湖湾更远的地方则是一大片沼泽，穿过沼泽便是一望无际的大海了。他将子弹装进两支猎枪，又仔细看了看正在抛囮子①的船夫的位置。

　　忽然，背后传来翅膀拍打的声音。只见两只野鸭盘旋着从昏暗的天空中向湖面的斜坡飞来，它们用力地拍打着翅膀，声音越来越近，越来越响。见此他轻轻地蹲下身体，小心翼翼地隐蔽起来，同时悄悄拿起靠在木桶右壁的猎枪。在野鸭渐渐靠近的时候，慢慢地从桶里站了起来，打算把这两只野鸭打下来。

　　他举起猎枪，低头抵住枪托，仔细瞄准着，猎枪随着目标慢慢转动，枪口渐渐朝下。只听见"嘭"的一声，他先是瞄准第二只野鸭，只不过他没有对准目标，而是略微向前开了枪。随即，不及查看结果，他又将枪口指向另一只野鸭，看到受到惊吓的野鸭在往左上方飞，他再次向左上方迅速扣动扳机，整套动作迅捷平稳，没有丝毫拖泥带水。枪声响起，那只野鸭顿时像被抽去了力气一般，翅膀无力地低垂，自天空坠落了下来，落在那一堆放着诱饵的碎冰中间。他回头看了看，第一只被打下来的野鸭也掉在那附近的碎冰上，看上去就像一堆黑色的东西。他知道自己在打第一只野鸭的时候是很谨慎的，完全是等那只野鸭飞到离小船右边很远的地方后才开枪；而在打第二只的时候，枪口远远指着左上方的高空，等到野鸭飞到那里时才扣动扳机，以免误击了小

---

　　①　一种木制的诱饵。

船和船上的船夫。狩猎者对自己的这次射击非常满意，他暗自高兴，觉得自己考虑周详，既没有对小船造成任何影响，又完成了对目标的完美击杀。尤其他在射击的瞬间，已经确定了队友的位置，刻意在射击时避开了。他觉得这是自己作风严谨的表现。他高兴地想着，拿出子弹装进猎枪。

"你个笨蛋，不要往船这边开枪，会射到我的！"船夫在远处怪叫着。

狩猎者心中暗想：我怎么会向船那边开枪，那岂不是和你一样是个可怜的笨蛋！

"安心放你的囤子吧，"狩猎者对着船夫大喊道，"你要快点弄完，在这以前我只会射击天上的野鸭，不会往你那边的湖面开枪的。"

船夫回答了几句话，但是狩猎者一点儿也没听清楚。

我为什么要跟他解释？那只是个自以为是的笨蛋。一路上我主动帮他撑船破冰，干得比他都多，而他竟然一直在跟我闹脾气，难道他没有看到我刚刚的射击是多精准吗？还是他以为我会像他一样愚蠢，会把他当野鸭来射击。真是个无理取闹的蠢货，我竟然会跟这种人生气！我干吗要去搭理那个笨蛋？还好我刚刚主动帮他去破冰放囤子，不然还不知道他会是怎样的表现呢！狩猎者心想道。

在湖面的右边，船夫仍然怒气冲冲地用桨叶凿冰面、抛囤子。他的脸上写满了愤怒，似乎每一个动作都在发泄愤怒，看起来粗鲁而又愚蠢。

狩猎者觉得不能让船夫的愚蠢来影响自己的狩猎，更不能让他坏了自己打猎的心情。如果太阳还不能把这些薄冰融化，那么今天就打不了几只鸭子了，很有可能就只能打到那么一些。对于打猎，你需要抓住每个机会来获得猎物，因为你不知道自己今天会有多少这样的机会，狩猎者清楚地知道这一点。

天空已经被阳光照亮，堤岸后的沼泽地和湖面在阳光的照射下闪着亮光。狩猎者站在木桶里，他向前凝视，目光穿过湖面和沼泽。更远处是连绵起伏的群山，山顶白雪皑皑。因为他坐在嵌在湖底的木桶里，地势低矮，看不见群山底部，这让山峰看起来十分突兀，仿佛是从平原上拔地而起。当他看着远处群山的时候，他感到有微风拂过脸颊。他知道，随着太阳的升起，风儿会从那里吹过来，等风惊动那些鸟儿的时候，它们就会从海上飞过来。

此时船夫放好了所有的圈子，他把那些木制的诱饵分成两个部分，一部分分散在船头的左前方，那里正好对着太阳升起的方向，另一部分则抛在了狩猎者的右侧。然后他取出一个活着的母鸭子，用一块小铁锚系在它的脚上，再把这只小母鸭放进水里。母鸭一进入水中，就变得生龙活虎起来，它时而潜在水下，时而露出脑袋，活蹦乱跳的母鸭一进到水里就往来反复、旁若无人地游来游去，钻进钻出，不一会儿就浑身湿透了。

"你能把周围的冰凿得更宽阔些吗？现在这儿冰面还是太多，能够入水的地方还是太少，可能吸引不到鸭子们飞下来。"狩猎者向船夫喊道。

船夫没有回答，他心里很清楚，那些锯齿状的冰块儿边缘根本不需要凿开，这些冰层在这里根本就无关紧要。所以他只是默不作声地举着船桨开始凿起冰来，并没有做出任何回应。但是狩猎者却不了解这些规则，他看着船夫，心里想着：这个人到底是怎么回事？一路上都显得难以相处。但是这次狩猎决不能让他给毁了。我的计划完美无缺，可不能让他给我搞砸了。我现在打出去的每一枪说不定都是最后一枪。我决不会允许哪个蠢货来进行任何破坏。"放松心情，控制住情绪，千万别发火，小伙子。"他自言自语道。

第二章

　　但是很显然，已经五十岁的他不再是什么小伙子了。他曾经是美国服役的陆军上校，来威尼斯狩猎之前，医生给他做身体健康检查时，为顺利通过，他下意识地服用大量的甘露六硝酯。虽然之后他自己也说不清楚到底为什么要吃那些东西。

　　军医看着检查数字，露出十分怀疑的神情。但是当他进行完第二次测量后，还是将最终数字记在了检查结果表上。

　　"虽然从检查结果上看不出来你有什么病，但可以看出来你的眼部和脑部里面有很大的压力，这种表现是与你检查结果正好相反的现象。这点你要明白。"军医这样说那是在他来威尼斯成为一名猎人之前，当时他还是美国步兵团的一名将军，军衔是陆军上校。对于军医的质疑，他只得貌似无辜地说道："我不明白你这话的意思。"

　　"我们相互认识已经很久了，上校，"军医若有所指地说，"或者看上去已经很久了。"

　　"的确很久了。"上校回答道。

　　"我们这样说话就好像在编歌词一样，"军医说，"我得提醒你一下，以你现在的身体状况，你最好不要接近那些巨大的金属物品。你身体里全都是硝化甘油，所以不要靠近任何火源。哪怕一丁点儿小火星也能把你点着。噢，上帝，或许我应该去找一根铁链拴在你身上，就像那些装运燃料的大型卡车一样拖在地上，用来保证你的安全。"

　　"我的心电图一切正常吗？"上校问。

　　"你的心电图看上去十分完美，上校先生。就好像一个二十五岁的年轻心脏，充满着强劲活力，即便那些十九岁的男孩们也不能比你好到哪里去。"

"听起来十分不错。那么，你还有什么需要补充的呢？"上校问道。

因为过多服用甘露糖醇六硝酸的原因，此时他只想尽快结束这段谈话。胃里不断传来恶心难受的感觉，他急需回家睡觉来缓解这种状况，当然可能还需要吃上一片安眠药。我真应该把那本小战术手册写完，它正好能给那些突击排学习。他这样想着。真希望我能告诉他那件事的真相。我怎么就不能请求法庭给我一些更多的宽恕呢？你永远也不能这么做！他告诉自己，你必须一直向他们表明你的清白和无罪。

"你的头部受过多少次严重的撞击？"军医问他。

"这都在我 201 号的档案里，这点你应该是知道的。"上校这样说。

"曾经有多少次你被击中了头部？"

"哦，上帝，"上校对着他说，"你这样问是军医的职责还是作为朋友对我的关怀呢？"

"当然是作为你的朋友才这样问的，难道你以为我是在故意揭你的伤痛吗？"

"当然不是，韦斯。我很抱歉，只是你到底想知道些什么？"

"关于你脑部震荡的情况。"

"真正发生的那些？"

"嗯，所有的情况，只要出现了失去意识又会想不起来的情况都算。"

"最少七次吧，当然如果算上打马球的那三次，应该是差不多十次吧。"上校回答说。

"噢，上校先生，你的情况还真是让人担忧，真是一段倒霉的经历。"军医说。

"那么，我现在可以离开了吗？"上校问。

"当然可以，上校先生，"军医说，"你的检查结果显示你的身体完全健康。"

"谢谢，"上校说，"你想去打猎不？在塔里亚蒙托的河口有一片沼泽地，非常适合打野鸭子。我有些意大利的朋友，就在科尔蒂纳，他们的庄园在那里，都是挺不错的人，我们可以一起去。"

"是不是他们打黑鸭的那个地方？"

"当然不是。在科尔蒂纳，那里是可以真正打到野鸭的地方。你知道的，就像我们小时候的家乡一样，绿头鸭、针尾鸭、赤颈凫，还有野雁。还有一群不错的孩子，有着不错的狩猎技巧，那情景，就像我们小时候。"

"噢，是的。我们那时是二十九、三十岁的小孩子。"

"这可不像是你说的话，有点像泄气的话。"

"你知道我根本不是那个意思，我的意思是我认为我打野鸭的技术并不好，我是个从小在城市里长大的孩子。"

"那你还真是个可怜的孩子。在我的印象里，城里长大的孩子通常都没什么出息的。"

"你是在开玩笑吧，上校先生？"

"当然是玩笑话，你知道我并不是个刻薄的人。"

"上校先生，你现在的状态非常好，"军医说，"很抱歉，我没办法和你一起去打猎享受乐趣了，我都不会扣动扳机。"

"真是活见鬼呀，"上校说，"不过无所谓。一般不是军队的人都不会开枪。但我就是希望你能待在我身边。"

"那么好吧，等等我再给你开一些药吧。这些药能保持你的身体状态，维持和增强你现在的体力。"

"啊，难道真的有这样的神药？"

"不过抱歉，现在还没有。虽然有人正在研究，但目前的确没有这样的药。"

"那就让他们慢慢研究吧。"上校说。

"我觉得你的态度很好，我为你感到高兴，上校先生。"

"好了，别胡扯了，"上校说，"你难道真的不愿意和我一起去吗？"

"当然不愿意。如果我想吃鸭子的话，我会去麦迪逊大街上的朗查普饭店，"军医说，"并且那里夏天有冷气，冬天还有暖气，我才懒得在太阳发出第一道光线前就起床穿上烦琐的长衫裤呢。"

"别说了，城市里长大的懒家伙。你永远不会知道狩猎的乐趣。"

"我又不想知道，"军医说，"你现在身体一切良好，上校先生。"

"谢谢你。"上校回答着，然后转身走了出去。

第三章

上面是前天发生的事。昨天上校就已经和司机从的里雅斯特①开车向着威尼斯前进了。他们行驶在那条蒙法尔科内到拉蒂萨那的老旧公路上，然后又穿过一片广阔的平原。他坐在前排座位上，身体放松地靠在椅背上，惬意地欣赏着窗外的美景。这些景色他已经相当熟悉了。

不过这些景色看上去好像咋都变样了，他心里揣摩着。可能是很久没有回来的原因吧？

唉，岁月不饶人啊！当年龄变得越来越大，周围的事物就变得好像小巧起来。道路比从前宽敞平坦了，又干净又整洁，没有大的灰尘飘扬。上校边看边想：想当年我还是个毛头小伙子的时候，随部队来到这里。那时候开的是军用大卡车，不过，我们也经常步行前进。当时我最大的愿望就是能在原地休息的时候，头上恰好有一大片遮挡太阳的树荫，附近的人家最好能有一口清凉甘甜的水井，最好是有水渠，有许多许多的水渠。

这时汽车转了一个弯，从一座临时搭建起来的桥上，快速跨过了塔里亚蒙托河。河流两岸的树木长势很好。在河水较深的地方，岸边还聚着不少的垂钓者。在那座被炸毁的桥梁上，工人忙碌地工作着，敲打铆钉的气锤不断地发出十分震耳的声音。从这里远远望去，离桥梁八百码左右的地方还残存着一些被炸毁的仓库和房屋，那些全都是隆盖纳②那年修建起来的。从建筑物被破坏的程度看，很显然轰炸机是把机上装备的全部炸药都毫不保留地丢在了那儿。

---

① 意大利东北部港口城市，当时是美、英部队的驻军地。
② 隆盖纳（1598－1683），17世纪时威尼斯的著名建筑师。

"你看到了吗？上校，"司机指着周围说，"在这片地方，只要曾经有过桥和火车站，那么周围肯定有被轰炸的各种建筑物。"

"我们要记住这些血的教训，"上校说，"事实上就不应该在离桥或者火车站八百码的圈子里建造房子或修建教堂，当然最好也不要请乔托①在有教堂的地方来描绘壁画。"

"是的，上校先生，咱们应该从战争中吸取教训。"司机回答道。

他们经过那些倒塌的楼房，快速驶上一条平坦而笔直的大马路。路边的小渠道旁边种植着许多垂柳，不过现在是冬季，两边的柳树看上去都毫无生气。如果往远处看，路边的田地里栽的是桑树。前方有一个男人眼睛盯着手里的一张报纸，正慢吞吞地骑着自行车。"如果来执行轰炸任务的是那种重型轰炸机，在轰炸时它们是不是要远距离地轰炸呢？"司机说，"差不多得一英里吧，上校先生。对吗？"

"如果换成导弹的话，"上校回答，"那么离开轰炸地点最少要两百五十英里。所以你赶紧按一按喇叭提醒一下那个骑车的人，请他远离那里。"

司机按了按喇叭提醒那个骑自行车的男人，而他没有抬头也没有动一下车把，只是将自行车往路边靠了靠。当车驶过他身边的时候，上校好奇地伸出头去，想知道是什么样的报纸那样吸引他，但报纸的名称却被折了起来。

"我觉得现在最明智的决策是不要在这里盖那些漂亮的楼房或者教堂，也不要请那个人来画什么壁画。噢，他叫什么名字来着？"

---

① 乔托（约 1267 – 1337），意大利的著名画家、雕塑家。

"乔托，或者是彼埃罗·德拉·弗朗西斯卡①，又或者曼特尼亚②和米开朗琪罗③。"

"咦，上校先生，你咋知道这么多有名的画家？"司机奇怪地问道。

为了节省时间，司机在一条笔直的公路上将车子开得飞快。附近的景色晃得人的眼睛都花了，路边的田园农庄连成一片，在车边一晃而过。远处的景物一个接一个地映入眼帘，显得十分清晰和美丽。收回视线，车窗外显现出冬季平原荒凉而美丽的景色。"我不喜欢车开这么快，"上校心里想着，"如果那位擅长风景画的勃鲁盖尔④画家看到这样的景色，肯定会停下来好好欣赏，再美美地称赞一番的。"

"这些画家？"上校回过神来说，"伯纳姆，其实这些人物我知道得并不多。"

"我叫杰克逊，上校先生。伯纳姆到科尔蒂纳疗养中心休养去了。"

"噢，瞧我这记性，"上校说，"对不起，杰克逊。那里物产丰富，服务细心周到，而且环境清幽，没有什么闲杂人等，的确是个好地方。"

"是的，就是这样，上校先生，"杰克逊点头同意，"我会问到这些画家的原因是，我曾经认为自己应该多去了解一下绘画和艺术，于是我专门去了一趟位于佛罗伦萨的一座美术馆，并且我在那里看到了许许多多的圣母像。"

"你去的是乌菲齐美术馆还是皮蒂美术馆？"

---

① 彼埃罗·德拉·弗朗西斯卡（约 1420－1492），意大利文艺复兴时期的重要画家，对绘画透视学有很大贡献。

② 曼特尼亚（约 1431－1506），15 世纪意大利北部的第一个典型的文艺复兴艺术家，在壁画领域有独特建树。

③ 米开朗琪罗（1475－1564），意大利文艺复兴盛期的雕刻家、画家、建筑设计师。

④ 勃鲁盖尔（1525－1569），佛兰德斯画家，特别擅长花卉、风景画。

"噢，记不住了。管它叫什么名字呢，总之那是那里最大的一个美术馆。我一个人在那里面看啊看，看得我晕头转向，双眼直冒金星，这些圣母像简直让我崩溃了。上校先生，我告诉你，对于我们这些外行来说，只会看表面，那就是无数的女人，根本无法体会这些圣母像的内涵。看得多了，自然就厌烦了。你明白我的意思吗？就像那些重男轻女的意大利人，他们毫无节制地越穷越生。在我的记忆里。那些画圣母像壁画的画家毫无节制地画圣母像，就像那些迷恋生男孩的意大利人，结果整座美术馆都堆满了这些圣母的画像，看起来让人头疼得很。你刚才提到的画家是不是那些类型的？说实话，我不认为他们是画家。如果你觉得我说得不对，请帮我指出来，并且告诉我正确的观点。但是，我仍然觉得那些圣母像壁画实在是太多了，上校先生。我觉得那些画家只会画圣母像这一种绘画，就好像他们也整天想着生男孩一样，这样说，不知道你有没有听明白我要表达的意思？"

"而且这些画家的作品还都以宗教为题材，太狭隘了。"

"完全正确，上校先生，这么说，你觉得我刚才的那番话还是有几分道理的了？"

"当然，杰克逊。不过我觉得这样的事儿有些错综复杂，不是那么简单的。"

"那是肯定的，上校先生，这仅仅是我个人的一点粗浅看法。"

"你真不错。杰克逊。那么你对绘画这类艺术还有其他的看法吗？"

"没有了，上校先生。我只是根据那些圣母像想到了意大利人喜欢男孩的问题。不过我倒是还有过其他想法，那就是希望这些画家能把科尔蒂纳疗养中心附近的景色绘制成美丽的图画，供人欣赏和怀念。"

"提香①就是在那儿出生的，"上校说，"至少目前所有人都是这么认为的。我曾经去过那座山谷，看到了据说是他出生的那间房子。"

"那儿漂亮吗，上校先生？"

"还行吧，但是在我眼中那里并不算很美。"

"如果他能把那里的山区景物，如绚丽的晚霞照映着险峻的山崖、翠绿的松树、明亮的白雪和所有那些有着尖顶的 Campanile②，"上校说，"像之前我们看到的塞基亚的那个一样，这个词的意思是'钟楼'都画下来就最好了。"

"假如他真的能把那里的美景画下来，并且装裱好，我倒很愿意向他买上几幅收藏。"

"他擅长女性人物画。"上校说。

"假如以后我准备开一家小酒馆或一家小旅店什么的，一张这样女人的画像做装饰那倒是需要的，"司机说，"但是，假如我要把画带回家的话。我老婆肯定会和我翻脸，她会把我从罗林斯一路追打到布法罗③。不过。要是我能逃到布法罗，那真是十分幸运的了。"

"或者你也可以把那些没法在家收藏的画捐献给当地的博物馆啊。"

"噢，上校先生，那是行不通的。我们那里的博物馆不会收藏那样的画的，那里的博物馆收藏的东西只是一些箭头、印第安人戴在头上的羽毛装饰、用来剥头皮的刀子、割下来的人头、野兽的毛皮以及一些鱼类的化石，要不就是一些烟斗。还有一位印第安酋长名叫约翰斯顿的几张照片。他被称为'食肝者'约翰斯顿。另外还有一张被判了绞刑，被医生小心翼翼地整个儿剥了下来的罪犯的人皮。如果将那些女人画像和他们放在一起的话，那

---

① 提香（1490－1576），意大利文艺复兴盛期的著名画家。
② 原文为意大利文。
③ 罗林斯，美国西北部怀俄明州的一座城市，布法罗则是在东郡的纽约州内。

将显得多么滑稽啊。"

"那座钟楼你看见了吗?"上校问,"你顺着我手指的方向看过去,就在那片原野的后边。当我还是个毛头小伙子的时候,我就跟随部队在那里打过仗。"

"真的吗?上校先生。你曾经在这里打过仗?"

"对啊。"上校回答。

"那在那场战争中,谁打赢了?的里雅斯特最终被谁占领了呢?"

"那些德国佬们。噢,我指的是奥地利人。"

"那我们后来抢回来了吗?"

"是的。到战争快要结束了时候,我们抢夺了回来。"

"那佛罗伦萨和罗马这两座城市又是谁占领了呢?"

"被我们占领了。"

"噢,上校先生。这样看来的话,你那时候的遭遇还不是很糟糕。"

"杰克逊。"上校十分客气地说。

"抱歉,上校先生,"司机连忙答道,"那时候我正在三十六师当兵。"

"是的,我看到过你的徽章。"

"抱歉,上校先生。我没有故意冒犯你或者不尊重你,还请你谅解。我只是刚刚正好想到了拉皮托河①,所以才那样说的。"

"我明白你的意思,"上校说,"你说你刚刚想到了拉皮托河。那你知不知道每一个在战场上经历过生死的士兵都有一个属于他自己的拉皮托河,有的人甚至不止有那么一个,杰克逊。"

"噢,上校先生,那太可怕了。一个拉皮托河都让人难以忍受,如果再多一个的话,我肯定会更加难过的。"

---

①　意大利中部的一条小河。在第二次世界大战中,美军为了攻克德军重兵防守的卡西诺市,曾经在这里激战四个月,伤亡惨重。

　　汽车从皮亚韦河①畔的圣多纳镇边上疾驰而过。这是一个战后重新建设起来的城镇，它被建设得十分美丽，就跟美国中西部那里的任何一个城镇一样。小镇上店铺林立，商品琳琅满目，人们洋溢着快乐，整个小镇一派繁华，那么喜气，显得十分热闹。但是当车子行驶到皮亚韦河的上游时，福萨尔塔映入上校的眼帘，是那样的破败不堪。跟之前繁华热闹的小镇比起来，这里显得那么凄凉和惨淡。上校心里微微叹息着，难道福萨尔塔还没有从第一次世界大战的阴影中走出来吗？不过话又说回来，在战争开始前，我也没有见过它原来的样子。他想起了部队是怎样发起反攻的：部队从莫纳斯蒂尔开始进攻，接着经过了福纳齐。在这个平静的冬天。他找回了曾经的故事。"在一九一八年六月十五日盟军大规模进攻的前一夜。福萨尔塔就被猛烈的炮火所轰击。后来盟军夺取它的时候，又曾经用炮火猛轰了一番。"上校找到了那一年夏天的所有回忆。

　　在几个星期前，他经过福萨尔塔时，沿着坑坑洼洼的河边小道去岸边，当时他还专门寻找当年他曾经受伤的地方。因为那地方刚好在河湾那里，所以很容易就找到了。他看着那些似曾相识的青草地，望着原来把重机枪安在这里的，现在已经长满了整齐的青草的那些坑道。许多绵羊或山羊过来被这些青翠的草丛所吸引，河畔的周围被这些牲畜啃出一个个小坑洞，就像高尔夫球场上故意挖出来的球坑一样。这一带的河水显得混浊且脏乱。水流安静而又滞缓。河畔两旁还生长着茂密的芦苇。上校左右看了看，周围没有一个人影。他蹲下身，在这里解了手。他在芦苇丛中抬起头望着河面，目测了一下方位，确定这里就是三十年前他曾经受重伤的地方，心里想着：要是在以前，白天在这里是绝对不能抬头的，那是十分危险的行为。

---

　　①　意大利东北部河流。在第一次世界大战中，奥地利军队突破卡波雷托防线后，该河成为意大利的主要防线，始终未被突破。

"结果不重要。"他朝着河水和河岸大声喊道。周围笼罩着一片秋后的宁静和雨后的潮湿。"但它却是属于我的。"

他站起身，再一次左右看了看，还是看不见一个人影。在来这里之前，他把车子停在了一栋看上去最破败的房子面前，那里有一条低洼的小路，就在福萨尔塔那片重新修建的房子里面。"好吧，现在我要在这里给自己和战友立一座纪念碑了。"他说。除开埋葬在这片土地下的那些已经死去的人，周围还是没有一个人。他从衣兜里掏出一把老旧的索林根折刀——就像那些德国偷猎者经常用的那种刀。他将刀打开，用力将刀刃插进土地里，接着均匀地转动着，不一会儿就在湿润的泥土地上挖出了一个十分整齐圆滑的小坑。他使劲地在长筒靴上擦掉折刀上的泥巴，然后又拿出一张一万里拉的纸币，折得整整齐齐地放进了小坑，接着又用泥土埋了起来，用脚踩了几下，又把刚才用折刀挖开的青草轻轻搭在了上面。

他做完这些工作后，又对着泥土自言自语地说道："战友们，银质英勇勋章每年能得到五百里拉的报酬，这儿是二十年的金额，我给你们送来了。我记得维多利亚十字勋章大约能得到十个几尼，优秀服务十字奖章只是摆设，银质奖章也是毫无用处，所以那些零头我就擅自留下了。"

他看着这片湿润的土地。心里想着：现在这土里不仅有血和金币，还有肥料，不知道这些草能长成什么样子。在这方土里还埋着吉诺的一条腿和那些弹片，还有伦道夫的一双腿，还有我自己的右膝盖骨。这里所拥有的一切使得这座纪念碑有多么的庄重和精彩。肥料、金钱、血汗和金属，乍一听，还以为这里是一个国家呢，不是吗？哪里有肥料、金钱、血和金属品，哪里就是我们亲爱的祖国。对了，这里还缺少一些燃料，我应该再去找一些煤过来。

他回头看了看河水对面。岸边那片废墟上已经修起了刷着雪白墙壁的漂亮的房子。他狠狠地朝河里费力地吐了一口唾沫，因为站得有些远。

"我受伤的那晚，连吐唾沫的力气都没有，并且持续了很长一段时间，"他说，"现在我能够做到这样，真的已经很不错了，尤其我从来不吃口香糖。"

当他慢悠悠地回到停车的地方时，司机都已经睡着了。

上校推了推他，喊道："醒一醒，伙计，我们该出发了。现在你把车头调往另一个方向，我们要沿着这条路往特里维索去。从现在开始我们不用看地图了，我会告诉你应该怎样转弯的。"

第四章

　　这时候他们正往威尼斯方向赶。他不想让即将到达的目的地引起自己太多的心绪波动，所以他很努力地克制着自己的情绪。他并不想让司机看出自己是多么急切地想要见到那座城市。杰克逊驾驶着一辆同吉普车差不多大小的别克汽车，在皮亚韦河的一座桥上全力行驶，圣多纳镇美丽的景色被他远远甩在了后面。

　　汽车平稳地过了桥，现在他们来到了战争时期意大利的那一侧河岸。他毫不经意地再一次看到了那条道路。这条路平坦、笔直，也平淡无奇，跟那些在河岸修建起来的道路没有什么差别。但是他仍然能清晰而准确地找出从前的作战位置。司机在这条平坦而笔直的道路上，把汽车开得飞快，他们能看到道路两边的垂柳在车窗边一晃而过。他看着窗外的河流，想象着战争时期的画面，这条河里面全是死人。在那次进攻将要结束的时候，他们和敌人爆发了规模巨大、声势猛烈的厮杀，由于天气炎热，战斗结束后，那些尸体被清理战场的士兵们抛到了河里。数不清的尸体堆放在路上，河岸边，虽然这些死尸被丢到了河里，由于奥地利人掌握着下游的河闸。他们将所有的闸门都给关闭了，河水几乎不流动，变成了一潭死水。

　　那些不知道是什么国籍的死者的尸体长时间地泡在水里，有的脸朝上，有的脸朝下，时间一久全都被泡得肿胀变形。天气炎热，空气里弥漫着令人作呕的味道。后来，终于成立了一个专门的部门来进行清理。他们组成了施工队，那些尸体全都被重新打捞了上来，埋在了河岸的路边。他特意凝聚目光看着四周的河岸，想看看哪里的草木长得最茂盛，却没有发现任何异常。如今的河面显得宁静而美好，很多野鸭在游玩嬉戏，垂钓者拿着鱼竿在河边坐着钓鱼。

他心里默默想着：那些尸体被从水里捞起来又草草埋葬，后来又被重新挖出来了吧，又全都被转移到内尔维萨那里的公墓安葬了。"当我还是个刚出茅庐的小伙子时，我们在这片区域打过仗。"上校转头对着杰克逊说。

"噢，这个地方看起来视野平坦开阔，没障碍物可作为倚仗，想必打起仗来很辛苦吧？"司机说，"那那条河有没有被你们占领呢？"

"当然占领了，杰克逊，"上校说，"不过后来又失守了，但是，最终还是被我们从敌人手里夺回来了。"

"这个鬼地方可不是打仗的好地方，一个可以躲藏的地方都没有。不管你在哪个地方。你只要稍稍转动下身体，都极易被发现。"

"是的，这是最困难的事情，"上校说，"所以，你只能尽量去找地方躲藏，例如沟渠、矮房、河堤、草丛之类的遮掩物体，让敌人分辨不出到底是人还是别的什么东西。它们看上去虽然又小又不起眼，但确实是非常有用的。这里其实跟诺曼底差不多，但是地势要显得更加宽阔和平坦。我想，如果在荷兰打仗的话，肯定也跟这里是差不多的。"

"这条河看上去一定不是拉皮托。它一点儿也不像。"

"在打仗的时候它是一条十分不错的河呢，"上校说，"当这些水力发电站没被建造之前，河水的上游水流湍急，建造水电站后，上游的水就慢慢变得很浅了。水变浅以后，河底的鹅卵石和圆砾石就很容易露了出来，中间那些令人反感的、深深的地沟槽也就出现了。在这附近，以前还有个地方叫格拉韦·德·帕帕多波里，那里的情况更糟糕呢。"

他很明白，当你向别人开始喋喋不休地讲述自己以前的战争经历时，别人是无法感同身受的，都会或多或少地觉得枯燥乏味，于是他不再说话，车里再次陷入了平静。他虽然沉默，但心里却一直在想。他想着：大家都在用自己的眼光来看待战争。通常来说，任何一个人都不会喜欢战争。不过，那些士兵除外，但相对来说，士兵的人数不会很多。士兵们进了军营，被训练成了战争的执行者。一些十分优秀的士兵往往都会战死沙场，除此之外，他们又总是有着一些其他目的，所以拼命钻营。他们满脑子只想着与自己的经历有关的一些事。对其他的一切事情不加过问，当你在说话的时候，在他们的脑海中盘算着应该如何去奉承和讨好，才可能更多地得到晋升或者其他特殊的奖励的机会。唉，不说了，何必用以前的那些事惹得这个小伙子的不开心呢。有些士兵可不是一个真正的士兵，虽然他佩戴着作战部队的徽章、紫色勋章和其他一些代表战争或者士兵的东西。因为，他当兵是为了一些个人利益，而不是为了什么民族大义才穿上了军装，留在了军营的。

"杰克逊，在你当兵之前，你是干什么的?"他再一次开口。

"汽车修理工，上校先生。我哥哥和我曾经开了个汽车修理厂，在怀俄明州的罗林斯那里。"

"那你现在打算重新回到那里，重新开始吗?"

"回不去了。我哥哥在太平洋战争中已经牺牲了。我们出来时，把工厂交给一个人代为管理，谁知道那是个不务正业、游手好闲的家伙，我和哥哥的投资全都打水漂了。"司机答道。

"我很抱歉，杰克逊。这真令人感到遗憾。"上校说。

"是的，不仅仅是遗憾，简直是糟透了，"司机回答道，紧接着又补了一句，"上校先生。"

上校抬起头仔细辨别了一下前方的道路，没再说话。

他知道只要沿着这条路继续往前行驶，他们很快就会到达他一直渴望见到的拐弯处。他迫不及待地想要接近目的地了。

"喂，伙计，打起精神来。留点神儿，看见前面那个岔路口了吗? 从那里左转。我们要开到那条土路上面去。"他对司机喊道。

"开到土路上去? 你觉得那些坑坑洼洼的土路我正在驾驶的这个大家伙能通过吗，上校先生?"

"去试试看吧，"上校说，"真是幸运极了，有三个星期一滴雨都没下，真不错，伙计。"

"我可不相信我们能顺利通过这里的土路。"

"好吧，好吧。如果不小心陷进了泥坑，我肯定会想办法去找一头牛把你拉出来的。"

"我不是那个意思。上校先生，我只是担心这对车子不好。"

"别想那样多。你现在该做的还是多多思考一下我刚才说过的话。我们要在这条道路上的第一个岔道口那里左转，只要你估摸着我们是否能驶过去就可以了。"

"是前面那个有一片矮树丛的地方吗？"司机问道。

"嗯。我过去仔细确认一下，幸好我们后面没有跟着别的车。你再往前面稍微开一点，然后我下去察看一下。"

司机将车停在路边。上校下了车，快步穿过坚实而平坦的公路路面，走到岔路口那里，有一条土路，土路旁边有一条水流有些湍急的水渠。水渠的那边是一片茂密的矮树林。上校踏上了那条低洼狭窄的土路。他隐隐约约地能看到矮树林后面的一栋不大的红色的农舍，还有一个大粮仓。土路路面十分干燥坚硬，马车驶过，一道车轮印儿都没办法留下。看完，他转身回到汽车里。

"那是一条非常棒的林荫大道，"他说，"我们开过去吧，路况很好，什么也不用担心。"

"好的，上校先生。如果你的车没有问题，我一点问题也没有。"

"这我知道，"上校说，"这车是分期付款买的，贷款我还没还清呢。但是杰克逊，难道你每次从公路上将车拐到支路上去，都是这么迟疑不定、患得患失的吗？"

"当然不是了，上校先生。但是你要知道，你这种类型的车和一辆吉普车是完全不同的概念啊。这辆车的底盘十分低，在土路上遇到沟壑和土包，车身很容易被损坏的。"

"噢，杰克逊，你真是多虑了。车子后面的行李箱里有一把铁铲，还有一些铁链。等我们把车开出了威尼斯后，你再来操心我们是否会遇上麻烦吧。"

"我们以后一直都用这一辆车吗？"

"谁说得准以后的事呢？目前先用这辆吧，以后再说。"

"再考虑下挡泥板吧，先生。"

"好吧，好吧。我们大不了就向俄克拉何马的印第安人学习，将挡泥板截去一块儿，说实话，这辆车的挡泥板的确太大了。我觉得这辆车除了发动机，其他配置都显得十分累赘。不过，杰克逊，这辆车的发动机可是非常棒，有一百五十马力呢！这简直令人心里振奋。"

"是的，上校先生。开着这样的大引擎车在平坦的公路上飞奔，是一种无以言表的乐趣。所以，我不想看到它被损坏一点儿、出一丁点儿差错。"

"好样的，杰克逊。不过现在这个问题不要担心了。"

"我不担心，上校先生。"

"那就好。"上校说。

其实，他自己也压根没有考虑那么多，这时候在他前面出现了一张红色的大船帆。在前方那排茂密的矮树林后面，它正缓慢地移动，从桅杆顶端垂下来，倾斜着挂在那里。

上校在想，我只要看见帆船沿着河岸缓缓移动，就会觉得心动不已、激动得难以掩饰；当我看见那些毛色灰暗、动作迟缓的大公牛时，我也会非常的激动。到底是什么原因呢？我想是不是它们的步态、模样、体形和毛色引起我内心的共鸣了呢？

但是，一头美丽的骡子或者一队强壮的运输货物的骡子，同样也会让我情绪波动。而那些有着灰色皮毛的凶猛的丛林狼和灰狼，有着时刻充满自信的身躯，常高高地抬起头，眼中的光芒凶猛而狠厉。和其他的野兽完全不同，它们的动作敏捷又优雅。每当我看见它们的时候，更是不由自主地怦然心动。

"杰克逊，你在罗林斯郊外附近见到过灰狼吗？"

"没见过，上校先生。在我出生之前，这种动物全都被那些人毒死了，已经绝迹了，但我见过很多丛林狼。"

"丛林狼，你喜欢它们吗？你觉得怎么样呢？"

"嗯。它们在夜晚发出的噪叫声，我倒是十分喜欢听。"

"真棒！我也喜欢听它们的噪叫。除了喜欢看河中的帆船，我最喜欢这个了。"

"你看！那儿有条船正在河上行驶呢，上校先生。"

"是的，它正行驶在西雷河道上，"上校回答道，"看上去那是一艘正驶向威尼斯的驳船。这会儿已经刮起了从那边山上吹过来的风。这股风会加快船的速度。如果风继续吹下去，今晚天气也肯定会变冷的。大群的野鸭也会随风而来，我最愿意看到这样的情况了。好了，你该左转了。这条路看上去挺不错的，现在我们就顺着这条水道往前走吧。"

"我的家乡可没有什么野鸭好打。但如果是在内布拉斯加州那里的普拉特河一带的话，野鸭却十分密集。"

"你的意思是想和我一起去打野鸭吗？就是这一次我们的目的地？"

"恐怕你要失望了，上校先生。相比去打野鸭，我倒是愿意在睡袋里好好休息休息，因为我的枪法实在太差。你知道，现在刚好是星期天早上呢！"

"我当然知道了，"上校说，"如果你愿意的话，你可以在睡袋里一直休息到中午再起来。"

"好好睡个安稳香甜的懒觉，我认为是没问题的，上校先生，"司机答道，"因为我带了驱虫剂。"

"驱虫剂估计没多大用处，"上校回答道，"你应该多带点饼干和那种旅行食物，这里都是意大利食品。"

"当然了，为了备不时之需，我带了许多罐头，数量很多，咱们分给其他人尝尝吧。"

"你真是个很好的小伙子，事干得漂亮极了。"上校说。

他眼睛看向前方，想知道这条沿着河岸修建的小路重新跟公路交会的地方到底在哪儿。他清楚，今天天气晴朗，阳光明媚，这样的情形是肯定能看到的。前面有一片与冬天密西西比河口的沼泽地一样的，深棕色的沼泽地，岸边的芦苇被凛冽的寒风吹向了河面。过了沼泽地后，上校就看见了托切洛那儿的教堂方形的塔楼，更远一点的布拉诺高高的钟楼也都一一映入眼帘。显现出一片蓝灰色的海水，像石板瓦一样。他看见了挂着超大风帆的十二条平底船，在猛烈的北风吹拂下快速向威尼斯方向驶去。

还是再等等吧。那个城市等到我们经过了诺格拉城北的德塞河才能真正看得清楚，上校想着。现在想起来，真是不可思议，那一年的冬天，我们为了保卫这座城市，顺着这条水路拼命地打退进攻的敌人。可是我却从来没有真正见到过它。只有一次，当时我到达了诺格拉城周围，因为那天也是这样晴朗的冬天，阳光灿烂，我站在河的对岸第一次很清楚看见了它，但最终我还是没能走到城里去。虽然是这样，但我一直把这座城市当成是我的城市。因为当我还是个少年的时候，我就已经保卫了它，为它奉献出我的青春和热血。虽然我现在已经是五十多岁的老头了，但我曾经为它战斗过，他们都是知道的。所以，我也应该是这座城市的主人中的一分子了，他们一定会对我十分友好和热情的。

难道就因为你保卫过这座城市，你就认为他们会对你好吗？上校在心里问着自己。

或许会吧，因为我不仅是胜利者一方的陆军上校军官，还是为它拼命的勇士。不过，我也不能十分确定他们会不会因为这个原因而十分优待我。不管怎样，我都不想看见他们冷漠的一面，这里毕竟不是法国，上校想着。

只是因为你的喜欢和热爱，你就奉献出自己的青春和热血，为一座城市英勇奋战。你十分珍惜和爱护那里的一草一木，你在战争的残酷中，那么的小心翼翼，生怕损坏了那些原本就不应该被损坏的事物。既然如此，你就应该选择远离那座城市，永远不要再回去，假如你还是个有理智的人。因为当初你那么凶猛地向这座城市发起进攻，谁知道战争总会有幸存者，或者某些部队退役的军人会不会因此而都记恨你。Vive laFrance et les pommes de terrefrites，Liberté，Venalité，et Stupidité，① 除了杜比克一人，法兰西还没有诞生过其他任何一位军事思想家，即便是他，也仅仅是个浅薄并且容易冲动的陆军上校而已，尽管法兰西的军事理念伟大而清晰。法国将军芒让②、马其诺③、甘末林④这里总共三种战略思想，你可以随意挑选，先生们。第一，向敌人发起猛烈的正面进攻。第二，将自己隐藏起来，却没办法掩盖全部，你的左翼被暴露在外。第三，遇见敌人的时候像鸵鸟一样，将脑袋埋进沙子里，不断地催眠自己，坚信法兰西共和国有着伟大的军事力量，然后趁机拔脚就跑。

拔脚就跑听上去简单易行，干净又利落，并且极其轻松。是的，没错，上校想着，只要你开始简单地思考问题的时候就会变得有些偏执。多想想在执行任务过程中那些表现优秀的同伴吧，还有那个又会打仗又会操练军队的元帅福煦⑤吧，想想那些优秀又出色的人，所有的好朋友，以及战死沙场的那些士兵。好多事物都应该好好地仔细想想，包括那些生死之交。最好的朋友们，那些认识或者不认识的最优秀的人。不要犯迷糊，也别伤心，不要再多想了，这些所有的种种又能和参军打仗扯上什么关系呢？你只是出来旅行散心而已。上校告诉自己。

"杰克逊。你觉得这儿怎么样？有没有一种心旷神怡的感觉？"上校问。

"当然。上校先生。"

---

① 法文：法兰西和炸土豆万岁，自由、贪财、愚蠢。

② 夏尔·芒让（1866－1925），毕业于著名的圣西尔军校，在第一次世界大战中先后统领第六军、第十军。

③ 马其诺（1877－1932），曾经担任法国陆军部长，20世纪30年代建议在法国东北部边境修筑了一道防线，命名为马其诺防线，用来抵御德国人的进攻，但是该防线并没有包括法国和比利时边界，在第二次世界大战中，德军正是从比利时边境进入了法国。马其诺防线给人一种虚假的安全感。

④ 甘末林（1872－1958），在第二次世界大战中先后任法国陆军总司令、西线盟军司令，没有阻止德军切断盟军防线袭击法国，于1940年被撤职。

⑤ 福煦（1851－1929），法国元帅，在第一次世界大战中，福煦率领新组建的第九军成功地阻止了德军的进攻。

"我们马上就要到达另外一个地方了。真不错。我十分想带你去看一看，只需要看上一眼，就会让你感到十分惬意。"

没有回答的司机心里想着，还不知道是什么地方呢。这会儿他就想整治我了。如果他真是一个了不起的人，却连一点儿风度都没有。难道就因为他曾经是个大人物吗？他真觉得自己无所不知了，真让人觉得难堪。或许战争带给他无尽的伤痛，让他连思想行为都不再是个正常人了。

"我们就要到了，杰克逊，我们把车停靠在路边，走过去看一眼吧。"上校说。

司机被上校领着下了车，来到公路边，目光掠过宽阔的湖面。面朝着威尼斯方向望过去。山上刮来的冷风搅乱了湖水的平静，风很大，湖水有些翻涌，水面上映着岸边的建筑，就像一幅清晰的立体图画。

上校指着湖对岸的正前方对司机说："杰克逊，那里是托切洛。你看见那儿了吗？从前那些被西哥特人①侵占了家园的人们就定居在那里，后来他们修建了那种有着方塔的教堂。曾经有着三万多的居民在那里，他们有着自己的文化和信仰，他们敬仰和祭拜着自己的神明，并且修建了教堂。但是教堂盖好后，不知道是突然洪水泛滥，还是河水里的淤泥把希雷河口堵住了，刚刚我们看到的地方全都被洪水淹没。洪水退去以后，环境一片脏乱，然后蚊子肆意繁衍，疾病横行。看着人们一个个死去，长老们决定将整座城市搬到一个没有灾害、没有疾病的地方。于是他们挑选了一个没有疾病肆虐，并且可以抵御敌人进攻的地方，因为他们没有海上的军队，海上作战能力十分脆弱。年轻的托切洛人从小就和水打交道，他们都是水上好手，于是石头做的建筑全都被他们拆掉，石料被全都装到了平底驳船上，就跟我们刚刚看到的那种差不多，最后建成了威尼斯城。"

---

　　①　公元5世纪时入侵意大利、法国和西班牙的哥特族人，他们不断企图扩张自己的领土，8世纪初被穆斯林消灭。

他顿了一下，"杰克逊，我是不是有点儿啰唆？"

"当然没有，上校先生，威尼斯的历史我一无所知，正好可以了解一下。"

"托切洛人就是威尼斯的修建者，说他们是创始者也不为过。他们从那边海岸上游的小村庄卡奥雷迁来，勇敢坚强的他们，有着极大的耐力和毅力，在建筑方面有很优秀的天赋和鉴赏力。附近城镇乡村的居民在西哥特人入侵时全都投奔他们而去。有一个托切洛的年轻人把武器往亚历山大里亚运，在那里他找到了圣马可①的遗体。为了不被关卡的异教徒士兵发现。遗体被他藏在一车新鲜的猪肉下面偷运了出去。圣马可的遗体被这个青年运到了威尼斯，他是他们的庇护神，他们为他盖了一座教堂。不过在那个年代，他们已经同很远的东方国家通商，因此以我的眼光来看，他们的建筑具有很明显的拜占庭风格。以后的建筑再也没超过托切洛初期的水平。那边就是托切洛。"

那确实是托切洛，毋庸置疑。

"圣马可广场就是那个有许多鸽子的广场吗？旁边还有一个像豪华大影院似的大教堂，是那儿吗？"

"是的，杰克逊。你的眼力真好，你观察的角度也非常准确。好了，现在我教你把你的目光看向比托切洛还要远一些的地方。你看见了吗？那里有倾斜的角度和著名的比萨斜塔几乎一模一样的布拉诺漂亮的钟楼。布拉诺虽然面积极小，但却是个人口非常密集的岛屿。十分灵巧的女人们的手，编出的装饰品最美丽，但是那里的男人却只让她们不停地生孩子。每天这些男人都要去旁边的另外一个小岛上干活，有一家玻璃工厂在那里。那里的那座钟楼你看到了吗？它被叫作穆拉诺。白天他们为世界上的那些贵族或者富人们制造精致美丽的玻璃器皿，晚上就回家继续制造婴儿。当然了，并不是每一个男人都能在晚上和老婆一起休息。有

---

① 圣马可，意大利籍救皇（336 年在位），现存的罗马圣马可教堂据说是由他主持建造的。

的一到晚上就得驾驶着那些方头平底船、带着猎枪，去前面的沼泽地附近狩猎野鸭。如果遇到天气晴朗、月光明亮的晚上，甚至整晚都能听见枪声。"他稍微休息了一下。

"你越过穆拉诺，再把目光看远一点，在更远一点的地方就可以看到我的城市了，那就是威尼斯。虽然我很想再指给你看更多的地方，但我想我们该继续前进了。再好好欣赏一下吧。但可惜的是，总是没人愿意从这里去欣赏这个美丽的城市。从这里望过去，就能够了解这个城市过去和如今正经历过的一切了。"

"特别是从这里看过去，这里的景色真不错。"

"行了，我们走吧。"上校说。

第五章

　　上校自己仍然站在那里一动不动，双眼继续看着那座城市。虽然"我们走吧"的话音已落。满满的感动从他的内心涌出，就像十八岁第一次看到它的那年一样，这座城市的一切还是让他觉得那么美，那么地吸引他，让他难以克制自己激动的情绪。这是为了什么，他当时并不知道，只是单纯地觉得它很美，很吸引人。那一年的冬季异常寒冷，厚厚的白雪覆盖着高山，世界一片雪白，除了平原以外。对于那时候的奥地利人来说，西雷河与皮亚韦旧河道的交汇地带是唯一的，并且是最后的防线。假如他们要取得更大的胜利，就必须拿下那里。

　　假如我们紧紧地守住皮亚韦旧河道，拼死抵挡，那么一道后备防线就是西雷河。皮亚韦旧河道的占领权一旦失去，退到西雷河我们还可以进行抵御。西雷河后面是一片广阔无垠的平原。一眼望过去，几乎没有任何防御措施和遮掩物体，除了四通八达的交通线路。如果奥地利人通过西雷河，那么我们身后的威尼斯就落入了他们手中。身后的威尼托平原和伦巴第大平原根本不可能修建任何防御工事，也根本无法阻挡敌人去威尼斯的脚步。奥地利人在那一整个冬天疯狂地进行着一次又一次的进攻，他们企图控制住车轮下的道路，因为这条路直通威尼斯。那一年的冬季，上校还只是在外国的军队里服役的一个中尉，由于这个原因，他回到自己国家的军队时，还常常被人怀疑，这给他的晋升带来或多或少的阻碍。他的喉咙在那一年的冬天里一直有毛病，一直很痛。因为常常在水里行动，他的衣服也因此常常处于湿润的状态，贴在身上半干半湿，十分难受，又没办法马上晾干，于是干脆就一直泡在水里，保持湿漉漉的状态。

　　奥地利人的进攻杂乱无章，十分疯狂，可是毫不间歇，一波接着一波，甚至一次比一次猛烈，一次比一次凶狠。他们对着我们总是先用密集猛烈的炮火狂轰滥炸一番，那样子仿佛要将整个防御线炸得灰飞烟灭一样。我们几乎没有一点儿还击的能力。但是，炮火总是攻击一阵就停止了。你必须趁这个间隙立刻检查部队状况，多少人战死，多少人受伤，但是你没有任何喘息的机会，甚至连伤员都来不及包扎，奥地利人就进行第二轮进攻了。是的，没一会儿，你就能看见那些将步枪举过头顶的冲锋的奥地利士兵，疯狂地想越过沼泽地冲过来，沼泽地里的水差不多有腰部那么高，他们在那里缓慢移动着，但是，他们总是很难到达目的地，因为都在移动过程中被一一打死了。

在当时上校还是中尉，就常常在想一个问题，如果当年那些奥地利人在进攻前并不停止炮火的轰炸，而是继续掩护部队进攻的话，那么我们肯定毫无还手之力，真不知道会发生什么样的结果。可是这些奥地利人每次都是在进攻前停止炮轰，然后整个部队向纵深前进，企图一举攻入我方腹地。这些人完全就是照搬书上的做法，没有结合一点儿实际。所以上校的担心完全是多余的。

如果我们丢掉了皮亚韦旧河道而退守西雷河的话，我们的第二和第三道防线肯定会被这些奥地利人的炮火对准。事实上，这两道防线易攻难守。不过谢天谢地，原本应该把全部的火力都集中到离我们防御线最近的地方，并且在进攻的时候不间断地用炮火给予掩护，一直到胜利为止的奥地利人，都是一群笨蛋，指挥官更是蠢钝不堪。这群蠢货总是没有大局观，只看见眼前的小问题，上校想着。

那一年的整个冬天，他的喉咙一直疼痛，变成了难以控制的咽炎。但是不少冲过来的奥地利士兵仍然被他十分英勇地杀死了。这些腰带上插满了集束炸弹，背着沉重的牛皮小包，头上戴着水桶状的钢盔的奥地利士兵全都是敌人。

但是上校自己从来没有将他们当作十恶不赦的人，没有爱，没有恨，甚至没有其他任何一种感情，上校想。他的喉咙一直不好，只好将一只袜子浸在松节油里，再拿出来围在脖子那里护住喉咙。嘶哑地指挥着战斗。他们面对敌人的凶猛进攻只有步枪和机关枪，但却用这种方式击退了不少敌人的进攻。虽然炮火使机关枪受到了一些损坏，但仍然能够使用。他教会部队里的士兵如何击中冲过来的敌人，这是一项十分难得的本领，更别说是在欧洲战场上。他教会他们怎样对准目标，在射击的间隔瞬间怎么抓住每一个目标，并瞄准开枪。

但是你在每一轮炮击过后，都得立刻清点人数，清点一下，看看还剩下几个射手。那一年的冬天，他一共受了三次伤。但是每一次都是轻伤，都仅仅是伤到了一点皮肉，并没有出现伤筋动骨、失血过多之类的情形，因此他始终相信自己绝对不会在这里战死。即使每一次炮击都十分猛烈，他有极大的可能被击中。直到有一次，他终于被狠狠地打中，十分严重，甚至从此之后他再也没有完全康复的可能。他以前也受伤过很多次，但这一次，他身体受到重创，心理上也受到了前所未有的沉重打击。他常常这样自嘲地想。或许是因为我丧失了那种坚信自己不会死的信念吧。从一些特定的意义上看，这还真是个不小的损失。

对他来说，威尼斯不仅仅是一种想念，还有其他许许多多的意义，那些说不出来或者想不出来的意思，都不能完全概括这种情感。只需要再过半小时，他们就能到达威尼斯了。现在他的心情激动且愉悦，坐在汽车里抑制住强烈的渴望。两片甘露糖醇六硝酸，被他拿出来用唾沫混着咽下去了。他从 1918 年起，就不再用水来吃药了。

他问道："杰克逊，你怎么样了？还好吗？"

"没什么，上校先生，我很好。"

"记得在往梅斯特雷方向①的那个岔路口向左转，这样我们就既能远离那些车辆拥堵的大路，又可以欣赏河道里的美景。"

"没问题的，上校先生，请你在岔路口那里提醒我一下好

---

① 威尼斯市的西北郊区。

吗?"司机说。

上校说:"当然。"

他们在往梅斯特雷方向的大路上快速行驶,此情此景,让他仿佛又感到了第一次去纽约时的那种感觉。整个城市在那个时候干净整洁,美丽清新,阳光适宜地照在每一处。上校心想,这是属于我的战利品,它是被我们赢过来的,我是最后的赢家。上校心里十分高兴。那时候的它没有受到一点点污染,是多么美丽和纯洁啊。我们终于要靠近它了。上帝啊,这是多么令人喜爱的城市。

按照他的指示司机在岔路口向左拐了个弯,沿着河道继续前行。一排排的渔船停靠在河道里。柳枝条儿编成的渔栅、晾晒着的褐色渔网,以及那些随着水波轻轻晃动的流线型渔船,是多么漂亮和耀眼啊,令人觉得心情非常快乐。已经不能用风景如画来形容这样的美景了。画能算得了什么呢,这些真实的景色才是天堂般美丽呢,他心想。

汽车沿着岸边的公路一路疾驰。一排排的船只在窗边。这里的河水来自布伦塔,水流十分缓慢,他想起了连绵不绝的布伦塔。那附近是一片别墅区,很大的那种别墅。带着美丽的草坪和花园,还有永远青翠的柏树和悬铃木。那是我熟悉的地方,真希望我死后能在那里沉睡,上校想。不过这事儿还是显得有些棘手的,我可不知道自己能不能办到。那儿有些人和我认识,或许他们会同意我能安葬在那里。不过我还是得先跟阿尔贝托商量一下,也许他听了会认为我已经疯了吧。

很久以来,各种各样拥有优美景色的地方总是被上校想着,他希望自己能被安葬在那里,甚至思考着自己应该化作那片土地的哪一个部分。如果最后只能变成土地的肥料,那么也比那些腐烂发臭的部分要强许多。或许我的骨头也能得到最大限度的发挥。多么希望我能够被埋在一座庭园的外沿那里。只要我看见那些古老又雅致的房子,以及高大茂密的树林,这样至少让我认为这么做的话,绝对不会给任何人带来多少麻烦。我要和那片土地融合在一起，看着在傍晚一起嬉戏玩耍的孩子，看着池塘里跃出水面的鱼儿，看着在早上进行训练的马儿。耳边充斥着孩子们的嬉戏声，鱼儿跃出水面的扑通声，路上的马蹄声，踩在草地上的沙沙声，一切该是多么美好啊。他想着。

他们正行驶在一条由梅斯特雷通往威尼斯城的石子路上。汽车开过一家布雷达工厂，这家工厂难看的外观几乎跟印第安那州哈蒙德市①的那些工厂一模一样，他们一致这样认为。

杰克逊问："这家工厂是生产什么的，上校先生？"

"噢，这是一家生产各种各样金属制品的工厂，但它的整个公司却在米兰制造火车头。这里只是一家小工厂，产量非常少。"上校回答道。

从这个地方往威尼斯看去，景色十分糟糕。这条路却是能最快到达威尼斯的一条路。尽管上校一直很讨厌石子路，这让他不舒服，但为了节省时间和看到水道上的浮标，上校还是选择了这条路。

"这是城市，物产丰富、有着无数勤劳的人民，他们自给自足，曾经也是海上的霸主，这里的居民勇敢顽强，意志坚韧，一心一意地关注着所有关于自己的事情。这是其他任何地方的人都比不上的。一旦当你真真正正地了解了这座城市之后，你甚至会感到夏延②都没有它那么顽强，并且重要的是，这里的人民十分重视礼节，待人也非常有礼貌。"上校对杰克逊说。

"你说夏延是一个顽强的城市？噢，我可从来不这么认为，上校先生。"

"那么，它应该是比卡斯珀③要强一些。"

"是吗？你也同意卡斯珀是个顽强的城市？上校先生。"

---

① 美国印第安那州的西北部城市，在 1901 年前，肉类冷藏包装是当地最大的行业，后来又发展了多样化的轻工业制造业。

② 美国怀俄明州的首府，位于该州的东南角，每年 7 月举行活动用以纪念早期开拓西部地区的先驱。

③ 怀俄明州的中东部城市，经济以石油、天然气开采和制造油田设备为主。

"那城市也非常不错，是个石油产地。"

"是的，但是我还是不会认为它的顽强，从来都是这样，上校先生。"

"杰克逊，行了，或许在那些地方我们看到的不是同一类人吧，又或者对'顽强'这个词我们两个也有不同的理解方式。但你要知道，每一个住在威尼斯的人都谦和友善，举止有礼，在我眼中整座城市就跟蒙大拿州的库克城一样地顽强。他们每逢节日的时候全部都还要吃一种名叫'老爷子炸鱼'的菜。"

"在我看来，孟菲斯①才能算是一座顽强的城市呢。"

"噢，孟菲斯和芝加哥可不太一样，杰克逊，你感到孟菲斯很顽强，那是因为你是黑人。但我们看芝加哥是否顽强，就得主要看你自己是北方人或者是南方人，跟是西部人还是东部人无关。但我知道那儿的人都没有什么礼仪。假如你想知道哪个城市才是真正顽强的城市，那就应该去波洛尼亚②去，况且那里的食物也格外美味。"

司机说："我从来都没有去过那里。"

"看！那儿是菲亚特停车场，我们就把车停在那里好了，你可以将车钥匙放在办公室里面，没有人会去偷的。现在，我要去酒吧一趟，你就把车停在车库上面吧。至于行李，有人会来帮忙拿的。"上校高兴地说。

"你的狩猎工具和猎枪这些东西都留在后备厢里吗，上校先生？这样安全吗？"

"这里很安全，没人会惦记我的那些东西。我记得我跟你说过，这里的人都很谦和有礼的。放心吧，杰克逊。"

"噢。上校先生，我只是觉得贵重物品还是小心点儿好，你那些家伙都值不少钱的。"

---

① 美国田纳西州西南端一座城市，19世纪70年代的黄热病曾经使8000名居民丧生，城市衰落，不久被取消市级行政单位。1893年经济恢复后再度建制，1900年重新成为该州的第一大城市。

② 意大利北部的一座城市。

"杰克逊，有时候我真讨厌你这套穷讲究的理论，请你不要把耳朵总是塞得紧紧的，注意听我跟你讲的每一句话，你听见了吗?"上校说。

杰克逊回答道："是的，上校先生，我听到了。"他被上校细细地打量了一番，杰克逊看到他的脸上是一贯露出的凶狠的表情。

杰克逊心里骂道，真是个狗娘养的，不过有时候倒露出一副和蔼可亲的样子。

上校一边走着一边说："请从车子里将我们俩的行李袋都拿出来，然后将车停到那里。再仔细检查一下汽油、水箱，还有轮胎。保证它们能正常使用。"穿过酒吧门口溅满油渍和轮胎印子的水泥地面，他快步向里走了过去。

第六章

　　他刚跨过门槛儿，一眼就看到了一个靠战争财发迹的米兰富翁，在里面第一张桌子那里坐着。这人还算结实，不过又肥又胖，这是米兰人的特征。一个穿着奢华的时髦的美丽女人在他的身边坐着，打扮得十分艳丽。这女人是他的情妇，上校知道。两人正在一起喝一种用两份苦艾酒和矿泉水调配制成的酒。这种酒叫内格罗尼斯。就是上校看在眼里，心里细细琢磨着，这个男人有钱买来这个时髦漂亮的女人，给她穿华贵的貂皮大衣，还买了一辆敞篷跑车，不知道他逃避了多少税收。因为那辆豪华汽车被司机驶往车库时，车子顺着长长的车道盘旋而上，被刚才进门前的上校看见了。这对男女用十分无礼的眼神直直盯着他。毫无道德，毫无修养，他们的身份就是如此。没有多说什么的上校，只是礼貌性地点头致意，用意大利语微笑着说："抱歉，我穿着军装，但这可是货真价实的军装。"

　　他说完，转身就朝酒吧的柜台那里走去，没有给那两个人任何反应的机会。柜台那里可以看着他自己的行李，就跟那两个暴发户①照看着自己的东西一样。

　　上校心想，他或许还是个受勋者②。那个长得不错的女人，却是个妓女。不过她真是太他妈的漂亮了。假若我也发了家，有了钱，我也得去给自己买几个这样的女人，然后给她们买貂皮大衣、敞篷跑车，不知道那时候会是一个什么样的情形。他转念一想，现在的事情，还是做好自己应该做的事情吧。噢，现在，真是的，让这些女人统统见鬼去吧。

---

　　①　原文为意大利文。
　　②　同上。

他和前来迎接他的酒吧侍者高兴地握了握手。这个侍者一点儿也不在乎上校的身份，他原本是一个无政府主义者。因为他一直觉得很高兴，仿佛无政府主义者的世界里也有他们自己的上校一样。他们认识了好几个月，每次见到上校，他都忍不住显得十分骄傲和满足，就像那些参与了宏伟建筑修建工作的人一样，或者像托切洛的古老教堂一样。所以，在一些方面，这名侍者仿佛越来越觉得是他一手创造或者造就了这个上校。

上校刚刚和那对男女在桌边的对话恰好被酒吧侍者听到了。说得更确切一点，他是因为那句清楚直白的声明，显得十分高兴。

食品升降机在上校到来之前就已经被放下去了。接着，酒吧侍者要去拿一些戈登杜松子酒与堪培利开胃酒来。"一会儿我用手动传送带把你的酒送上来。现在，告诉我，你去了的里雅斯特了吗？那里的情况如何？"他对上校说。

"不错。和你想象中的差不多。"

"我可想不出那里的情形。"

"那你就别再问我了，这样痔疮就会永远和你保持相当长的一段距离。"上校说。

"假如我也能当上上校的话，得痔疮又有什么可怕的。"

"我可从不在乎什么上校不上校的。"

侍者说："那你就快要拉肚子了。"

上校说："噢，是吗？那就请你帮我在尊贵的帕恰尔蒂阁下面前保密了。"

他和侍者都非常喜欢借这个话题来互相开玩笑，因为上校刚好和这位身为意大利共和国国防部长的帕恰尔蒂阁下同岁。这位帕恰尔蒂阁下曾在第一次世界大战中立下赫赫战功，上校就是在西班牙战场上认识他的。那时候，上校还是个军事观察员。帕恰尔蒂已经是营长了。帕恰尔蒂用庄重严肃的态度担任了这个没有任何防御工事的国家的国防部长，他这股认真劲儿促使上校和酒吧侍者成了朋友。他们两人都是十分注重实际的人，只要一想到帕恰尔蒂阁下发誓要保卫意大利共和国的样子，他们心里就止不住地感到兴奋。

"这事的确有些好笑，不过我从不在意。"上校说。

"是的，我想我们应该给帕恰尔蒂阁下一些装备，避免他赤手空拳的，最好是给他配备几颗原子弹。"酒吧侍者说。

"刚好准备了三枚，全都是最新式的武器，还带着投掷的把手，就在我的汽车后备厢。我们还不能让他赤手空拳地上战场，应该为他准备一些肉毒杆菌和炭疽杆菌这类的生化武器呢。"上校笑着说。

"我们绝对不能辜负帕恰尔蒂阁下，宁可做一天的雄狮，也不做一百年的羔羊。"酒吧侍者说。

"与其跪着生，不如站着死，但尽管这么说，某些特殊的时刻，还是得趴下来，免得白白地丢了性命。"上校说。

"行了，不要再说出这样令人心神不宁的话了，上校先生。"

"我们用双手就可以把他们全都解决掉，那样的话，一夜时间会站出一百万的人，愿意拿起武器参加战斗。"上校说。

酒吧侍者问："那么由谁来提供武器呢？"

"一切都能顺利解决的，这仅仅是战争的一个方面而已。"上校说。

杰克逊这个时候从门外走了进来，看到司机进来的上校，才发现自己刚才在和侍者开玩笑的时候，竟然忘记留意那扇门了。等司机走了进来才发觉到这一点的上校为此显得有些心烦，他总是在每次遇到在戒备防范方面出现这样的一些疏忽的时候而觉得闷闷不乐。

"见鬼，杰克逊，你一直在干什么呢？快过来和我们喝一杯吧。"

"不了，上校先生，谢谢你。"

你这个古板又守旧的蠢货，上校想。好吧，我最好不要再捉弄他了，于是他心里打消了原来的想法。

"我们马上得离开了，我一直在朋友这儿学习意大利语。"上校说完，转身朝酒吧的第一张桌子望去，那里的米兰投机商和时髦的女人早就不在了。

我的反应怎么变得越来越迟钝了，这样下去的话。我指不定哪天就会被人骗了，甚至一直被我打趣的帕恰尔蒂阁下都能捉弄我了。他十分懊恼。

他回头问酒吧侍者："多少钱?"

说了一个价钱的侍者用那双闪着聪慧光芒的意大利眼睛看着他，现在这双眼睛，即使眼角的皱纹十分明显，已经没有了任何笑意。但侍者的心里的确想着：愿上帝保佑这位能干的上校，或者其他任何神灵，希望他再也不要出什么问题了，只要让他平平安安的就好。

侍者真心诚意地说："再见，我的上校。"

"再见。① 杰克逊，走吧，我们要顺着那条长长的盘旋车道下去，然后从正北方的通道口出去，再开到小汽艇的停靠处去。你知道的，就是那些涂上了清漆的小汽艇。酒吧的服务生会帮忙拿那两只行李袋的，我们必须得让他拿过去，这是他们这里的规矩。"上校回答道。

杰克逊说："好的，上校先生。"

他们一前一后地走出了酒吧，没有一个人再回头看一眼。

他们不一会儿来到了码头②。上校拿出一些零钱，递给那个拿行李袋的侍者当作小费，然后来回走动着四下张望，想找那个他以前认识的船夫。

来回张望的上校没有找到那个船夫。倒是那个船夫一眼就看到了他，赶紧上前迎了过来，大声招呼道："上校先生，你好，

---

① 原文为意大利文。
② 同上。

现在我的船是排在第一个的。"

"那么到格里迪旅馆要多少钱?"

"噢,上校先生,你比我还明白这里的价格呢!我们不用再讨价还价了,这些价钱一直都是老规矩呢。"

"是多少?"

"三千五。"

"但是我们乘坐交通汽艇过去,只需要花上六百就可以了。"

"那么就随你的便吧,上校先生,但是他们是不会把你送到'格里迪'门口去的,他们在经过哈里酒吧的时候就靠船了,你得在那个码头等着,打电话去'格里迪',然后等旅馆派人来接你,顺便帮你拎行李。"这位脸庞通红、脾气却随和的老人对上校说。

上校心里想着,三千五我又能做什么呢?什么也买不到。况且这个老头看上去很不错。

"我可以帮你去问问另外一个人,你愿意搭乘交通汽艇吗?那个老头儿每天都在码头上找一些零活干,任何时候都在等着别人的差遣。而且他总是自动自发,不请自来,前前后后地去忙着扶那些旅客上下船,不闻也不问,也不管人家到底要不要请他帮忙。一旦他做完这些可有可无的动作之后就会弯下腰,用一只手拿出一顶破旧的毡帽,向旅客讨工钱。如果你要去交通汽艇那儿的话,可以叫他带你去。刚好有一班船会在二十分钟后出发。"船夫用手指着一个精神颓废、十分憔悴的老头子对着上校说。

"噢,去他的,你快把我们送到'格里迪'去好了。"上校对船夫说。

船夫乐呵呵地回答道:"十分乐意,上校先生。"①

上校和司机低着头,弯着腰。小心翼翼地踏上了汽艇的甲板。整艘船看上去像一艘亮闪闪的快艇,船身被漆得晶透闪亮,

---

① 原文为意大利文。

擦洗得干净整洁。这艘汽艇保养得十分好，看样子船夫很仔细。小艇上的发动机是一只被改装成汽艇用的小型菲亚特发动机，是从旧汽车场里买来的。这台发动机如果是用在汽车上，肯定早就过了使用期被丢掉了。而来到这里，它经过修理和改装之后，变成了另一种发动机，重新以另一个生命形式开始了新的旅途。这些堆满了笨重又破烂的各种机械设备的旧汽车场并不难找，现在能在世界上的任何一个居民区附近找到。

上校问："这个发动机还能使用吗？"因为他听见发动机一启动，就发出那种像坦克或者自行火炮被破坏以后才有的轰鸣声，只是坦克发出的声音大得多，因为这台小发动机的功率并不大。

"还行，至少还可以用很长一段时间。"船夫回答道，顺势甩了甩空着的那只手。

"我见过一种既是船用而且又小又轻的小型发动机，是环球公司生产的，是我见过的最适合你这样的小汽艇使用的。"

"对啊，要添置和替换的东西还真多呢。"船夫回答。

"你今年的收入或许会很不错的。"

"说起来还真是十分有可能的呢。因为现在有许多暴发户都喜欢从米兰坐船去里多那边赌博，但是没人愿意来回都乘坐小汽艇。作为一艘船来说，它既牢固又舒适，既整洁又漂亮，这的确是一条挺好的船。当然了，只是不如那些凤尾船①漂亮。它只是需要一台好一点儿的发动机。"

"我可以帮你弄到一台吉普车的发动机，是已经报废了的，但是你重新修理和改装一下就可以再用了，也比现在这个稍微好些。"

"不用说了，我一点儿也不会去奢望。我可不敢想什么吉普车的发动机，天底下怎么会发生这样的好事呢？"船夫说。

---

① 威尼斯河道上面特有的锥形平底船，又称"贡多拉"。其船身狭长，两端尖并且向上翘起，能载二到六人，由船夫用一支长桨划行，这种小船构造独特，造价昂贵。

"我说的全是真话，所以你可以奢望的。"

"你真的有这个想法？你真的能帮我弄来一台发动机？"

"当然了。我知道自己能干些什么事，我从来不会乱说话。而且从不食言。你有几个孩子了？"

"六个，其中两个是儿子，四个是女儿。"

"真不幸，你真不应该相信政府的话，生了六个。"

"我从没相信过政府。"

"选择相信政府，那也是再正常不过的事情了，你不需要跟我说假话的。"上校说，"难道你也认为就因为我们是胜利者，我就拥有了对别人胡乱干涉的权力吗？"

他们乘着小汽艇通过了皮雅扎勒罗马到卡福斯卡里的那段最显沉闷的河道，但是它并没有那么沉闷啊，上校心想。

这里的确一点儿也不沉闷。没有铺天盖地的宫殿和教堂，四处能看到许多别的风景。上校转头看了看右边的船舷。心里想着，我现在是在水里。映入眼帘的是一栋看上去十分可爱的长方形的低矮建筑，在它的旁边是一家小饭馆。

我想我真应该在这里留下来，过我以后的生活，退休金能让我在这里过得很自在。到那个时候，我只需要在这里任意一个房子里寻到一间小屋就可以住下，根本不用住什么格里迪饭店。我可以在里面看潮涨潮落，船只在河面上穿梭，还能过着悠闲的生活，早晨起床看看当天的报纸，读一读喜爱的书籍，午饭前去城里逛逛，然后每天到美术学院去观赏一下丁托列托①的作品，还可以去一下圣罗科会堂②，接着去那些市场后面的小饭店吃午饭，那里的食物又便宜又好吃。等到晚上，房东太太或许还会给我烧晚饭。

我认为在外面午饭吃是最好的选择，饭前饭后慢慢地踱着步子四处走走，既帮助消化。又能使身体得到一些锻炼。这个城

---

① 丁托列托（1518－1594），意大利文艺复兴后期威尼斯画派的代表。

② 威尼斯画派的行会会堂中的处所。

市，适合散步，每一次我来到这里，都感到十分快乐和高兴，一直被我认为或许是这个世界上最适合我的地方。我一定要更加虔诚和深入地了解它，这样的话，我就能得到更多的快乐了，上校想。

这个城市，神奇并且有趣，它的道路纵横交错，从它的任何一个地方出发去另一个要到的地方，那种探寻的乐趣比做那种方块填字游戏还多得多。这座城市并没有太多能够让居住在这里的人民引以为荣的骄傲，但只有一件事让他们收获了荣誉。那就是这座城市从来没有被轰炸过，它得到了他们的尊重。

"当我还是一个懵懵懂懂的毛头小伙子时，我就跟随部队参加战斗。保卫这座从未见过的城市。"他在心里呐喊，"我是多么爱它啊，基督啊。是的，我感到很幸福。那时候的我连这座城市的真面貌都没有看到过，对它的语言也是一知半解。一直到那个艰苦的冬天，我们守在河道里抵御奥地利人的进攻，有一次我受了点轻伤，回到后面包扎，海边矗立着的这座美丽城市才突然被我发现。噢，上帝，那时候我就想，那一年冬天在岔道口那里我们干得真是太漂亮了。"

"现在的我已经不再是那懵懵懂懂的小伙子了，但我真渴望再为它进行战斗。我不仅拥有了一些精良的武器装备，也拥有了大量的战斗经验。当然，他们也会有好的装备，但是关键的问题还是只有那么一个，那就是谁能在第一时间拿下制空权。"

在他们前往格里迪旅店的这段时间里。这艘小汽艇的船头一直被上校看着，可以看得出来，曾经这艘小汽艇也十分美丽，漆着漂亮的图画，还用铜制的饰品镶出精致又美丽的花纹。但是汽艇因为年代久远，又常年修修补补，已经显得很斑驳了。小船被船夫驾着破开水面，轻轻巧巧地避开了水道里的各种障碍。

小船先从一座白色的桥下轻巧地穿过，随后从一座还没修建好的木桥下驶过，接着又将右边的一座红色小桥甩在身后，很快又通过了一座凌空架起的白桥。顺着通往里奥努奥沃的河道他们一路前行，上校记得这里有一座黑色铁桥，是用浮雕装饰的。在桥的两端人们各修建了一个桥桩，它们被用铁链连起来。上校目不转睛地看着被河水不断冲刷着的木桩，突然发现铁链把那些木制的桥桩都磨损了许多，比第一次看到它们的时候老旧了不知多少。那就是我们的纪念碑啊，不知道这座四通八达的河道里究竟有多少这样为我们矗立的纪念碑？

载着船夫和他的乘客的小汽艇，向前行驶着，不紧不慢。等他们来到了大运河①入口那里右侧的航标灯那里时，船夫才猛地加大了油门，发动机开始发出震耳的轰鸣声，小汽艇的速度才稍微加快了一些。

一路前行的他们，没有太多的交谈。他们没过多久就来到了美术学院的下方。结实的木桩竖在两边。一艘载满厚木块的黑色柴油机船和他们擦肩而过，距离近得只要将手伸出去就可以碰到对方的船身。这座海滨之城中有许多潮湿的房子。柴油机船上运送的生活取暖的柴火，就是送到那里去的。

上校问船夫："这些全都是山毛榉，是吗？"

"是的，那船上的全都是，还有一种木头比山毛榉还要便宜。但这会儿我想不起来它叫什么了。"

"山毛榉是种不错的柴火，把它放在壁炉里生火取暖，就像无烟煤一样，放在炉子里没有一点儿烟尘。这么多的山毛榉，它是被他们从哪儿砍来的？"

"这我就不知道了，我不住在山里。但应该是从比巴萨诺还要远一些的格拉珀山后面那里砍来的吧，我想。格拉珀是埋葬我兄弟的地方，我曾经去过那里。那次我们来到大公墓前是从巴萨诺出发的。但是回去的时候我们走了另一条路，经过了费尔特。从山上走下来的时候，我发现山坡的另一面是个十分不错的天然

---

① 威尼斯市的主要河道。大运河把该市分为两部分，长度超过 3000 米，宽 30~70 米，与许多小河道相连，两岸有宫殿 200 座、教堂 10 座和其他宏伟建筑。

林场。当我们在一条军用公路上行走的时候，看见大量的木材正在往外运送。"

"你兄弟是什么时候死在格拉珀的？怎么死的？"

"他是个热血青年，是个爱国者，在一九一八年的时候被打死的。我们对他的了解都很少，因为相处的时间太短，而他又早早地离我们而去。事实上，正因为他信从了邓南遮①的煽动，才在还没有到入伍年龄的时候就志愿去参了军。"

"你一共有几个兄弟？"

"六个。伊松佐河战役的时候被打死了两个，贝恩斯察和卡索两个地方也分别被打死了两个。刚才说到的那个兄弟是最后失去的，他死在了格拉珀。现在只剩下我一个了。"

"这些令人难过的事情就不要再提了，我发誓我一定会给你搞到一辆设备齐全的吉普车，现在让我们来找找我那些朋友的住处吧。"上校大声地喊道。

他们正在驶往大运河的上游。他那些朋友居住的地方在这里可以很清晰地被看到。

上校指着一个地方说："这一间房子是丹多洛伯爵夫人的住房。"

她差不多已经八十多岁了，但是还跟一个小姑娘一样快活，一点儿也不惧怕死亡。她把自己的头发染成了红色，看上去和她的样貌性格很相符。和她在一起，总是没有烦恼，她的确是一个值得人们赞美的女人。上校心里想着，但嘴上没有说出来。

她的房子②距离大运河有一段距离，是一座精美漂亮的建筑物，房子的前面是一座花园，河道边还有一个私人的小码头，有时候，许许多多的凤尾船还会停靠在这里，各种各样的人看望伯爵夫人常常坐着这些凤尾船来，他们之间有的欢天喜地，兴高采烈，有的热情如火，和蔼可亲，也有的情绪失落，满脸悲伤。但

---

① 邓南遮（1863－1938），意大利诗人、小说戏剧家，在第一次世界大战中投笔从戎，一度成为狂热的法西斯分子，后隐居，写有回忆录及忏悔书。

② 原文为意大利文。

是大部分时候来的客人都是心情愉快的朋友。

现在小汽艇正逆着风行驶。这些冰冷的寒风都是从山上吹下来的。河岸两边的房屋轮廓十分分明，就跟在冬日里那样，噢，当然了，现在本来就是冬天。这座古老的城市被他们不停地欣赏着，它那难以诉说的魅力深深吸引着他们。对上校来说，这些美丽的景色还有另外一层含义。他认识这些宫殿①里大多数的主人。现在即使没人居住在这些宫殿，他也知道曾经这些建筑有着怎样的用途。

那个地方是阿尔瓦里托母亲住着的房子，他没有开口，但心里这样想着。

威尼斯这里少有树木环绕，她一直居住的地方不是这里。对这一点她非常不舒服，所以她常常去特里维索附近的种了许多树的乡间房子里居住。她失去了丈夫，而他是一个很不错的人，除了一些家务事，现在她对其他任何事都提不起兴趣。

房子曾经被这个家族租给乔治·戈登·拜伦爵士，然后那张床就再也没人睡过，甚至是也没有人睡底楼房间里的床。他从前常常和一个船夫的妻子在那张床上睡觉。这些仅仅只是两张多出来的床而已，床既不是什么不得亵渎的物品，也不是哪个名人的纪念物，仅仅是因为各种原因后来才闲置下来。对拜伦，威尼斯人也许是十分敬重的，哪怕曾经他也做了一些错事，但或许是人们对他非常爱戴，是认为他是一个硬汉。如果想要威尼斯人爱戴你，那么你就应该是一个硬汉，上校想。罗伯特·布朗宁、布朗宁夫人以及他们的宠物狗从来不会被威尼斯人当成英雄来爱戴。他们始终没能成为真正的威尼斯人，不管布朗宁笔下的威尼斯是多么令人着迷。上校在心里问着自己，要如何做才能是一个硬汉呢？你使用这个词的时候含义模糊，应该给这个词一个明确的定义才行。他转念一想，我认为，成为一个硬汉，应该就是在命运

---

① 原文为意大利文。

的舞台上勇敢地拼出自己的一切，并且做任何事都全力以赴。在该放弃的时候决不拖泥带水。噢，现在我可并不是在说演戏，上校告诉自己，尽管我觉得戏剧还不错。

上校注意到了紧紧靠在河边的那栋小别墅，它的外观还是那么难看，就像以前从勒阿弗尔或瑟堡坐火车去巴黎的时候，在城区外看见的那些楼房一样，上校心理想着。树木被栽满了别墅四周，因没人打理，显得十分凌乱。只要有别的地方住，人们就绝对不会喜欢住在这里，上校想。事实上，他曾经在这里住过。

人们尊重邓南遮，并且爱戴他，不仅仅是因为他的才能，还有他的英勇，当然了，人们也包容了他的错误。这个原本一无所有的犹太小伙子，凭着自己的聪明才干和能言善辩，在这个国家迅速地兴起了一阵猛烈的风暴。这是我见过的所有人之中最卑鄙最糟糕的人了。只是我能想到的有资格和他做比较的人，都绝对不会孤注一掷地加入战争，上校心想，因为在一个推崇实际的国家里，没有人会给自己起邓南遮①这么一个名字。加布里埃勒·邓南遮？我一直奇怪他为什么叫这么个名字。或许他并不是犹太人，然而是不是又有什么关系呢？邓南遮在各个兵种的部队里待过，就像他在各个不同类型的女人的怀里待过一样。

邓南遮在各个兵种的部队里都干得十分顺利，他是个有特殊天赋的人，总是可以迅速和顺利地完成各种各样的任务。步兵部队除外。上校记得，邓南遮有一次在的里雅斯特或者波拉上空执行侦察飞行任务，出了一点事故，为此瞎了一只眼睛。他从那以后总是戴着一只黑色的眼罩，不知道真相的人都以为他是在卡索、维里基或圣米歇尔附近那些不幸的地方受伤的。留在那里的人不是死就是伤，几乎所有人都是这样，你知道的。他和加布里埃勒驾驶着飞机执行任务，可他根本就不是一个飞行员。步兵担任很特殊的任务，他想着，或许是最特殊的任务。可他在步兵部

①　"邓南遮"在意大利语中的意思是"宣布"或"公告"等。

队里服役，但他根本就不是一个步兵，事情大多都是这样的情节。说实话，对于邓南遮，他只是在一些别的事情上摆出一副英雄的姿态。

他记得部队里发生过的一件事。那一次，他指挥着突击部队的一个排，在漫长冬季里的一个下雨天，不知道为何那时候总是不断地下雨，至少部队在接受检阅或士兵们被领导训话的时候总是下雨。在那只瞎掉的眼睛上邓南遮蒙了一块眼罩，他苍白的脸色就跟菜市场上那些小贩卖的鳎目鱼一样，露出雪白的肚皮，通常看那样子几乎都死了一天多了。他大声叫喊着："死亡并不是结束。"① 那个时候上校还只是一个中尉，每当听到这些话语的时候士兵们就忍不住会想："到底还要我们听多少屁话才算数？"

但上校还是一直仔细地听着邓南遮的演说。终于，所有人被这位既是作家又是民族英雄的邓南遮中校要求为英勇战斗而牺牲的将士们默哀几分钟。一直僵硬而又直板地站立着的上校，没有多余的手势和多余的话语。上校带领的那个排没有几个士兵在听邓南遮演讲。那时候没有什么扩音器。他在台上的讲话士兵们也不能一字不差地听见。于是当他开始说为阵亡将士默哀的时候，下面的士兵们竟异口同声地大喊："邓南遮万岁。"②

邓南遮一直带领这些士兵们，他们都听过无数次邓南遮的演讲，每次不管战斗之前或之后，是胜是败，所以演讲者停顿下来的话，他们应该喊什么口号，他们清楚地知道。

在那个时候上校虽然只是个中尉，但是他十分喜爱自己的排。他也和那些士兵一起，口号似的高喊"邓南遮万岁"。这种方法常常被他们用来给那些分心聊天、不认真听讲的士兵做掩护。只要不是在冲锋时需要灵活指挥之类的事情，或者是防守没办法防御的阵地，在中尉并不大的权力范围内，他总是努力去做

---

① 原文为意大利文。
② 同上。

一些更多的事情来分担士兵们的过错。

他们这时候又经过了一座房子。一个可怜潦倒的老家伙，还有一个尊贵伤感的女演员，他们都曾经住在这里面。但她从来没有被老家伙真正地爱过。那个女演员曼妙的身体和充满表情的脸庞被上校记起。其实那张脸蛋算不上漂亮，只是不管是爱还是骄傲，是快乐还是悲伤，你都能从她的脸上看到。她的脸部表情十分丰富。她举手投足间散发出来的忧伤让上校也忘不了。只要一想到她抬起手臂的曲线，就让人觉得心痛。上校心想，基督啊，我仍然期盼他们住在这里的时候曾经很快乐。但他们两个如今都不在人世了，我连他们葬在何处都不知道。

"杰克逊，你看，左边的这座小别墅就是加布里埃勒·邓南遮的房产，他是一个了不起的作家。"他指着岸边对司机说。

"真的吗，上校先生？很荣幸知道这个人。我从来都没有听说过他。"杰克逊说。

"如果你想读一读他写的书的话，我倒是可以帮你挑上几本，我知道有一些英译本是很不错的。"上校说。

"谢谢你，上校先生，如果我能闲下来的话，我想我是很有兴趣去读一读的。这座房子看上去真不错，又漂亮又实用。噢，你刚才说他的名字是……"杰克逊说。

"邓南遮，一个作家。"上校说。

这一次他并没有和他讲太多的事情，避免这位司机再迷惑不解，因为上校觉得这一天已经让杰克逊难堪好几次了。那时候他只在心里补充了一下：邓南遮不仅是作家，还是诗人、伟大的民族英雄，是飞行员、指挥官，伶牙俐齿的法西斯雄辩家，令人害怕的极端个人主义者，是带领和指挥一个连甚至一个排的步兵中校，还是第一次鱼雷快艇进攻的掌舵手，更是让我们肃然起敬的歌曲《夜曲》的作者，重要的是，他还是一个笨蛋。

往前一点儿，有一个可以停靠凤尾船的码头，在圣玛丽亚·德尔·吉里奥那里。再往前行驶一会儿。就到格里迪旅馆的木制码头了。

"杰克逊，我们今晚就住在那里。"

举起手的上校指着紧挨着河边的一幢三层楼的华丽建筑，它有玫瑰色的外墙，看上去精致小巧又不失美丽。这里是个非常不错的旅馆。它原本是大饭店的一个小分店，后来就变成独立经营了。上校十分喜欢这个旅馆。因为每一个厌恶巴结和奉承、不喜欢客套的人都喜欢来这里。除了那些大旅店外，它是这座城市中最好的一家旅馆了。

杰克逊说："看上去真不赖。上校先生。"

上校说："当然，是真的不错。"

他们的小汽艇靠在了码头的木桩旁边，十分气派。看着这艘雄赳赳的小船，上校心里想着，全靠了那台发动机，我们才能来到这里，这一场胜利是属于它的。现在我们已经不再有"旅行家"那样优秀的战马了，也没有马尔博男爵①骑过的"利泽特"，在埃劳战役②中那匹战马能凭借自己的力量参与战斗。如今我们只好靠着重新修理改装后的发动机来前进了，它的汽缸盖早就应该退役去机械回收场了，可其他的零件也都还过得去，它硬是坚持了下去，一点儿没坏。

杰克逊喊道："我们已经到码头了，上校先生。"

"是的，我们还能往哪儿去？现在我要跟船长结账了，跳上去伙计。"

"三千五。是吗？"他转身对着船夫说。

"是的。上校。"

"我不会忘记答应给你的吉普车发动机的。给你，钱拿着，给你的马儿买点好吃的草料吧。"

刚好前来接他们的旅店的侍者拎着行李袋扑哧一笑。

---

① 马尔博男爵（1782－1854），法国将军，17岁服役，曾历任少校、骑兵上校，滑铁卢战役前被拿破仑提拔为将军。

② 埃劳战役，第三次反法联盟中拿破仑战争中的一次交战。

"不会有兽医肯给他的那匹马看病的。"

船夫说："它还可以跑呢。"

"但它参加比赛的话一定会输的，您还好吗。上校？"旅馆侍者说。

"一切正常，骑士团的那些家伙都还好吗？"上校说。

"大家都不错。"

"太好了，那么现在我要去看看团长了。"上校说。

"上校，他正在等着你的到来呢。"

"那我们别再让他等下去了。杰克逊，你和这位先生一起去门厅那里给我办一下登记吧。"上校转身对司机说，然后又转向侍者，"给这位中士开个房间，我们只在这里停留一晚。"他嘱咐着。

"阿尔瓦里托男爵之前来这里找过您。"

"好的，我会去哈里酒吧跟他见面的。"

"是的。上校。"

"那么，现在团长在哪儿呢？"

"我去帮你请他过来。"

"我在酒吧那里等他，告诉他。"

第七章

　　其实在门厅的另外一边就是格里迪旅馆里的酒吧。上校心想，虽然这个美丽典雅的大厅并不是"门厅"这两个字能够真实准确地形容的，但是对圆形乔托不也没有给出一个明确的定义吗？是的，乔托的问题是个数学问题。上校对于这个画家记得并最喜欢的一件事就是：乔托画完了一个完美无缺的圆，然后说道："这真是太简单了。"噢，见鬼，这是谁在哪儿说过的？

　　"晚上好啊，顾问官先生。能为你做点儿什么吗？"他招呼着酒吧的侍者。这个侍者并不是骑士团的正式成员。但上校也不想伤害到他的感情。

　　"上校，喝点什么吗？"

　　透过明亮的玻璃窗和酒吧的大门上校朝大运河望去，能够看见那根专门用来供凤尾船停靠系绳的黑色大柱子，冬日的太阳就要落下，夕阳的余晖映在波光粼粼的水面上，河面被风吹得皱了起来。一座十分古老的华宅在河的对面，正在运河上顺风行驶的，是一艘很大的船身漆黑的木制平底船。现在虽然是顺风，但又宽又笔直的船头还是在前面破开了层层水面，翻腾着雪白的浪花。

　　"我要干马提尼，给我来双份的。"上校说。

　　侍者领班①这个时候走了出来，他穿着干净整洁的燕尾服礼服，只要是侍者领班，几乎人人都这么穿戴。他就是被称作骑士团团长的人。他的脸上流露出坦率、真诚的微笑，这样的笑意直从心底升上来，完全不同于那些虚伪的笑容。他的确是一个英俊

------

①　原书中有时称"侍者领班"，有时称"旅馆总管"，其实指的是同一个人。

的男人。

他比上校大两岁。他的脸庞极端正，鼻子又挺又直，是威尼托①地区人特有的那种的长鼻子，目光谦和、快乐和真诚，一头闪亮的白发和他的年纪十分相称，显得他越发地可亲可敬。

洋溢着亲切的笑容的骑士团团长前来迎接上校。你也能在他的笑容中看出一点儿神秘的味道，他们之间有着许多共同的秘密。他走上前，向上校伸出了看上去大而有力的右手，手指因为保养得当显得干净修长，完美的双手更好地体现出了他现在的职位。上校也向他伸出了自己的右手，这只手没有团长的手那么漂亮，在战场上曾经受过两次伤，都是被子弹打穿，以至于现在看上去都有些畸形。他们都是威尼托的老住户了。他们的双手紧紧握在一起的时候再一次重逢了。他们是喜爱和迷恋这个古老国家的两兄弟，不仅是真正的男子汉，也是"人类"这样一个独一无二的俱乐部里面的两名成员和两兄弟（两人都向这个俱乐部缴纳会费）。他们都还是小伙子的时候，就为这个国家拼命，为它参加了无数次的大小战役，即使打了败仗也永不磨灭心中的斗志，用自己的生命保卫了它。

他们的双手握在了一起，紧紧地，仿佛要将对方融入自己的身体里一样。只有这样，他们才能深切地感受到彼此之间的亲密和重逢的快乐。"我的上校。"侍者领班喊了一声。

"我的骑士团团长。"上校说。

上校十分高兴，邀请骑士团团长一起喝一杯重逢的酒，可侍者领班推辞说，他这会儿正在工作，而旅馆规定，在工作时间内员工是不能喝酒的。

上校说："让这些乱七八糟的规定都见鬼去。"

"一个规定都没有，那当然是最好不过了，不过我倒认为这里的规定十分合理。我们每个人都应该在自己的岗位上履行自己

① 意大利北部和东北部。

— 55 —

的职责，不是吗？特别是我，我可是这个旅馆的头儿，我更要做出一个头儿的样子来。"团长说。

上校说："你这骑士团团长可不是白当的，更不是什么虚名。"

骑士团团长向酒吧侍者说："给我一杯开胃酒。"因为一些不能公开也无法说明的原因，这名侍者一直没有被批准加入骑士团。"为骑士团干杯！"他们两人碰了杯。

骑士团团长为了上校不仅破坏了旅馆的制度、规矩，还破坏了在工作范围里自己应有的岗位表率形象。他跟上校十分迅速地干了一杯。他们的动作实在太快了，一点儿也不拖泥带水。所以他俩一点儿也不慌张，团长神态自若。"好吧。现在让我们来谈一谈骑士团的事情吧，团长，我们现在是不是在秘密会议室里？"上校说。

"当然，现在我宣布这里已经被作为密室使用了。"团长说。

上校说："那我们就接着说吧。"

骑士团其实只是一个在骑士团团长和上校的一系列相关谈话中才被建立起来的虚构的组织。布鲁萨德里军事、贵族和灵魂骑士团①是它正式的名称。上校和骑士团团长都说西班牙语，而对骑士团的名字来说，这种语言是最合适不过的了。他们选择用西班牙语为自己的团队命了名，并且一个臭名昭著的米兰暴发户的名字被加在了前面。这个商人是靠着逃税成为亿万富翁的，但是却因为财产和年轻美貌的妻子产生了争执。最终商人向法院控告自己的妻子，指控她的强烈性欲使他失去了正确的判断能力。

上校问："团长，那位令人敬重的人——我们的头儿有没有什么最新消息？"

"一点儿都没有，这段时间以来他一直保持着沉默。"

"他一定是在想什么事情。"

"那是肯定的。"

---

① 原文为西班牙文。

"或许在思考另外一些与众不同的新的卑鄙招数。"

"可能吧，但他没有跟我说过一个字儿。"

"但是我们能够相信他。"

"一直到他咽下最后一口气，当他在地狱里受到烙刑的时候，我们还是会尊敬他、怀念他的。"骑士团团长说。

"乔尔乔，再来一杯开胃酒，递给团长。"上校说。

"假如这是你的命令的话，我只好从命了。"团长说。

他俩又碰了一杯。

"杰克逊，现在是在城里，你吃饭的时候只需要在这里签个字就可以了。明天中午十一点以前我不想看到你，到了十一点的时候。除非你遇到了麻烦，否则我们再在门厅那里碰头。对了，你身上带钱了吗？"上校喊道。

杰克逊回答道："带了的，上校先生。"他心里却恨恨地想道：这个见鬼的混账老东西，他难道不可以好好跟我说一声吗？非要那样大喊大叫？真是个疯子。

上校对着杰克逊说："我的确不喜欢看见你。"

杰克逊一进餐厅，就站在上校面前一动不动，一副立正的姿势。

"你总是愁眉苦脸，毫无乐趣可言。我真是讨厌这个样子。看在基督的面上，去给自己找点儿乐子吧。"

"是的，上校先生。"

"你听懂我的意思了吗？"

"是的。上校先生。"

"那你重复一遍给我听。"

"我是罗纳德·杰克逊，部队编号 T5 - 100678。在明天上午十一点整的时候，必须在格里迪旅馆门厅向上校报到。但上校先生，我不清楚明天是几号。在报到之前不要出现在上校的面前，要自己去玩得尽兴。另外，"他补充道，"要全力以赴地、合情合理地完成这个目标，尽一切能力。"

"对不起，杰克逊，我真是令人厌恶的东西。"上校说。

"抱歉，上校。请原谅我不同意你的说法。"

"谢谢，但愿你是正确的，杰克逊。或许我还没有那么糟糕。好了，现在你可以自己出去逛逛了。这里有你自己的房间，你也应该有个属于自己的房间的。你吃饭的时候签个字就行了，要尽量给自己多找些乐趣。"上校说。

杰克逊说："好的，上校先生。"

说完，杰克逊离开了旅馆。团长看着他的背影问上校："这个年轻人是不是就是那种患有忧郁症的美国人？他是怎么回事啊？"

"没错，上帝保佑，现在我们的部队里有许多这个样子的年轻人。他们精神萎靡，闷闷不乐，言行古板。但又体重超标，缺乏锻炼。缺乏训练倒是我的失误。但还是有一些很棒的人。"上校说。

"那你觉得，要是把他们放到格拉珀、帕索比奥以及皮亚韦河下游的战场上，他们会像我们当时那个样子吗？"

"那些优秀的年轻人会那么做的，而且说不定比我们做得还要好。但是，你知道的，在我们的部队里，即使你那些故意自残的士兵，我们也不会真的枪毙他们。"

团长说："上帝保佑。"他们永远都不会忘记那些怕死的人是如何逃避上前线的。可是假如一个人在星期四死了，那么在星期五就不用再担心"死"这个问题了。而对于这样一个问题，那些下定决心不上战场的人从来没有想过。他们还记得那些士兵是怎么做的：一个人在另一个人的小腿上绑上厚厚的沙袋，然后退到一个合适的距离开枪射击。因为这样可以让子弹能伤到皮肉，而又不至于伤到骨头那么严重。接着，在战壕前方的矮墙上他们又打上几枪，假装是敌人的进攻。好为他们的自残找借口。这样的小把戏团长和上校都知道，他们正因为如此才对那些利用战争大发横财的人深恶痛绝，从而成立了这个骑士团。

他们相亲相爱，互相尊重，永远不会忘记那些小心翼翼保存性命的士兵是多么可怜。为了逃避前线，避免直面血淋淋的战场，那些人无所不用其极。为了感染病毒，他们吃掉火柴盒里沾满病毒的脓液；他们期望自己能得黄疸，就把几枚十生丁①的大硬币埋在腋窝下；为了逃避战场，还有些城里来的富家子弟，宁愿在自己的膝盖骨下注射石蜡油。

他们同时也都知道，大蒜也能够产生一种效果，以达到逃避冲锋陷阵的目的。大部分的技巧，或者说差不多所有的逃避诀窍都在他们的心中，被他们两个知道并且熟悉。因为他们两个，其中一个是曾经的步兵中尉，另一个是曾经的陆军中士。他们曾经都在帕索比奥、格拉珀和皮亚韦河这三个十分重要的要塞参战，大蒜在这些恶劣的地方都曾经产生了相同的效果。

之前，就在伊松佐和卡索，他们也曾经参加过残忍且愚昧的大屠杀。那些下令屠杀的人让他们感到悲愤和羞耻。这些往事被当作愚蠢的事情，被遗忘在历史中，他们从来不会刻意去提起。偶尔上校会回忆起，但那也是故意去想起，以便时刻给自己提出警醒。这些被他当作教训来鞭策自己。因此，他们成立了这个只有五名成员的布鲁萨德里骑士团，这是一个有着高贵品质的军事和宗教组织。

上校问团长："那么这段时间骑士团里有什么消息吗？"

"没有什么新闻，只有一件事，我们把'华丽'酒店的厨师提升成了代理团长。在自己的五十岁生日那天，他表现出三次男子汉气概。我相信他，他从来不会撒谎的，所以我接受他申请的时候，并没有进行进一步的考察。"

"是的，他从来不说谎话。但是这件事，我觉得你还是应做出谨慎的判断。"

"他看上去受到过很深的伤害。我相信他。"

"他是个十分顽强和壮实的小伙子。我们当年还叫他小色

---

① 法国的货币单位，一生丁等于百分之一法郎。

鬼呢。"

"我也没忘记啊。"①

"那对骑士团的冬季活动你列出具体计划了吗?"

"还没有,最高长官先生。"

"那你是不是觉得,对尊敬的帕恰尔蒂大人我们应该用某种形式表示一下敬意呢?"

"就照你说的那么做。"

上校说:"这件事先缓一缓。"侍者被思考了片刻的上校招呼再端一杯干马提尼过来。

"你觉得在圣马可广场或者托切洛教堂我们搞一次集会活动如何?正好可以向我们的伟大庇护者、尊贵的布鲁萨德里表示敬仰呢。"

"我认为现在的教会不会允许我们这么做的。"

"好吧,那我们就放弃这一打算。冬季的公开活动就暂停吧,为了骑士团的利益,我们就在内部成员中展开工作吧。"

"我觉得这样最稳妥,我们需要重新整理一下编制。"团长说。

"你的身体如何?我是说你自己各方面的情况。"

"不仅患了低血压、溃疡病,还欠了一笔债务。倒霉透了。"团长说。

"那你现在感到快乐吗?"

"我一直都感到快乐,这份工作我十分喜欢。我在这里可以碰到各种各样性格和样貌的人,有些人非常有趣。还会遇到许多比利时人,今年最多,他们就像蝗虫一样飞往威尼斯,从前几乎都是德国人。就像恺撒说的一样:这些人里面最骁勇的是比利时人。但是他们的穿着并不是最讲究的,你觉得对吗?"骑士团团长说。

---

① 原文为意大利文。

"我曾经去过布鲁塞尔，那是一个丰衣足食、繁华热闹的都市。在那里看，他们的穿着打扮都很不错的，不管战争失败如何，或者不分胜负都是一样的。我从来没有见过他们那里的人打仗，但是人人却都告诉我，他们曾经打过仗。"上校说。

"如果在那个年代我们活着，肯定也会去佛兰德①打仗的。"

"但我们那个时候还不知道在哪个地方呢！当然也不会去那里打仗了。"上校说。

"我反而期望我们能够成为中世纪的那种雇佣兵，参加雇佣军的战斗。在那个时候，只要你的谋略胜过敌人，对方就会投降。这样我们两个就可以让你去运筹帷幄，我来替你传达和执行命令了。"

"我们就得拿下几座城市，来表现我们的正确见解。"

"假如那些人企图抵抗的话，我们的部队就前去将那些城市抢劫一空，你想占领哪几座城市？"团长问道。

"肯定不会是这里，或许是维琴察②、贝加莫③和维罗纳④这三个城市吧，但不一定会按这个顺序依次占领。"上校说。

"我觉得你应该多占两座的。"

上校回答道："是的。"他这个时候又回到了将军的身份，心里觉得十分舒服。"我们可以先把布雷西亚放在一边，它已经十分脆弱了，基本上不堪一击，我想。"

团长问："你现在的状况如何了，最高长官？"他很关心上校的身体。毕竟，攻占一座城市可不是一件轻而易举的事呢。

对自己在特里维索的那所小房子上校非常熟悉。它修建在旧城墙下。紧挨着一条水流十分湍急的河流。在湍急的河水中水草

---

① 欧洲中世纪伯爵领地，包括现在比利时的东、西佛兰德省以及法国北部和荷兰西南部的部分地区。

② 意大利的北部城市和主教区。

③ 意大利的北部城市，贝加莫省省会。

④ 意大利的北部城市，是意大利和北欧之间的要道。

来回摇摆。在水草下面鱼儿躲着一动不动，甚至连水泡都极少露出。小飞虫等到太阳快要落山的时候，就会在水面上来回掠过，躲在水草下的鱼儿在它们落到水面上的时候，就临空一跃，张嘴将小虫子吞进肚子。上校也十分熟悉一个连的作战部署，带领那些为数不多的士兵组成的连队，他从不担心自己的指挥能力，掌握全局，下达命令，就像现在一样，不管是大型宴会还是小型宴会。他都心如明镜，条理清晰，明确地知道自己下一步该怎么走。

骑士团团长有些疑惑，他已经听不懂上校在说些什么了。因为当上校重新成为将军以后，他就开始说出一些将军的术语了。这使得这样讲起话来，就像一个只会加减乘除的人去听另一个人讲微积分一样。他们的对话显得有点儿费劲，交谈变得尴尬起来。骑士团团长这个时候多么希望上校赶紧回到他们彼此都熟悉的战斗上来，就像他们仍然是中尉和中士那时候一样。

上校问："你觉得应该怎么处置曼托瓦呢？"

"长官，我不知道。你现在在和谁打仗，对方有多少人，什么武器，你的部队又有多少人，武器装备如何，我一点儿都不知道。"

"噢，我只是想到你刚才说我们是雇佣军，正准备把这个城市或者帕多瓦作为基地。然后去攻占别的城市。"

"长官，"团长说，他决定说出事实，"我刚才只是随便说说，我的意思是我只愿意追随你一起参加战斗。说真的，在那个年代我只是单纯地想和你一起打仗而已，我并不了解什么是雇佣军，也不知道他们的作战方式。"

上校回答道："那种年代早就已经湮灭在历史中了。"接着他眼中的幻象也慢慢消失了。

上校想：噢，见鬼去吧。这世界真的就不存在那些乱七八糟的白日梦，你也可以滚了，上校在心里对自己说。你该好好重新做个善良的人了，你都已经五十多岁了，人生还有多少个五十岁呢！总是胡思乱想，什么时候才能丢掉？

他对团长说："再跟我一起喝一杯开胃酒吧。"

"我可以谢谢你，但是能不喝酒吗？我有溃疡，不能过多地喝酒了，上校。"

"当然，当然，一点儿问题都没有。小伙子，你叫什么？乔尔乔吗？再给我来一杯干马提尼。我要干的，纯干的那种，双份①。"

上校想，那不是我的工作，去他娘的白日梦吧。杀死那些全副武装的军人是我的职业。其实白日梦也应该被武装起来的，假如我准备向它发动进攻的话。但是在毫无防备的情况下很多东西都是被我们摧毁的。好吧，不要再胡思乱想了，要粉碎白日梦的人。

"团长，你还是我们的骑士团团长，让那什么雇佣军见鬼去吧！"上校说。

"是的，长官，很多年前他们就滚蛋了。"

上校说："的确是的。"

白日梦破灭了。

"我们晚餐时再见，餐厅里有些什么吃的？"上校说。

"你想吃什么都行，即使没有，我也会叫人给你弄来。"

"新鲜芦笋可以吗？"

"噢，冬季这几个月是不会有什么新鲜芦笋的，那要等到四月份从巴萨诺那边运过来。你知道的。"

"见鬼！那就算了，你做什么，我就吃什么。"上校说。

"晚餐你邀请了几个人？"

"就我们两个，小餐厅什么时候打烊？"上校说。

"上校，不管多晚，我会一直等你来的。"

上校说："好的，我争取早点回来，再见，团长。"他微笑着

---

① 原文为意大利文。

说，再一次伸出那只有些畸形的手。

骑士团团长说："回头见，上校。"这个时候，白日梦仿佛又重新出现了，而且差不多快要到达最完美的境界了。

可是它距离最完美毕竟还差那么一些，这一点上校心里很清楚。为什么我非得做这些肮脏的事情呢？为什么我就放不下这种拿枪杀人的职业呢？为什么我不能按照自己的想法做一个我想象中的善良好人呢？他对自己说。

我一直以来努力使自己成为一个有正义感的人，但我却仍然残忍、粗鲁、蛮横。这并不是说我从不在长官面前卑躬屈膝、谄媚奉承，因为即使是面对全世界，我也有自己的尊严。我要时刻提醒自己控制自己的情绪，把那股野性好好地克制住，我其实可以做一个更善良、更好的人。上校想着，我的日子已经不多了，那么我应该从何时何地，又该对着谁开始练习呢？上帝保佑，今晚我就来尝试一下吧。基督啊，请保佑我不要将一切弄得一团糟。

"乔尔乔。"他喊着那个酒吧侍者的名字。看上去侍者就像一个麻风病人，脸色苍白，但消瘦，也没有那种泛着白亮的光。

上校并不被乔尔乔喜欢，这或许和他是皮埃蒙特人有关系。对谁他们都毫不关心，冷漠无言。这种冷漠在边境的居民区是常有的事，很自然，也容易得到人们的理解。对任何人他们都充满戒心，不会轻易开口说话。上校从来不会期望从这些人那里得到什么东西，因为那些人也没什么东西可以给予别人。这一点他很明白。

"乔尔乔，记得把刚才的酒钱记到我账上。"上校再一次喊着侍者，对着他苍白的脸庞说。

他大踏步地走出酒吧，即使在不必要的时候，他也没办法换一种步子。他的步子一贯都是自信的，他已经没办法改掉这种走路的习惯了。他已经决定从今天开始做一个自己理想中的好人和善人。于是，他在走出门厅的时候跟那里的总管朋友打了个招呼，然后又跟副经理打了个招呼，在肯尼亚这位副经理曾经被敌军俘虏过，他还会说斯瓦西里语，他年轻的时候是个充满朝气的小伙子，十分英俊，待人和蔼可亲，十分友好。现在他经历了很多的磨难和不幸的遭遇，但他却还不是骑士团的成员。

上校问："我那个当经理的骑兵军官①在哪儿呢？"

"他不在这里了，"副经理回答道，"噢，他只是离开一小会儿。"他又补充说。

"请将我的问候转达给他，麻烦你再派个人领我到我的房间那去。"上校说。

"那一间还是以前您住过的，您觉得还满意吗？"

"可以，跟我一起来的那位中士也安排好了吗？"

"是的，我们也为他作了最好的安排。"

上校说："做得好。"

上校转身向自己的房间走去，侍者拎着提包跟在他身边。

侍者招呼说："请这边走，上校。"因为液压的问题，电梯没有对准楼层就停了下来。

上校问："你就不能将这电梯摆弄好吗？"

"我办不到，上校，这是因为地区电压不稳定造成的。"侍者回答道。

---

① 原文为意大利文。

第八章

上校只是走在侍者前面，不再说话。两人一路朝走廊走去，走廊又大又宽敞，天花板修得很高。客房之间的间距也很长，显得十分的气派和高贵。除了仆人们的房间外，每一间客房都能看见外面的大运河，窗外的美景尽收眼底。因为这栋建筑以前是一座宫殿。

这段路走了很长一段时间，其实并没有多远的距离，上校觉得自己仿佛走了很久。管理客房的侍者个子矮小，皮肤黝黑，左眼眶里是一个亮晶晶的玻璃球，一闪一闪地发出微弱的光芒。他走了过来，帮上校开门，只是没办法在往门锁里使劲转着一把大钥匙的时候，在脸上保持之前那种充满阳光的笑容。但上校只想着这门快点打开，他并不在乎这些。

上校说："动作快点。"

"马上就行了，上校，您知道这些锁都有些不太好使。"侍者说。

是的，我知道，但我还是期望他能快点打开门。上校心想。

他问侍者："你的家人都怎么样了？"侍者这时候总算打开了房门，上校走了进去。两张柔软舒适的床在屋子的一边，屋顶上挂着一盏华丽的大吊灯，墙边又高又大的衣橱被擦拭得很亮，表面褐色的木漆也被清洗得很干净。窗户关得紧紧的，但是透过玻璃，还是可以看见外面波光粼粼的大运河，在湖面一阵阵涟漪被风儿吹起。

河水在冬天短暂又微弱的阳光的照耀下显出一种铁灰一般的颜色。"阿诺尔多，请你把窗户都打开。"上校说。

"真的吗？上校，现在风太大了，如果打开窗户会很冷的。

因为我们这里的电压不稳，供暖很差。"

"那是由于现在缺少雨水的缘故，发电厂没法发电，快去把所有的窗户都打开。"上校说。

"是的，上校。"

房间里的窗户被侍者全都打了开来，整个房间一下子灌满了呼呼的寒风。

"请你给服务台打个电话，请他们打这个电话号码。"上校递给侍者一个字条，然后他走进了卫生间。

"上校，伯爵小姐现在没在家，但是他们说你应该能在哈里酒吧那儿找到她。"他说。

"是的，你在'哈里'能找到这个世界上所有的东西。"

"是的，上校。或许幸福除外。"

"我能找到幸福。你知道什么是幸福吗？它就是一个没有固定日期的节日。"上校向侍者保证。

"这么说的话，我也想到了的，我给您带来了苦味堪培利酒和一瓶戈登杜松子酒。需要我帮你调一杯堪培利吗？用杜松子酒和苏打水调配。"侍者说。

"你真是善良的人，你从哪儿弄来的酒，酒吧那里吗？"上校说。

"不。我在您来之前就已经买好了。这样，在您来的时候，就不用去酒吧花多余的钱了。那里的东西的确有些贵。"

上校对他的看法表示赞同："是的。但是你用自己的钱去做这些事我还是认为有些欠妥。"

"杜松子酒只花了我三千二百里拉，绝对不会是走私货。堪培利酒才八百里拉。我只是遇到一次好运气。说起来，我们俩都常常碰到好运气的。"

"太棒了，真不错，小伙子。那些鸭子你觉得怎么样？"上校说。

"那样的美味我从来没有吃过，到现在我的老婆都还回味无穷呢。因为贫穷，我们一直吃不起鸭子，也不知道是什么味道。上次是我老婆按照邻居告诉我们煮鸭子的方法做了一顿美味出来，那些美味我们和邻居一起分享了，真是太美妙了。当一小片鸭肉被你放进嘴里的时候，简直难以用语言来形容那感觉。"

"我也是这么认为的。其他任何东西都比不上铁幕①那儿的肥鸭。那儿的鸭子味道鲜美，肉质丰富。你知道，每年那些鸭子都要从多瑙河沿岸的辽阔平原飞过，一路分队飞行，边走边歇地来到这里。它们在猎枪被发明出来以前，每年都按照同一条路线来回迁徙。"

"对狩猎这项运动我一窍不通。我们太穷了，没有钱参加这样的娱乐活动。"侍者说。

"但是你要知道，很多没钱的人在威尼托更热衷打猎呢。"

"是的，的确是这样。一整晚在那里都能听到猎枪的声音。但上校，我们比他们还要贫穷一些。我的生活比您想象的还要困难。"

"我想我能够想象出来。"

"或许吧，我老婆收集了不少鸭子的羽毛，她十分高兴，要我向您表达她最真诚的谢意。"侍者说。

"来这儿我就是要狩猎的，如果后天天气不错的话，我们肯定能收获更多的鸭子，全都是大个子的绿头鸭。告诉你的妻子，上帝保佑的话，我们就又有更多的美味野鸭吃了。它们从俄国那边飞过来，在那边吃得很不错，导致它们也一个个肥得像一头小猪，羽毛也很漂亮。"

"上校，您觉得俄国人怎么样？我没有冒犯您吧？"

"他们极有可能成为我们的敌人。就我私人感情来说，我倒挺喜欢他们的，是他们让我知道了那些比我们更优秀更强大的民

① 第二次世界大战之后，在西方广为流行的名词，指的是当时的苏联政府，因为西方人认为苏联竭力把自己及东欧共产党领导下的邻国封锁起来，如同与西方各国隔了一道铁幕。

族。不过，作为一个军人。我要时刻做好跟他们开战的准备。"

"这样的人我从来不奢望自己能结识。"

"小伙子，你会实现这个愿望的，别太失望，除非帕恰尔蒂大人要把他们拦在河水干涸的皮亚韦河沿线一带。或许在那里尊贵的帕恰尔蒂大人还会指挥战斗呢，但在那里我觉得他坚持不了多久的。"

"我从未听说过帕恰尔蒂大人，他是谁？"

上校说："我知道。"

"麻烦你现在叫服务台打电话去哈里酒吧。看看伯爵小姐在不在那里，如果她不在那里的话，就再往她家里打一次。"

阿诺尔多——就是那个戴着玻璃眼珠的侍者专门为上校调制的酒被他喝完了。他知道，喝酒对他的健康没有任何好处。他原本并不想喝酒的。

但是，上校的脾气却一贯地倔强，就像他从前接受生活里的每一件事那样一口气把它喝光了。他朝打开的窗户边走去，动作还是像一只猫，只不过现在已经是一只老猫了。他静静地望着大运河，太阳的光芒越来越弱，它现在差不多已经变成灰色了，就像德加①在他那些最灰暗的日子里画的画一样。

上校说："很高兴能喝到你为我配的酒。"这时候正在打电话的阿诺尔多冲着上校点点头，就连那只玻璃眼珠都露出了一股温暖的笑意。

要是他的眼珠还是正常的就好了。上校看着他的玻璃眼珠，心里想着。他只喜欢那些因为战争而残疾的人。

只有那些在战争中受伤和熬过来的人，才能唤起你内心真正的温暖和关爱，尽管其他的人都很好，你也爱他们，和他们每一个人都能成为朋友。

所以，随便找个残疾者都能来和我打交道。随便哪个人，只

---

① 德加（1834－1917），法国画家，早年是古典派，后来转为印象派。

要他是真的受过伤，我就真的把他当作从战争中活下来的人一样看待。我就喜欢他。上校想着，喝下那杯他并不喜欢的酒。

没错，上校内心的另一面、天性中好的一面告诉他，是的，你很爱他们。

上校想，我可不想见谁都爱，我宁愿去酒吧寻欢作乐。但是寻欢作乐的话，他天性中好的一面又开始说。如果你不是真正去爱一个人的话，你就不会得到欢乐。

行了，那我就比其他任何一个活在这世界上的人爱得都多、都深！上校对自己说，但是他并没有开口。

接着，他大声喊道："阿诺尔多，电话接通了吗？"

"现在奇普里安尼不在那里。但是他们认为他随时都会到那里，所以我不敢贸然放下话筒，担心他一会儿就到了。"侍者说。

"你现在问一下还有谁在那里，我想节省点时间。打个电话都这么费劲。确切告诉我那里都有些什么人。"上校说。

阿诺尔多拿着话筒小心翼翼地重复着上校的话。

过了一会儿，他用手捂住话筒对上校说："刚刚跟我通电话的是埃托雷。他让我转告您，现在阿尔瓦里托男爵不在那里；安德烈亚伯爵正在那儿喝酒，但有些醉了。他现在醉得还不是很厉害。如果您现在过去的话，还能跟他一起说会儿话。在那里，还有那些下午必到的女士们，有一位希腊公主也在，他说是您熟识的人；另外还有几个美国领事馆的废物在那里，他们从中午一直待到现在。"

"你替我告诉他，等那些废物走了之后再告诉我，那时候我再过去。"

阿诺尔多又弯下腰轻声地对着话筒说了几句话，然后就转过身来，走到正看着窗外那栋海关大楼的圆形屋顶的上校身后。"埃托雷让我转告您，他非常想把那些蠢货赶走，但又担心奇普里安尼不乐意。"阿诺尔多说。

"告诉他不要冲动，既然那些人今天下午没有公事要办，去喝几杯酒也是可以的，毕竟他们也有和其他人同等的权利，就不要赶他们走了。没关系，只是我自己不想看见那些人而已。"

"埃托雷说他等下还会打电话过来。他要我转告您，估计那些人喝够了自己就会走的。"

上校说："谢谢他的来电。"

他说完就看着窗外。有一艘凤尾船正在运河上逆风行驶，走得十分吃力。美国人喝起酒来可说不准什么时候才结束，我明白他们只是觉得无聊和烦闷，在这里也是这样。这个城市让他们觉得很压抑、很沉闷。所以他们的心情也郁郁寡欢。他心里想着。

政府发给他们的工资根本不够用。因为这里十分寒冷，燃料的价格非常高。这些人的妻子毫无畏惧，义无反顾地离开家乡来到这个城市。我倒是很佩服她们。他们的孩子在这里长大，说一口流利的意大利语，完全成了小威尼斯人。可是，今天我不想谈什么个人印象了，今天统统让他们见鬼去。什么个人印象，酒吧只是述衷肠、比拼酒量的地方，还有什么领事馆烦人的公事。

"阿诺尔多，第二、第三和第四副领事今天都不在吧。"

"领事馆里面有些人还是挺可爱的。"

"的确，有一位领事就非常好。他大概是一九一八年在这里担任领事的。他被所有的人尊敬和爱戴。我记得他叫什么名字来着？"上校说。

"上校，您就要回到那遥远的过往了。"

"我回到以前的那些时候，并不是一件值得快乐的事情。更多的时候都是难过。"

"以前发生过的每一件事您都能记住吗？"

"当然，我都能记住每一件事，那个领事叫凯洛尔。"上校说。

"他的名字我听过。"

"那时候你还不知道在哪儿呢！"

"我并不认为一个人只能知道他所生存的那个年代的事情。难道你是这么认为的吗，上校？"

"当然不是，小伙子。你告诉我，这个城市发生过的所有的事是不是每个人都知道？"

"虽然不能保证每个人清楚，但是也差不多了，因为每天都会发生那么多琐事。床单摆在那里，总得有人去更换，也必须有人去清洗，当然我不是特意说我们这样的旅馆。"侍者说。

"曾经有一段时间我就没有用过床单。"

"噢，那是自然。那些船夫和乘客一直都保持着很好的合作精神。我也认为他们都是最好的人了，但他们总是在互相传递着各种各样的消息。"

"那是肯定的。"

"还有教堂里的牧师。虽然他们从来不会泄露忏悔者的隐私，但是在自己内部人员之间他们却议论纷纷。"

"这个情形完全可以想象得出来。"

"并且他们家里的管家，特别是女管家，也喜欢互相闲聊。"

"这是她们享有的权利，这个谁也不能让她们闭嘴。"

"另外，还有酒店的那些服务员，身边的服务员总是被那些进来就餐的客人当成聋子，他们肆无忌惮地说这说那。所有的服务员虽然被酒店规定都不能偷听客人的谈话，但是谁能把自己的耳朵关起来呢？那些客人不分场合地说，服务员也无可奈何。自然而然，那些服务员听多了，各种消息也就相互在聊天的时候被传播出去了。不过，我们旅馆倒从来没有这种情况发生。我还能举出许多例子来。"阿诺尔多说。

"我认为你的意思我已经完全明白了。"

"更不用说那些美容师和理发师了。"

"里亚尔托①那里有什么新的消息吗？"

"除了您自己也参与了的事，在哈里酒吧您可以知道所有你想知道的事情。"

---

① 亚得里亚海北端的一个小群岛，威尼斯市即建在该群岛上。

"我参加什么事了？"

"世界上的事，人人都知道。"

"不错，你说的这些让我觉得很愉快。"

"托切洛那里发生过的事让一部分人不明白。"

"如果我自己有时可以理解，那才奇怪了呢。"

"请允许我冒昧地问您一句，上校，您多大岁数了？"

"五十一岁了。我在那里填有登记表，是为了方便向警察局提供旅客住店信息用的。你怎么不去门厅那里查一下？"

"我愿意听您亲口告诉我，并且祝贺您。"

"你的意思我没有理解。"

"无论如何。请允许我向您表达祝贺。"

"我恐怕不能接受。"

"这座城市的每个人都喜欢您。"

"谢谢，可是这样也太看得起我了。"

电话铃在这个时候响了起来。

上校说："我来接吧，"接着听筒那边传来埃托雷的声音。"你好，请问是哪一位？"

"坎特韦尔上校。"

"这里的阵地已经清理完毕了。上校。"

"他们都去哪儿了？"

"朝着皮亚扎那边去了。"

"好的，我马上就到。"

"需要给您留一张桌子吗？"

"好的，记得要角落那里的桌子。"上校说完，放下了话筒。

"我现在要去哈里酒吧。"

"祝您狩猎好运。"

"我后天早上天不亮的时候就要出发，然后将木桶放在沼泽地里。我躲在木桶里打野鸭。"

"那样会很冷的。"

"或许吧。"上校一边穿上了军用雨衣，一边说，接着照了照镜子，看了一下自己的脸，最后戴上了帽子。

他冲着镜子说："真是一张丑陋的脸，比这张脸更难看的脸你见过吗？"

"是的，上校，我每天清晨起床刮胡子的时候就能看到。那就是我的脸。"阿诺尔多回答道。

"看来我们都应该在黑暗里面刮胡子了。"上校对他说，然后从房门走了出去。

第九章

坎特韦尔上校走出格里迪旅馆的时候，只剩下一天中最后的一丝阳光照在他的身上。还有一些余晖在广场那边，但是船夫们也不愿意去对面晒着没有多少温暖的太阳，并且享受凛冽的寒风。他们全都愿意躲在格里迪旅店这边避风的地方。

这一点上校很明显地注意到了，他沿着广场朝一条向右拐的鹅卵石路走去。来到路口拐弯的地方，他停下了脚步，在圣玛利亚·德尔·吉里奥教堂面前仔细看了一会儿。

这是一栋多么美丽又轻盈的建筑啊，看到它，就觉得面前是一个有着曼妙身材的女子，好像随时都能腾空飞跃一般。原来一座教堂也可以像一架 P–47 型飞机，我从来没有这样想过。我真应该好好调查一下是谁创造了它，又是什么时候修建的。噢，见鬼，我真希望我能一辈子留在这座城市里，他想着。一辈子？上校告诉自己，这是什么样的笑话啊，把我自己都差点儿憋过气去。伙计，算了吧，一匹生病的马儿是没办法赢得比赛的，上校对自己说。

况且，上校想着，这时候他刚好经过几家店铺的橱窗。他看见熟食店的柜台里摆着圣达尼莱火腿、帕尔梅森奶酪和一些香肠，还有货真价实的戈登杜松子酒和高级的苏格兰威士忌。旁边紧挨着的是一家厨具店，接着是古董店，好几样十分不错的艺术品、古老的地图和版画在里面摆放着。然后是一家二流饭馆，但是它却用精致华丽的装修来假冒一流的饭店。没多久，他就来到了一条支流河道上的第一座桥下面，只需要沿着桥边的台阶就可以走上去，除了有一点儿耳鸣，我感觉还没有那么糟糕。记得我刚出现耳鸣的症状时，我还认为是树林里的蝉在叫呢。原本我并不打算问年轻的劳里，结果我还是问了。他告诉我：没有，我一点儿也没听见蝉叫和蟋蟀叫，将军。只有一些再普通不过的声响罢了，夜晚十分宁静。

上校慢慢地走上了桥边的台阶。感到一阵明显的刺痛。当他从另一边下桥的时候，看见了两个十分美丽的姑娘在兴致勃勃地聊着天。她们都没有戴帽子，衣服布料虽然不是极好的面料，但样式非常时髦。她们拥有威尼斯女人修长的美腿。当她们开始登上台阶的时候，轻盈的步伐显得活力十足，风吹起了她们披着的长发，她们真是美极了。最好不要再看那些橱窗了，上校告诉自己。接着，上校走过第二座桥和两个广场，右转，穿过一条笔直的道路，就可以看见哈里酒吧了。

果真，上校没有再看街边的橱窗，但是他在桥上的时候又感到了一阵刺痛。他只是偶尔看一眼擦身而过的行人，仍然迈着一贯的步伐向前走着。他想着，这里的空气含有许多的氧气，迎着风，他深深地吸了几口。

拉开哈里酒吧的大门，他径直走了进去。他又来到这里了，又一次回到了家。

吧台旁边靠着一个高个子的男人。这个男人真的很高，身材修长，但不太匀称，就像一头凶猛的狼，却长了一副水牛的身体。他拥有一张极有教养但受过伤的脸庞，一双快乐的蓝眼睛闪烁着光芒。"你好啊，我那尊敬而又充满敌意的上校！"他喊道。

"总是想着歪门邪道的安德烈亚，你好。"

他们拥抱在一起，很高兴。安德烈亚身上那件十分气派的粗呢面料的大衣，被上校用手抚摩着。这有二十多年的历史的大衣，一直跟在主人的身边。

上校说："安德烈亚，你的精神看上去不错。"

这只是个善意的谎言，两个人都心知肚明。

"是的，我觉得我的精神从来没有像现在这样好。你的状态看上去也非常不错。"安德烈亚的回答也违背了事实。

"我们都是健康的老家伙，一直能够活到把整个地球都继承下来。谢谢，安德烈亚。"

"听上去很不错。不过我比较希望最近就能继承些什么东西。"

"你将会继承到六英尺四以上的土地呢，并且还刚好和你身体的面积差不多。你能有什么好抱怨的呢。"

"是六英尺六，你这个糟糕的老头子，现在还在军队①里干苦活儿吗？"安德烈亚说。

"当然不，我现在正准备去圣雷拉霍狩猎呢，我的差事并不辛苦。"上校说。

"我知道这件事儿。但是，现在说笑话千万不要用西班牙语。刚才阿尔瓦里托正在找你，他一会儿还会再来。他让我告诉你一声。"

"好的。你的孩子们和那可爱的妻子都一切安好吗？"

"当然好，她们都要我向你转达她们对你的问候。现在她们都在罗马。看看，你的姑娘来了，或者是你的姑娘们中的一个来了。"安德烈亚的个子很高。所以，虽然快要天黑了，但他还是看得很清楚——不过，即使天已经漆黑一片，这位姑娘还是会被认出来的。

"让她先过来和我们喝一杯吧，然后你再把她带到角落里那张为你留的桌子那边。她真是个美丽又可爱的姑娘，对吗？"

"当然。"

她从外面走了进来，步伐轻盈优美，风把那披在肩上散着光泽的深色长发，吹得有些凌乱。她的皮肤呈现出淡淡的橄榄色，高高的个子，浑身上下散发出一股耀眼的青春活力。她的侧面让你或者任何一个男人看见都会心跳加速，被她吸引。

上校说："我可爱的大美人，你好啊。"

---

① 原文为法文。

"噢，你好，我还以为今天见不着你了呢。对不起，我来晚了。"她说。

她用英语问候。声音柔和低沉，小心翼翼。

"安德烈亚，你好啊，艾米莉和孩子们一切都还好吗？"她说。

"噢，是的。她们现在跟我中午回答这个问题的时候应该是一样的。"

"抱歉，我太高兴了。所以总是说一些莫名其妙的话。我该说些什么好呢？今天下午你在这里过得开心吗？"她的脸不由自主地泛起红晕。

"是的，和我的老朋友，最严厉的批评家一起。"安德烈亚说。

"是谁？"

"苏格兰威士忌与水。"

"我觉得在他要取笑我的时候，是绝对不会放过我的，"她转头对着上校说，"你从来都不会取笑我，是吗？"

"你现在可以把他带到那张桌子那边去了，就是角落里那张。和他好好谈谈吧。对你们两个我已经感到腻烦了。"

"但我对你我还没感到腻烦呢，不过你说得不错。我们去喝一杯好吗？雷娜塔。"上校说。

"如果安德烈亚不会生气的话，当然没问题。"

"我从来都不会生气。"

"那安德烈亚，你能和我们喝一杯吗？"

"不用了，快去你们的桌子那儿坐着吧，那儿空空的，让我觉得有些不舒服。"安德烈亚说。

"再见。我依然感谢你，虽然我们没有喝上一杯。"

安德烈亚说："再见，里卡多。"他不想再说什么了。

他转过身，用修长、高大的背影对着他们。安德烈亚冲着吧台后面的镜子看了看，那里映出一张男人喝醉酒的脸庞，那副样子让他觉得真是令人嫌恶。"埃托雷，请将这里的费用全都记在我的账单上面。"他喊道。

安德烈亚充满耐心地等着侍者将他的大衣送过来，然后伸出两只手臂穿了过去。接着他拿出一点儿零钱给了那侍者当作小费，这点儿钱比他应该给的刚好多了百分之二十，然后他走出了酒吧。

角落里那张桌子旁。"我们是不是伤害了他的感情？"雷娜塔问。

"不会的。他很喜欢你，对我也很好。"

"安德烈亚真好，你也非常好。"

"服务生，"上校喊了一声，接着问，"你是不是也要一杯干马提尼？"

"是的，我喜欢这种酒。"她说。

上校说："来两杯'蒙哥马利'干马提尼，十五份兑一份。"

前来点餐的是曾经在沙漠待过的侍者，于是他微笑着走了。上校重新望着雷娜塔。

"你真是个既漂亮又可爱的好姑娘，我爱你。"上校说。

"你一直都是这么说，我喜欢听你这么说，尽管我都不明白到底是什么意思。"

"你多大了？"

"为什么问这个？就要满十九岁了。"

"这代表着什么意思你还没有明白吗？"

"没有，难道我应该明白吗？在告别的时候美国人总是说'我爱你'的，这好像是他们必不可少的话语。但是不管怎么样，我也非常地爱你。"

"什么都不要多想了。就让我们拥有一段美好的时光吧。"上校说。

"很高兴你这么说。每天的这个时候我都有些迷糊，想不清楚许多事情。"

"酒拿过来。记住，喝酒的时候不要说那些客气的话。"上校说。

"我很早以前就记住了。那些客气的话，什么'你好'或者'请干杯'之类的话，我从来不说。"

"我们只需要举起酒杯就行了。我们可以碰一下的，如果你想的话。"

她说："我当然愿意。"

跟冰一样冷的马提尼酒，是按照真正的蒙哥马利调制法做出来的。他们互相碰了一下酒杯，感到一种愉悦的暖流在身体里来回流动。

上校问："之前那段时间你都在做什么呢？"

"我就等着离开这里去上学，什么也没做。"

"去哪儿上学？"

"只要能让我学到英语。哪里我都去。谁知道呢？"

"转过头来，抬起下巴看着我。"

"你是开玩笑的吗？"

"当然不，我从不开玩笑。"

她温柔地转过脸，抬起了头。一点儿虚荣和自负的表情上校都没有看到，也没有察觉一丝卖弄风骚的味道，他感到自己的心脏就像一只在洞穴里睡觉的野兽突然翻了一个身一样在体内翻腾，然后身边睡着的另一只野兽被温柔地惊醒一般。

"噢，你呀，你没有想过当天堂的女王吗？"上校说。

"那是对神灵不敬的。"

"噢，是的，我也那么觉得，我收回我刚才的话。"上校说。

"噢，理查德，不，我还不能说。"她说。

"你说吧。"

"不行。"

上校心里想着，我命令你快说。但她却说："请你不要再用那样的眼神看着我好吗？"

"我刚刚一不小心犯职业病了。我很抱歉。"上校说。

"如果我们以后结了婚，你也会在家里犯职业病吗？"

"我发誓不会的。我绝对不会那样，从内心深处不会。"

"对任何一个人都不会吗？"

"是的，对你们任何一个女人都不会。"

"我不喜欢'你们女人'这个词语，这听上去又跟你的职业有那么一点儿关系。"

"那就让我们将我的职业从那扇该死的窗户那儿扔到大运河里好了。"

"算了，你看你又开始说这样的话了。"她说。

"好吧。因为我爱你，所以我能让我的职业病乖乖地滚开。"上校说。

"现在，好了，让我摸一摸你的手吧，你把手放到桌子上来吧。"她说。

上校说："谢谢。"

"我只是想感受一下它，你不要说这样的话。因为在这整整一星期的晚上，我每天做梦都会梦到这只手，差不多夜夜如此。梦境杂乱无章，十分奇怪，我竟然梦见这是基督的手。"她说。

"你怎么能做那样的梦呢？那真是糟糕透了。"

"但那只是做梦而已。我明白。"

"你没吃什么有麻醉效用的药物吧？"

"你说的话我听不懂。你不要跟我开玩笑了。我告诉你的，真的都是我梦见过的事情。我现在正跟你说正经的事情呢。"

"那你梦见那只手在做什么呢？"

"什么都没做。或许那并不是真的。我在梦里大部分时间都是只看见一只手的轮廓而已。"

上校问："跟这只一样？"那只因受伤而变得有些畸形的手，被他自己带着厌恶的表情看着。他又想起了造成这样后果的那两次不幸的遭遇。

"跟这只不像，是那一只。我可以轻轻地抚摩一下吗？会不会让你感到疼痛？"

"不会的。那只手是没什么感觉的。我只是头、腿和脚会感到疼痛。"

"理查德，你错了，那只手的感觉是非常灵活的。"她说。

"你不要认为我对它一点儿都不介意，我一点儿也不愿意多看它几眼。"

"当然了，但是你也不需要梦到它的。"

"是的，我还做一些别的梦。"

"是的，我可以想象得到。但是我这段时间一直会梦到这只手。不过，我现在终于小心地抚摩过它了。我们可以多谈论一些有趣的事情，如果你愿意的话。值得我们谈论的有趣的事都有哪些呢？"

"那我们就来观察一下周围的人吧。我们来聊这个话题。"

"真是个不错的主意，但是我们不能对他们恶言相向，只能用我们的智慧来谈论他们。"她说。

"好的，服务员，再给我们来两杯马提尼①。"上校说。

上校发现旁边的桌子上明显坐着两位英国客人，所以他没有大声地喊"蒙哥马利"。

这个男人或许曾经受过伤，虽然他流露出的神态并不很像，上校心想。请帮助我摆脱那些残忍的想法吧，上帝啊，请让我专心注视着雷娜塔的双眼。这正是她最美丽的地方，他想着。那么长的睫毛我从来没有见过，她的双眼真诚而又坦率，她的眼神显得那么纯真。她除了看你以外，从来不用这样的眼神看别的人或事。多么美好的姑娘啊，我却在这里做什么呢？这样做是非常不道德的。上校心想，她是你最后的、真正的和唯一的爱，这并不是邪恶。这仅仅是不幸。不对，这是极端的幸运，你非常幸运，

---

① 原文为意大利文。

他想着。

他们俩在角落里的一张小桌子旁坐着，有四个女人坐在右边一张大桌子旁。有个女人身穿着看上去就像舞台剧用的戏服一样的丧服，上校因此想到马克斯·赖恩哈特①执导的《奇迹》中，黛安娜·曼纳斯夫人扮演的修女。这个女人有一张丰满的脸，露出快乐的神情，有些令人着迷，但跟她身上穿的衣服一点儿也不协调。

另一个女人有着一头白发，那发色看上去要比普通人的白发还要白三倍。她的脸庞也是讨人喜欢的那种，上校心想。上校觉得另外两个女人的样子就没什么特别了。

他问："那几个女人是同性恋吗？"

"我不知道，不过她们看上去都十分可爱。"她回答道。

"我并不是批评她们，我只是说出我的看法。她们到底怎么样，我一点儿也不在乎。但我觉得她们是同性恋者。当然了，或许只是普通的好朋友。或者这两种情况都有。"

"你谦和讲理的时候真可爱。"

"你是不是认为'绅士'这个单词是从'彬彬有礼'② 这个单词派生出来的？"

"我不知道，"她回答道，然后他那只受伤的手被她用手指温柔地抚摩着，"当你彬彬有礼的时候，我就觉得自己喜欢你，无法抑制地喜欢。"

上校说："那么我就要非常努力地做到彬彬有礼了，她们桌子后面那个狗崽子你看到了吗？你觉得他会是谁？"

"看来彬彬有礼的样子很难持久啊，这个问题就让埃托雷来帮我们解决吧。"她说。

---

① 马克斯·赖恩哈特（1873－1943）奥地利著名导演，《奇迹》是他最富丽堂皇的代表作，该戏演出人员达两千多人，将现代戏剧与宗教仪式结合为一体，蔚为壮观。

② "彬彬有礼"的英语单词为 gentle，"绅士"为 gentleman。

第三张桌子旁坐着的那个男人。他的相貌有些奇怪，就像一只被放大了的黄鼠狼或者雪貂的脸。他们望着他，那人表情黯然。充满了坑坑洼洼的小坑的脸，就像是用廉价望远镜看到的凹凸不平的月球表面。对了，这张脸跟戈培尔的脸十分相似。如果戈培尔先生乘坐飞机时不幸遇到火灾而又来不及跳伞，就会被火雕刻成这样一张丑脸，上校心想。

那张脸上的眼睛一点儿也不安分，仿佛只要一直盯着对方看，同时在心里不停地思考，就能将这个人看透或者得到问题的答案一般。而且它一直转来转去地盯着酒吧里的每一个人。他有一头看上去不像是人类毛发的黑色的头发。仔细观察一番，现在这些头发都是后来移植上去的，根本就不是原来的头发，以前的头发早就连同头皮一起被剥掉了。真有趣，他会不会是我的同胞？应该没错，他就是我的同胞，上校心想。

坐在他身边的一个女人虽然有些年纪了，但仍然精神奕奕。这个男人在和那女人说话，说话的时候，那个男人的眼睛仍旧直直地盯着所有人，他嘴角还流出一丝口水。上校想：这妇女跟《妇女之家》杂志中的插图有些像，大概母亲的形象都是如此。的里雅斯特军官俱乐部定期收到许多种杂志，其中包括《妇女之家》。这本杂志受到上校的喜欢，每次一收到，他就会拿来阅读一番。那本杂志里面不仅介绍一些性行为的常识，还介绍各种精美的食品制作。这两样都能引起我的欲望。这杂志其实挺不错的，他心想。

那家伙究竟是个什么样的人呢？他看上去就像一张漫画里的美国人，被扔进绞肉机里，然后绞到一半又掉了出来，接着又被丢到油锅里炸了一下。糟糕，上校心想，我怎么这么去想象别人呢？我现在又做不到彬彬有礼了，一脸疲惫的埃托雷来到上校的桌子旁边。喜欢开玩笑的他天生对别人缺乏应有的礼貌。"你知道那边那位圣人是谁吗？"上校问他。

埃托雷摇了摇头。

上校心想，看着他的样子，就好像忘记岁数变大而应该换假发的情形。而那个个子矮小、皮肤黝黑的人，闪着光泽的黑发和那张奇特的脸一点儿也不协调。不过这张脸的确与众不同，就像凡尔登①周围的丘陵，他想。我觉得他不可能是戈培尔了，他肯定是在那些家伙的末日里，当《众神的黄昏》②奏响时就变成了这张脸吧。《来吧，甜蜜的死亡》③，他想着。他们最后一定都给自己买到甜美的"甜蜜的死亡"。

"雷娜塔小姐，你应该对'甜蜜的死亡'三明治不感兴趣吧？"

"当然了，我相信奇普里安尼能做出这样的三明治，但是仍然不会喜欢它，虽然巴赫是我喜欢的作曲家。"她回答道。

上校说："我并没有说巴赫的坏话。"

"我知道的。"

"该死的，"上校说，"其实巴赫应该算是我们的盟友，就像你一样。"他补充了一句。

"我认为不需要总是拿我做比喻。"

"女儿，我跟你开玩笑只是因为我爱你呢，你什么时候才会明白？"上校说。

"现在我就懂了，但是你要记得，粗鲁的玩笑一点儿也不有趣。"她说。

"好的，我明白了。"

"你这个星期一共想了我多少次？"

"每时每刻都在想你。"

"不，我要听实话。"

"这就是实话。"

"你觉得在我们之间，事情已经变得这样糟糕了吗？"

① 法国的城市。
② 《众神的黄昏》也可译为《神界的黄昏》，是瓦格纳创作的三幕歌剧。
③ 《来吧，甜蜜的死亡》是巴赫的一首作品。

"我不知道，有些事情我并不想弄明白，这就是其中的一件。"上校回答。

"对我们来说，事情还没有那么糟糕，我想。我根本就没想到会糟到这样的程度。"

"那现在你算是知道了吧。"

"是的，现在我就知道了。不仅现在已经知道，而且牢牢记在心上，永远也不会忘记。是这样吗?"她说。

"你只需要说'现在就知道'，就足够了，埃托雷，那个旁边坐着一位漂亮太太、有着一张给人灵感的脸的家伙，不是住在格里迪的吧?"上校说。

"是的，他不住在格里迪，他住在隔壁的旅馆，但有时候会去格里迪吃饭。"埃托雷说。

"那就行了，如果我心情很糟糕的话，或许看见他就会变得愉快起来。那个女人是谁? 他的妻子? 母亲? 女儿?"上校说。

"这就不知道了，我真被你问倒了，他在威尼斯的行程我们从来都没有注意过，他根本引不起我们的任何情绪。"埃托雷说，"或许我可以帮您去问问奇普里安尼。您真的想了解他的情况吗?"

"不用了，我们不要再谈论他了，你觉得呢?"她说。

上校说:"好的，我们不要再谈他了。"

"理查德，不要为了这个人而浪费了我们的时间。我们在一起的时间不多。"

"当我看着他的时候，我觉得就如同在看戈雅①的画一样。脸也是一幅画。"

"不要再去管那个人了。他来这儿不是伤害别人的。请你看着我的脸，让我也看着你的脸。"

"我可以看着你的脸，但是你不要看着我的脸。"

---

① 戈雅 (1746－1828)，西班牙画家。

"不，这是不公平的。我整个星期都要记住你的脸。"她说。

上校问她："那么我该做些什么好呢？"

埃托雷这时候又走了过来。就这么一会儿，他已经火速收集了相关的情报，就跟一个威尼斯人会做的那样，他总是离不开一些类似阴谋的活动。

"我有一个同伴在他住的那家旅馆里工作，他告诉我这个人每次要喝三四杯威士忌，然后开始写作，一直到深夜。"他说。

"我觉得那样大约会写出十分精彩的作品吧。"

"可能吧，可是但丁并不是这样写作的。"埃托雷说。

"但丁也是个老家伙①，我没有别的意思，我只是说但丁作为人，是个老家伙而已。"上校说。

"是的，在佛罗伦萨以外，每一个了解但丁生平事迹的人，都不会反对这个看法。我赞同。"埃托雷说。

上校说："操他的佛罗伦萨。"

"这可不是件容易事儿，很多人都有干它一下的想法。但是成功的却寥寥无几。你为什么那么讨厌它呢，上校？"埃托雷说。

他用意大利语说："一言难尽。我年轻的时候，所带领的团的补给兵站就在那里，补给兵站。"

"这个我可以理解。我也有不喜欢它的理由。那么，您知道哪个城市好吗？"

"当然。绝对是这个城市，米兰的一块；还有波洛尼亚和贝加莫。"上校说。

埃托雷说："奇普里安尼收藏了许多伏特加，俄国人来的时候可以派上用场。"他喜欢开一些俗气的玩笑。

"他们自己会带伏特加来的，这样可以避免缴纳关税。"

"我相信奇普里安尼肯定为他们做好了准备。"

"那唯一一个这么做的人肯定是他了，请转告他，千万不要

---

① 原文为法文。

收下级军官开出的敖德萨银行①的支票。谢谢你告诉我那些关于我同胞的事情。我不耽误你工作了。"上校说。

埃托雷离开了。转头看着上校的姑娘凝视着那双坚韧又苍老的眼睛，将双手轻轻放在他那只畸形的手上，温柔地说："你刚才真是非常的彬彬有礼。"

"我爱你。你真是美丽极了。"

"这话听上去真令我开心。"

"我们去哪儿吃晚饭呢？"

"我要先给家里打个电话，问问妈妈我能不能在外面吃晚饭。"

"你这会儿怎么变得忧郁起来了？"

"是吗？"

"是的。"

"我并没有什么忧郁，真的。相信我，你一定要相信我，理查德。我和平时一样地快乐，这是事实。但是，如果你是一个十九岁的女孩儿，却爱上了一个五十多岁的男人，并且知道他即将离开人世，你会有什么感受？"

"你说得真坦白，不过我喜欢你说这话时的样子，那真美。"上校说。

"因为我一直约束着自己，所以我以前从来都不会哭，从来不。但我现在真的好想哭。"姑娘说。

"别哭了，让别的东西都见鬼去吧，我现在挺绅士的。"上校说。

"请你再说一次你爱我。"

"我爱你，我爱你，爱你。"

"你能努力活下去吗？"

"能。"

_____

① 乌克兰南部港口城市。

"医生有什么建议？"

"还不错。"

"没有继续恶化？"

"没有。"他对她撒谎了。

"那就让我们再喝一杯马提尼吧，这真是值得庆祝的事情，你知道我在遇见你之前从来不喝马提尼。"她说。

"是的。但你现在挺能喝的。"

"你是不是该吃药了？"

"是的，我应该吃药了。"上校说。

"让我帮你好吗？"

"好，你帮我吧。"上校说。

酒吧里的人进进出出，走了一批，又来一批。他们仍然坐在角落里那张桌子旁。服完药后上校感到有些晕眩，每次吃药后都会发生这样的情况，但他从不在乎。真他妈的该死，上校想。

上校看见姑娘正看着他，就朝她笑了一笑。从小时候第一次会笑的时候开始，就是这样的笑容。这是五十年来他一贯保持着的微笑。这个笑容就跟祖父那把珀迪牌猎枪一样完美。上校想着，我猜测肯定是我哥哥拿走了那支猎枪。这支枪应该给他，他打枪从来都比我准。

"听着，孩子，不需要为我难过的。"他说。

"我没有难过。一点点都没有。我只是很爱你。"

"这种职业并不太理想，对吗？"上校说"职业"这个词，用了西班牙语。每次当他们不愿在别人面前讲英语的时候，而又不再用法语谈话，他们就会用西班牙语交流。西班牙语总能一针见血地表达你想表达出的意思，虽然它并不是一种很细腻的语言，甚至有的时候比玉米棒子的芯还要粗糙一点，上校想着。

"这种职业挺糟糕的①，我说的是爱我。"他重复道。

---

① 原文为西班牙文。

"是的。但这却是我唯一能够拥有的。"

"你没有再写诗了吗?"

"没有,那都是一些小女孩才会写的诗,就像某个小女孩画的画一样。一旦到了某个特定的年龄,人人都会显露出特别的才华。"

你在这个国家住着,到了什么样的年龄才会变老呢? 只要是在威尼斯,就没有人会变老,他们只是成熟得快。在威尼托区的时候我自己就成熟得相当快,以后再也没有像二十一岁的时候那样成熟了,上校心想。

"你母亲还好吗?"他的表情十分和蔼。

"她只是不喜欢见客人。她现在几乎任何人都不见,她实在太忧伤了,但她非常好。"

"假如我们生个孩子的话,她会不会介意?"

"我不知道。你知道,她很聪明,不过我想,我总是要嫁人的。但我实在不愿意。"

"我们俩可以结婚。"

"不行,我觉得我们不应该那样做。我的这个决定很坚定,就像我决定自己不要随便哭一样坚定。我仔细考虑过了。"她说。

"或许你做出了一个错误的决定。基督知道我曾经做过一些错误的决定,许多人因此而丢掉了性命。"

"我从不相信你会做出那些错误的决定。我觉得你夸大了事实。"

"虽然不是很多,但在我们的职业中也够了。干我们这项工作,错三次已经算多了,而我就曾经错了三次。"上校说。

"我很想听听那些错误都是什么,能告诉我吗?"

"你听了会厌烦的,我自己想起来都非常难受。何况你还是个局外人。"上校告诉她。

"我算是外人吗?"

"不是的。你是我今生最后、唯一真正的爱,是我的最爱。"

"你是什么时候做出那些错误决定的？"

"第一次是在很久以前。第二次距离现在也有相当长一段时间了。最后一次就在不久前。"

"你可以告诉我都是些什么事吗？我真的愿意为你分担一些痛苦。"

上校说："错误早就犯下了，代价也早就付出了。我怎么能再将你拖入这些自责的深渊，让你受折磨呢。让它们都见鬼去吧。"

"请你告诉我吧，究竟发生了什么事？"

上校说："对不起，我不能告诉你。"他们结束了这个话题。

姑娘说："那就让我们再来找点乐子吧。"

"是啊。我们的美妙日子只有一次。"上校说。

"那可说不定，我们还有来世。"

"我可不这么认为，请将你的脸侧过去，美人。"上校说。

"这样吗？"

"是的，正是这样。"上校说。

好吧，现在是最后一战，它是第几场我也不知道。或许现在已经是最后一场了。以前有三个女人进入了我的心。我也爱上了她们，但我却失去了她们，上校心想。

她们离你而去，那样难过就像你丢掉了一个营。这种难过，正因为无法实现的任务、那些错误的决定以及极其不好应对的环境，还有残酷。

在我的一生中，离我而去的有三个营和三个女人，现在出现在我面前是第四个，也是我最爱的一个，谁知道最后的结局呢？

将军阁下，请你告诉我，噢，我只是顺便请教。我们只是互相讨论一下情况而已，并不需要搞得像军事会议那样紧张。对局势的发展我们现在要坦率地说出自己的意见，就像你往日常常向我指出的那样：您的骑兵去哪儿了，将军？

上校对自己说，我自己也考虑过这个问题。骑兵部队又不知道自己应该做什么、怎么做，他们就将会搞得一团糟——实际上部队中只要有一部分人茫然无措，就足以搞乱整个阵营了。这种事情就像骑兵部队在任何一场战争中的表现一样，全都是因为他们胯下的那些高大的战马。而部队的指挥者却不知道他的骑兵部队在什么地方。

"你是我在世上最心爱的和最亲爱的姑娘①，美人儿，我知道自己是个枯燥乏味的人，我很抱歉。"他说。

"我爱你，我只希望你能有个愉快的夜晚，我从来都不觉得你是个乏味的人。"

"今晚我们肯定会有一段美妙的时光，你觉得有什么特别的事能让我们快乐吗？"上校说。

"当然了。我们可以为这座城市而快乐，也可以为我们在一起而快乐。你常常都充满快乐。"

"是的，我经常保持着快乐的心情。"上校显得十分赞同。

"这样快乐的时光你觉得我们还会有吗？"

"当然，为什么不呢？肯定会有。"

"那边有个一头浓密的鬈发的年轻人，你看见了吗？他那头鬈发是生来如此的，它们其实只需要被他轻轻地往后顺一下，就会显得他更加英俊了。"

上校说："是的。我看到他了。"

"他是一名十分优秀的画家，但他那两颗门牙却是镶的假牙。他曾经还有过一些鸡奸②的行为，还有一次，一些别的鸡奸者在里多③的一个月圆的晚上偷袭了他。"

"你多大了？"

"快要十九岁了。"

"这些事你从哪里听来的？"

---

① 原文为法文。
② 原文为法文。
③ 威尼斯一个岛屿的海滩浴场。

"从一个船夫那儿。这名年轻的画家他才二十五岁，是个难得的天才。现在真正出色的画家已经很少了，但是令人觉得糟糕的是这个年纪他就镶上了假牙。"

上校说："我是真心真意地爱你的。"

"我也全心全意地爱着你。我也要用意大利的方法爱着你，无论这个爱在美国人那里代表着什么。"

"我们期望太多不是件好事儿，还是应该更加实际一点，我们经常会得到它的，机会很多。"上校说。

"是的，我赞成，但我仍想得到我现在就想得到的。"她说。

他们都沉默了下来。终于姑娘开口了："那个年轻的画家，他交了许许多多的女朋友，现在早就是个男人了。为了掩盖他那些不光彩的事，他和各式各样的女人交往。不过曾经他给我画过一幅肖像画，我很高兴可以把它送给你，假如你喜欢的话。"

"我肯定会非常喜欢的，谢谢。"上校说。

"那幅画里的头发要比我实际的头发长上一倍多。看上去我仿佛正从海底浮上来，但是头发却很清爽。画的意境十分浪漫，事实上，如果你真是从海里冒出来的话，海水肯定把头发弄得湿漉漉的，头发披在身后一缕一缕笔直的，就像一只快死掉的老鼠一样。虽然我觉得画上的人一点儿也不像我，爸爸却花了相当高的价钱买下了它。但是我却认为那一定像你脑海中的我。"

"曾经我也想象过你浮出海面时的模样。"

"那样子肯定非常难看。不过，我想你可能会很喜欢，想把这幅画拿回去作纪念。"

"你妈妈不会生气吗？"

"她不会想那么多的，我想她很愿意把这幅画送给别人。家里有很多比这幅更好的画。"

"我真的很爱你和你母亲。"

她说："我一定会转告她的。"

"那个脸上凹凸不平的家伙真的是一个作家吗？你觉得呢？"

"当然了。埃托雷喜欢开玩笑，但却从来不撒谎。他就是这么说的。告诉我什么叫蠢货，把真实的意思讲给我听，理查德。"

"我想应该就是指那些对自己的职业毫不在乎，却又喜欢自以为是的家伙吧。这还真有点儿难以解释呢。"

"我想我得学会在哪种情况下才能用这个词语了。"

上校说："你不要随便用这个词儿，最好是不用。"

"你准备什么时候送给我那幅画呢？"过了一会儿，上校问道。

"今天晚上就可以，只要你喜欢。我叫人包装好就从家里给你送过去。你准备把它挂在哪里？"

"当然是挂在我的屋子里。"

"不会有人进去对我指指点点，说些令人难堪的话吗？"

"当然不会。我还会告诉他们，这是我女儿的肖像。他们都是很好的人，不会做那些事的。"

"那你有女儿吗？或者曾经有过吗？"

"没有。所以这是我一直所盼望的。"

"那么我可以当你的女儿呀，当然，我也愿意当你的其他人。"

"那可就是乱伦了。"

"在这样一座古老的城市里，我坚信这种事不会让别人觉得很可怕。他们的眼界早就因为这个城市发生的那些事，变得更宽广了。"

"女儿。听我说。"

"好吧。这个称呼真不错，我真喜欢。"她说。

"太好了，我也非常喜欢。"上校说，他的声音听上去有些沙哑。

"现在你能懂我了吗？为什么我知道不该爱你，但还是控制不住地爱上你了吗？"

"女儿，听我说，我们去哪儿吃晚饭呢？"

"都可以。只要是你喜欢的地方。"

"那么你觉得格里迪怎么样？你想去那里用餐吗？"

"十分乐意。"

"那现在你去给家里打个电话吧，问问你妈妈可不可以。"

"不用，我决定不问了。我只需要找人给她们说一声就行了。她们只要知道我在哪里，就可以放心了。"

"你真的喜欢去格里迪那儿吗?"

"对啊，那里的餐厅非常漂亮，而且你还住在那里呢。谁想要看看我们的话，就让他们看个够。"

"什么时候你变得这么不在乎了?"

"我一直都没把别人是否在意放在心上。我从来都是这个样子啊!除了在还是小女孩时我撒过几次谎、发过几次脾气外，从没做其他什么见不得人的事情。"

上校说："我真希望我们能结婚，再生五个儿子。"

"我也想这样。然后分别把他们送到世界的五个角落。"姑娘说。

"世界上有五个角落吗?"

"我不清楚，管他呢!既然我都说了，那么听起来就挺像那么回事。现在我们不是又感到高兴了吗?"她说。

上校说："是的，女儿。"

"你再那样说一遍，就像刚刚那样。"

"是的，女儿。"

"噢。人一定是某种复杂的动物，我可不可以握住你的一只手呢?"她说。

"我一点儿也不喜欢它。它太难看了。"

"它只是不被你明白而已。"

"我认为你做得不对，女儿。这是一个人对事物的看法问题。"上校说。

"也许是吧。不过我觉得那些令人难过的阴影都随风消逝了。我们现在又非常快乐了。"

"这种感觉就像太阳上升的时候，在山谷中弥漫缭绕的雾气一刹那消失在阳光中一样，而我的那一轮太阳就是你。"上校说。

"当月亮我比较喜欢。"

"那么只要你高兴，你就是我的月亮。你可以是任意的一颗星星，而我会告诉你这些星星在天空中的准确位置。上帝啊，只要你愿意，女儿，即使是一个星座，你也可以当的。但是，那却是一架飞机。"上校对她说。

"我只想当月亮。因为她也有许多悲伤。"

"是的。她悲伤的情绪总是定时来到。但在悲伤之前她都是快乐的，或者说就如同它在残缺之前总是圆润，它总是月复一月地快乐和悲伤。"

"有时候我抬头看见它在天空中高高挂起，就真的十分心疼那种孤独的忧伤。"

上校说："它在那里已经很久很久了。"

姑娘问道："我们再来一杯'蒙哥马利'可以吗？"上校这时候发现邻桌的英国人已经离开了。

噢，之前那段时间，他的眼里、心里全都是姑娘美丽的脸庞，根本没有去注意周围的一切。上校想，这样下去的话，我肯定就会变成一个没用的人了。但从另一个角度来看，这也充分说明了我的专心一致，但这次我真的太大意了。

"当然，只要你喜欢，我们为什么不多喝一杯呢？"他说。

姑娘说："它让我产生了一种美好的感觉。"

"这种奇普里安尼亲自调的酒，也会在我身上产生相同的作用。"

"奇普里安尼是个聪明人。"

"他聪明的地方多着呢，也是个十分能干的人，绝不仅仅是调酒这一点。"

"他或许某一天能拥有整个威尼斯呢。"

"或许吧，但绝对不会是威尼斯的全部，因为他永远都得不到你。"上校不同意。

"是的，除了你，谁也不能得到我。"姑娘说。

"虽然我不想占有你，但是我真的想要你。女儿。"

"我明白，我爱你的其中一个原因，就是因为你会这样。"姑娘说。

"让埃托雷过来一下吧，你告诉他画像的事情，然后麻烦他给你家里去个电话。"

"噢，是的。假如你今晚就想看到那幅画的话，我就吩咐仆人将它仔细包好后给你送过去。或者我也可以跟妈妈通电话，如果你愿意的话，我就告诉她我们在哪里吃晚餐，请求她同意。"

"埃托雷，还是不要了，请再给我们来两杯上等的'蒙哥马利'，还要加上几颗蒜味橄榄，要小一点儿的。再请你给这位女士的家里去个电话，电话接通后就来告诉我们一声。请快点。"上校说。

"好。上校。"

"好吧，现在让我们接着享受这美好的时光吧。女儿。"

"我只要能听见你说话，就觉得快乐来临了。"

第十章

他们手挽手一起往格里迪走去，这时姑娘的长发被晚风轻轻地吹着，飘到了她的脸颊上，一头浓密的秀发随风飞舞，显得格外妩媚动人。他们在马路上走着，边走边看着街边商店的橱窗。当他们经过一家珠宝店的时候，姑娘看着里面闪亮的珠宝摆饰时，不由得停下了脚步。各式各样的珠宝摆放在橱窗里面，既华丽又漂亮。他们的目光顿时被紧紧吸引着，用手指着最好的珠宝给对方看，一件一件地欣赏着。于是他们的双手这时也就自然从紧紧相握到慢慢地松开了。

"那里面的东西你喜欢吗？告诉我，我明天早上就过来买下送给你。我想我可以先向奇普里安尼借一些钱的。"

"你不需要这么做，"姑娘说，"我哪件都不想要，但是我刚刚才想起，你好像从来都没有送过什么东西给我呢。"

"你的家庭条件比我好太多了，但是我可以从那些军队的小铺子里给你捎来一些新奇的小玩意儿，还可以请你吃一餐饭，然后再顺便喝点红酒。"

"你还可以带着我一起坐着凤尾船四处游玩，欣赏美景，然后到城外那些美丽的地方去。"

"我真的不知道那些礼物原来你那么喜欢。"

"你错了。我喜欢它们，是因为把它们戴在身上，每当看到礼物的时候，这样就会让我想起送礼物的那个人，它能带给人一种想念的感情。"

"我明白了，可是我的军饷真的是太少了，这里的东西几乎什么都买不到。我觉得就是连你戴着的这串翡翠项链都买不起。"上校说。

"哦，你可能还没有了解我的意思。这串翡翠项链是家传的，是祖母留给我的。祖母的母亲留给了她，而她的母亲也是从我的曾外祖母那里得到的。这是祖传的东西。你觉得这样的礼物可以和心爱的人赠送的礼物相提并论吗？"

"我从来没有想过这样的事情。"

"如果你喜欢的话，我想把这串项链送给你。因为在我眼里，这串项链就像巴黎的那些衣服，没有任何意义，不过就是一件装饰品罢了。你不喜欢穿军装吗？"

"是的。"

"也不喜欢佩带长剑？"

"是的，很讨厌带在身上。"

"所以，你不是那种一板一眼的军人。我也不是那种规规矩矩的女孩。不过，如果我要是收到一份永远也不会变质的礼物，我一定会每天都佩戴在身上，那样的话我想我每天都被幸福包围着了。"

"我明白了。"上校说，"我一定会做到的。"

"我真的很开心，不管是什么事情，只要稍微跟你一说，你就能全明白，"姑娘说，"然后还能快速地做出令人开心的决定。现在，请把这串翡翠收下，你可以把它当成一件吉祥物放在衣兜里，当你感到孤单的时候，就把手放进口袋里摸一摸。"

"可是在我工作的时候，我的手很少揣在口袋里的。我只是常常转动一根小棍或者其他东西，要不就是拿着一支铅笔在地图上写写画画。"

"可是，你也可以将手放进口袋里偶尔摸一摸啊。"

"我工作的时候非常繁忙，常常让我没有时间想起是否孤独。上班的时候，我的身心都被繁重的工作压抑着。"

"但是你现在并没有在工作呀！"

"是的，我现在只是在做一些准备，然后以便当大量的工作来临时才不会手忙脚乱。"

"别的我不管，但是现在我只想把这串翡翠送给你。我相信妈妈也会明白我的想法的。况且我现在也不需要马上就告诉她，她也从来不会翻我的东西。我的仆人更不会把这件事说出去。"

"可是我觉得我不应该收下这么贵重的东西。"

"你一定要收下，你只有收下我才会高兴。"

"但我认为这并不是一件体面的事情啊！"

"是不是就像没办法知道你是不是处男一样？你知道最体面的应该是什么吗？就是能够让你所爱的人感到快乐和幸福，这才是最体面的事情。"

"那好吧，"上校说，"不管这样是对是错，只要你开心快乐，我就把它收下吧。"

"现在你是不是应该对我说声谢谢呀。"姑娘说，然后把翡翠很轻巧地塞进他的口袋，动作灵敏得就像一个珠宝窃贼。"其实我今天戴着它，就是因为整个星期我都在想这件事，并且做出了决定。"

"我可以为你一直在想我的手呢。"

"别这样皱着眉头，理查德。你是个聪明的军人，你应该用那只手去摸摸现在口袋里的翡翠。难道说你还没有想到吗？"

"啊，没有，我真是个笨蛋。你喜欢这里面的哪一件呢？"

"我喜欢那个小黑人。因为它的脸是用乌檀木雕刻的，头上戴着的那顶无檐帽是用碎钻石镶嵌起来的，而且在帽子的顶端还嵌着一颗小红宝石。这样我可以把它当成胸针戴在胸前。就在前不久，这种小黑人的配饰在这座城市非常流行，几乎每人都戴着一个。他们的脸就像最忠实的仆人，其实我很早就很想拥有这样一只胸针了，但是我最想还是希望那是你送给我的礼物。"

"明天早上你就可以收到了。"

"不，在你离开之前，我们一起用午餐的时候你再送给我好吗？"

"好吧。"上校说。

"我们快到格里迪去吧，要不然吃晚饭的时间就太晚了。"

他们手牵着手一起往前走。当他们刚刚走上第一座桥的时候，突然忽地刮了一阵大风，这时上校感到了一阵疼痛，他心里想，这该死的东西，滚一边去。

"理查德。"姑娘说，"你现在能把手放进口袋里摸摸那串翡翠，让我高兴高兴行吗？"上校这时按照她说的去做了，突然感觉真的很奇妙。

第十一章

他们并肩来到了格里迪旅馆，手挽手从正门走了进去。门厅里灯火辉煌耀眼，感觉非常温馨暖意浓浓，只是一扇大门便将寒风和酷寒隔在了外面。

"晚上好，伯爵小姐，"门厅总管说，"你好，上校。外面非常冷吧。"

"是的。"上校回答道。这一次他没有用那些粗俗的语言来形容外面的风有多大多冷。但是如果是平时只有他们两个人在一起的话，那么他总是会说出一些粗俗幽默的话来互相开开玩笑。

他们并着肩在通往电梯和主楼梯的长走廊里开心地走着，右边一直通到酒吧、餐厅还有大运河的出口地，这时骑士团的团长从酒吧里走出来迎接了他们。

骑士团团长穿着的是一件白色礼服，显得非常合体，衣摆很长的。他看着他们微笑着说："晚上好，美丽的伯爵小姐，晚上好，上校。"

"你好团长先生。"上校说道。

这时团长微笑地鞠了一躬，说："请往最里面走，我们的座位在最里面，每年到冬天的时候，这里的客人就非常少，餐厅里就显得有些空旷。桌子已经留好了，今天晚上我让厨房给准备了新鲜的上好龙虾，如果你们喜欢的话，我马上就让厨房把它端上来。"

"真的是新鲜的上好龙虾吗？"

"我早上看见了的，刚从市场运回来，深绿色的，在筐子装着时活蹦乱跳的，十分不安分呢。"

"你觉得现在把龙虾作为第一道菜端上来怎么样？你喜欢吗，

女儿？”

上校有意称呼她，团长和姑娘都明显地注意到了他的这个称呼，但是这个称呼对他们两个却隐含着不同的意思。

“我也很想现在就给你们端上这道龙虾。因为我担心那些正在赌博的暴发户一会儿进来糟蹋了。其实，我并不是为了餐厅的生意才让你们品尝的。”

“我特别喜欢吃这样的大龙虾，”姑娘说，“一定要吃凉的，然后再放上一点儿蛋黄酱，蛋黄酱要拌得稠一些。”她用意大利语说着。

“这样会不会太贵了？”她认真地看着上校。

“啊，女儿①。”上校回答道，“我觉得应该不会太贵的。”

团长说：“要不就端上来吧，我一个星期的工资也绰绰有余了。”

“算在委托人的账上。”上校说。“委托人”在军用密码里特指的是“占领的里雅斯特的特遣部队”。

“不用，”团长说，“它只需花掉我一个星期的工资而已。”

“如果你能把手放在衣服右边的口袋里，我想你一定会觉得自己是富有的。”姑娘说。

团长这时感觉到他们俩正在开着只有他们之间才能明白的玩笑，于是就悄悄地离开了。不过他也由衷地为上校高兴，同时也为这位美丽的姑娘高兴。

“我是很富有，”上校说，“可是如果你要是拿它来取笑我，那我可就要当众还给你了。”

他毫不犹豫地反击着姑娘，语言显得有些粗俗。

“噢。你一定不会那样做的，”她说，“其实你已经爱上它很久了。”

“但是我可以狠下心，把任意一件我喜欢的东西从那些最高

---

① 原文为西班牙文。

的悬崖上丢下去，然后不等它们落地就转身走开，一点儿声音都不想听见。"

"不。你不可能那么做的，"姑娘说，"你肯定不会把我从任何悬崖上推下去的。"

"是的，我想我永远都不会那么做的，"上校说，"对不起，我刚刚又对你说些粗俗的话了。"

"没有，你并没有说那些粗鲁的话，而且我一点儿也不相信你会那样去做，"姑娘说，"我现在应该去女宾盥洗室打扮一下呢，还是去你的房间呢？"

"那么你想到哪儿去呢？"

"当然想去你的房间看看了，想知道你住的环境怎么样，生活得好不好。"

"可是那旅馆里的人会怎样认为呢？"

"我想威尼斯是没有秘密的，这里所有的事都瞒不过这座城市里的人。但是，这里的人都知道我的家世背景，人人都夸我是个好女孩，所以我们的事情他们也都了解。我们要相信自己在这座城市的名声。"

"好，"上校说，"那我们是走楼梯还是坐电梯呢？"

"咱们坐电梯吧。"她说。这时她的声音突然有一丝变化，他很容易就听了出来。"叫个侍者来吧，要不我们就自己试试。"

"那我们现在走吧，"上校说，"我来开，这部电梯我早就驾驭熟了。"

电梯平稳地运行着，但是在最后的时候有一些晃动。上校对自己说：你真的把电梯驾驭得熟练了吗？你以后最好再搞熟悉点。

他们一起来到走廊。在上校眼里，走廊既华丽又漂亮，令人十分兴奋，就连开门也不再是一个简单的过程，而是一个庄重的仪式。

"进来吧，"上校推开了房门，"房间就是这个样子的。"

"真是太漂亮啦，"姑娘说，"可是把窗户都这样敞开是不是有些冷啊？"

"要不，我关上它们吧。"

"不，不需要。你喜欢把它们打开，就敞开着吧。"

上校把姑娘那年轻苗条、充满青春活力的身体拥进了怀中，轻轻地亲吻着她那红红的嘴唇。他的身体仍旧结实强壮，但是却布满了伤痕。在他们热情亲吻的时候，他脑子里什么都没有再想。

他们紧紧地相拥在一起，亲吻了很长很长时间。窗外的寒风呼啸着掠过大运河，吹进房间，他们似乎没有感觉到依然专注地亲吻着对方。

"噢，"她轻轻呻吟了一声，接着发出一声，"嗯。"

"我们对生活从来没有亏欠过，"上校说，"从来没有。"

"我们结婚好吗？我们多生几个儿子好吗？"

"嗯，我当然愿意！我们一起多生几个儿子。"

"那么这事咱们就这样决定了，好吗？"

"当然了，亲爱的！"

"你再亲吻我一次吧，然后紧紧地抱着我好吗？"

他们就站在房间里，全身心地吻着对方。

"我会让你伤心的，理查德，"她说，"我做的每件事都会让你感到失望。"

这句话听上去平平淡淡，但上校感觉自己像在听那三个营里面其中某一个营的军事情报，而这个情报却是那些最坏的消息。

"你当真吗？"

"是的。"

"亲爱的女儿。"他紧紧抱着她说。

到目前为止，他口中的"女儿"这个称呼已经不再包含别的什么意思了。她就是他的女儿，他珍惜她，深爱着她。

"别在意，"上校说，"现在去把你的头发梳理一下，然后再涂点儿口红。我们该下楼去美美地吃一顿大餐了。"

"亲爱的，再说一次你爱我，然后再紧紧地抱着我。"

"我爱你，亲爱的。"上校庄重地说。

然后，他轻轻地俯在她身边，贴着她的耳朵，用无比温柔的声音轻轻说道："我爱你，今生，我的爱只属于你。"他的声音轻柔得像天上飘着的云朵，像野鸭最细小的绒毛。

"真好。"她说，然后在他的嘴唇上使劲地一吻，他立即感到牙龈上渗出一丝带着咸味的鲜血。我喜欢这种感觉，上校心想。

"好了，我要梳头了，然后再涂一点口红。你可以看着我做这些。"

"需要我将窗户都关上吗？"

"不需要，"她说，"就这样冷一点感觉也很好。"

"你爱谁？"

"当然是你了，亲爱的！"她不假思索地说，"我们俩都没碰上好运气，是吗？"

"我不知道，"上校说，"快去梳洗一下吧。"

上校向浴室走去，他打算在吃饭前也简单洗漱一下。在整个楼房里，只有浴室是让人不满意的地方。格里迪旅馆是由旧时的宫殿改造而成的，当时工作人员又着急着完工，所以在规划图纸上并没有详细规划浴室的位置，其实是工程师根本就把浴室遗忘了。后来改建好以后，又临时在走廊上补建了一个浴室。但是如果有人要用浴室，就得提前通知服务员烧好热水，并且事先将干净的浴巾放好。

浴室其实就是将房间的一角随意隔开来修成的。在上校眼中，它就像一个时刻害怕遭遇袭击的防守阵地一样。他洗了一下脸，又刻意照了照镜子，他仔细看着镜子中自己的脸，检查脸上是否还有唇膏。

这张脸简直就是一个粗枝大叶的工匠在木头上雕刻出来的，上校想。

— 105 —

他先看着那些奇形怪状、凹凸不平的疤痕，这都是在做整形手术前留下的，接着又侧着头仔细查看了后脑部那道细小的疤痕，医生的手术很成功，技术很高明，这些可怕的疤痕现在也只有职业人员才能看得出来。

看看吧，这就是我的模样①和外表②，上校心想。真他妈的该死，谁会在乎我那点可怜的贡献。不过，值得庆幸的是，我的皮肤早就被太阳晒成了褐色，这样总算遮盖了几分丑陋。但是基督啊，我是多么丑陋啊。

上校根本就没有注意到自己脸上的其他器官，那双依旧凌厉和闪亮的眼眸，像两把匕首一样闪着熠熠的光辉；眼角边几道细细的皱纹表现出他喜欢开玩笑的性格；鼻子虽然受过伤，但依然挺拔得像最古老的古罗马勇士雕像的鼻子一样。他同样也没留意到那张嘴，有时略显冷酷无情但却展现着善良的本性。

你这个丑陋的家伙，你真该下地狱去，上校对着镜子咒骂自己。你这个百孔千疮的倒霉鬼，你还配和那么完美的女人重新开始吗？

从浴室回到房间，上校仿佛又回到了第一次冲锋陷阵的时候，那时是那么年轻，那么富有朝气，他把那些毫无价值、毫无意义的东西全都丢在浴室了。上校的步子稳健又轻快，他想，浴室那种地方就是拿来放那些无用的东西的。

昔日的雪在哪里？当年的雪在哪里？那一切的一切都被冲进了马桶。③

雷娜塔把高高的衣柜门打开，里面镶嵌着一面很大的镜子，她对着镜子开始慢慢地梳理她那头美丽的长发。

她梳理头发既不是因为爱慕虚荣，也不是为了故意使上校开心，虽然她明明知道做这些事能令他高兴。她的头发纠缠在一起，她使劲扯着梳子把它们分开，似乎一点儿也不在乎损伤头

---

① 原文为法文。
② 同上。
③ 同上。

发，可是，那头长发又浓又密，就像美丽的贵妇人般充满活力，她很难把它梳理得服服帖帖。

"你看，风把它们吹得粘在一起，缠得那么紧。"她说，"你还爱着我吗？"

"当然，我一直爱着你，"上校说，"需要我帮你梳理一下吗？"

"不用了，我一直都是自己梳头发的。"

"你转过来，侧着身子对着我吧。"

"不，我侧面的样子要留给我那五个儿子看，我只想让你看着我的脸。"

"我只想着你的脸，"上校说，"谢谢你的提醒，我觉得我的注意力现在很难集中在某一件事情上了。"

"是因为我冒犯了你吗？"

"没有，"上校说，"美国人都喜欢用钢丝和海绵橡胶来摆弄头发，那些东西就像坦克座椅里面的东西一样，你恐怕永远都不能弄明白，那样摆弄头发究竟有什么意义。除非你跟我一样充满好奇，并且还是个淘气的坏姑娘。"

"在威尼斯可不是这样。"姑娘说着，将头发先往前面梳，然后又侧着梳到脸颊的一侧垂下，最后再将它们斜着往后一抚，这样长长的头发就披在了两肩上。

"你喜欢把头发梳得整整齐齐、一丝不乱吗？"姑娘问上校。

"它们现在还算不上多么整齐，不过我觉得这样很可爱。"

"如果你喜欢整齐的发型，我可以把我的头发都盘上去，或者梳成类似的样子。但是我不喜欢在头发上别发卡，我总觉得那样看上去傻里傻气的。"她的声音宛转动听，如同天籁，总是让他脑海中回想起帕勃洛·卡萨尔斯①演奏大提琴的声音。突然，他感觉心里仿佛有一道深深的伤口在裂开，并且隐隐作痛，让他

---

① 帕勃洛·卡萨尔斯（1876－1973），西班牙著名大提琴家、指挥家及作曲家，凭借完美的音乐表现和音乐修养而闻名于世。

简直难以忍受。坚强些，你必须将这一切忍下去，上校暗暗告诫自己说。

"我很喜欢你现在这个样子，"上校说，"在我一生中见过的所有女人中，你是最漂亮、最完美的一个，哪怕那些画家笔下的女子都比不上你的美丽。"

"真奇怪，他们怎么还没有把那幅画送来？"

"你能将这幅画送给我，我太高兴啦。"上校说。可话刚说完，他的思维又不知不觉地接到了将军的思维上，接下来的话脱口而出："但那块画布看上去却像一张死马皮。"

"今晚请你不要这么粗鲁地说话，好吗？"姑娘请求说，"今晚我喜欢你文质彬彬一些。"

"抱歉，我一不留神就想起了我那不堪的职业①里的那些黑话，我以后一定会注意的。"

"请你再也不要这样说话。"她说，"请你搂住我，用你强壮的手臂轻轻搂住我，动作温柔一点，你会做得很好。其实那职业没有你想的那么不堪，我认为那是一项最古老、最崇高的职业。虽然现在很多从事这个职业的人并不合格，但那是他们自己的事，与这个职业本身无关。"

他紧紧地将姑娘搂在怀里，但又怕劲太大将她弄疼。她说："我一点儿也不喜欢你去当一名律师或者牧师，也不愿意你去做一个斤斤计较的商人。我不需要你成为什么伟大的人物，我就爱从事这项职业的你，我爱这样的你，如果你愿意的话，现在就跟我说一些悄悄话吧。"

听了这番话，上校更紧地拥着姑娘，恨不得将自己那颗千疮百孔的心掏出来摆在她面前。他真心诚意而又温柔无比地、柔声细语地在姑娘耳边说着悄悄话。那声音那么细那么柔，仿佛一只安静的小狗在低低地哼哼，以至于姑娘刚刚可以听得清。"我多

---

① 原文为法文。

么爱你啊，你这个迷人的小妖精！你也永远是我的女儿，我一点儿也不在乎我们将来会失去什么，因为太阳、月亮就是我们的双亲。好了，现在让我们一起下去吃饭吧。"

他的最后一句话说得极其温柔，声音十分的细微，如果不是爱他的人是没办法听得到的。

"好，"姑娘说，"好，但是你还得再吻我一次。"

第十二章

　　他们的桌子位于酒吧的一个角落里，上校的后背紧紧地倚靠在墙上。团长此刻非常明白上校的想法，因为他自己也曾经是那支优秀的步兵团里的一个优秀的中士。他绝对不会愚蠢地把上校的座位安排在餐厅中央，就像他们不会愚蠢地挑选一个毫无用处的防御阵地一样。

　　"看，龙虾。"团长说。

　　大龙虾确实不错，它比普通的龙虾几乎大一倍。但它现在已经没办法再舞动着那双大钳子凶狠地看着周围了，它已经被煮熟了。它两只眼睛朝外使劲凸出着躺在盘子里，那样子很像是一座为自己留下的纪念碑，细长而优雅的触须像天线一般伸展着，仿佛能够明白那双已经无神的眼睛再也无法了解的事情。

　　它看上去有点像乔治·巴顿①，上校心想。不过当它被感动包围的时候，或许不会流泪。

　　"你是不是觉得龙虾肉有些老?"上校用意大利语询问姑娘。

　　"不会的。"团长弯着腰在一旁解释道，"一点也不会老，这龙虾只是个头看上去大点儿，这个品种你们都知道的。"他手上正端着装有龙虾的盘子，

　　"那好吧。"上校说，"拿去切吧。"

　　"你们要不要来点儿酒?"

　　"当然，你想喝点儿什么，女儿?"

　　"我想喝你想喝的。"

　　"那么，就给我们来两杯卡普里白葡萄酒吧，"上校说，"要

---

　　① 乔治·巴顿（1885－1945），美国陆军上将，在第二次世界大战中战功赫赫，后来死于车祸。

干的那种，并且还要冰得够劲。"

"早就帮你们准备好了。"团长说。

"真是太棒了，"姑娘说，"我现在很高兴，一点儿也觉得不难过了。龙虾棒极了，不是吗？"

"是的，确实，"上校答道，"不过要是能再嫩一点就更好了。"

"一定会很嫩，"姑娘对上校说，"团长不是个说谎的人，更何况是对我们俩。人类远离谎言，难道不是一件很美好的事吗？"

"的确很好，而且很难得，"上校说，"刚刚我想到一个叫乔治·巴顿的人，恐怕他的一生早就被谎言淹没了。"

"那你说过谎吗？"姑娘问道。

"说过，我说过四次谎，但每次都是在极度疲惫的情况下说的。当然，我也知道这并不是说谎的理由。"上校补充说。

"当我还是个小姑娘的时候，我也说过不少谎话，但几乎都是无关痛痒的玩闹。要么是为了编故事，要么是为了说出我希望的情景，我从来没有为自己的利益说过谎。"

"但我有，"上校说，"一共有四次。"

"如果你不说谎的话，能当上将军吗？"

"如果我愿意跟别人一样说谎的话，我恐怕早已是三星上将了。"

"假如你当上三星上将的话，会比现在更快乐吗？"

"不会，绝对不会。"上校说。

"现在，请将右手放进你的口袋里，然后告诉我你心里最真实的感受。"

上校按照她的话将右手放进了口袋。

"感觉很奇妙，"上校说，"但是你要知道，我最终会把它还给你的。"

"不要，请你千万不要这么对待我。"

"好吧，我们现在不谈这个事情。"

两人正说着，龙虾被切好端上来了。

虾肉吃起来很嫩滑，特别是尾巴部分，由于是虾经常运动的肌肉，味道更加鲜美，两只大钳子里面的肉也十分美味，让人回味无穷。

"月圆时候的龙虾最鲜美，"上校对姑娘说，"月亏时的龙虾就少那么一点味道。"

"是吗？我以前从没听过这样的说法。"

"确实。我想，或许是因为月圆时它可以整夜进食，吃的东西多一些吧。"

"这些龙虾都是从达尔马提亚①一带运来的吗？"

"是的，"上校说，"那一片海岸是你们这儿的捕鱼天堂——也许我应该说，是我们的捕鱼天堂。"

"就应该这样说，"姑娘微笑着看着上校说，"你不知道，称呼和表达是多么的重要。"

"那不如将它们写在纸上，让所有人都看到，那样就会显得更重要了。"

"我不赞同你这么说，"姑娘说，"只有当你说的话是真心话时，那样做才有意义；当你违背自己的心愿说这些话时，即使写出来也没什么意义。"

"假如没有心，或者那颗心一文不值，会怎么样呢？"

"你有一颗完整的心，而且它独一无二，价值连城。"

该死的，我一定要换一个完好的心脏。上校心想。我真不明白，为什么我的肌肉那么健壮无比，心脏却已经衰弱不堪了呢？上校没有说话，又沉默地把手放进了上衣口袋。

"摸上去的感觉真奇妙，"上校说，"你看上去也是那么奇妙。"

"谢谢你的夸奖，"姑娘笑着说，"这一个星期我都会一直记着这句话的。"

"你可以常常去照照镜子。"

---

① 在原南斯拉夫西部的沿海地区，临近亚得里亚海。

"我最讨厌照镜子，"姑娘说，"如果你准备涂唇膏，就必须不停地张开、闭拢嘴唇，才能使唇膏均匀地涂在上面。我这头长发很浓密很难梳理，这根本就不该是一个女人或者一个恋爱中的少女该有的生活。如果你想成为月亮或者银河系里的某一颗星星，而且还想和你的丈夫一起生活，并想拥有五个儿子的话，那么整天在镜子面前摆弄那些技巧，真的不会有任何快乐的情绪。"

"那我们现在就准备结婚吧。"

"不，"姑娘说，"我花了整整一个星期的时间才做出这个决定，我做好了充分的考虑，我是不会改变的。"

"我也会常常做出一些决定，"上校对姑娘说，"但是不管做什么决定都会让我觉得难过，它们不可避免地伤害我的感情。"

"我们还是不要再谈这件事了，它会把我们一整晚的心情都变得糟糕。我们还是看看团长给我们安排了什么菜吧。你怎么不喝点酒呢？到现在你一口都还没喝呢。"

"嗯，我这就喝。"上校说着，举起杯子喝了一口。酒很冰，色泽也很清雅，就像希腊葡萄酒，而且十分清爽，一点儿都不黏稠。喝到嘴里酒味醇厚，溢满芳香，就像雷娜塔一样。

"这酒跟你很像。"

"是的，我知道，所以才让你品尝一下。"

"我要慢慢品尝，"上校说，"但现在，我要把这满满的一杯全都喝下去。"

"你真是个好男人。"

"谢谢你的评价，"上校说，"我会记住这句话，在这个星期里，努力做一个好男人。"接着，上校喊道："团长。"

团长立即微笑地走过来，脸上还有一点神秘的色彩，好像已经忘记了自己的溃疡。上校问："你还给我们准备了什么好吃的？"

"我得先去厨房看看，"团长说，"你们来之前，我还没怎么弄清楚，现在可以去看看了。你看，你的那位同胞在那边坐着呢，离你们并不远，他不喜欢坐在角落的位置。"

"挺好的，"上校说，"我想我们已经给他增加了不少写作素材啦。"

"他每天都写得很晚，这是我的一个同行说的，他就住在旁边的旅店里。"

"看来，他是个十分勤奋的人，"上校说，"即便他没有多高的天赋。"

"我们都是勤奋的人。"团长说。

"是的，但我们的方式不一样。"

"嗯，那我现在就去看看，厨房都有些什么肉。"

"请仔细看看，询问清楚。"

"当然，我是个勤奋的人。"

"不错，你还是个精明的人。"

团长离开后，姑娘称赞说："他真是个可爱的人，对你那么好，我感到非常高兴。"

"我们一直是很好的朋友，"上校说，"希望他能给你来一道上好的牛排。"

"我们这儿正好有一种很棒的牛排。"团长又来到他们面前，正好接上话茬。

"那就来份牛排吧，女儿。我在部队食堂里经常吃这个，你喜欢煎得嫩一点的牛排吗？"

"是的，要很嫩。"

"那就是带血丝的那种牛排啦①，"上校说，"就像约翰向侍者用法语说的那样，生一点儿②，还有些发蓝③或者其他什么的，总之，要把它煎得嫩嫩的。"

"好的。要煎得很嫩，"团长说，"你来些什么呢，上校？"

"给我来份炒小牛肉片吧，记得加一点玛萨拉酒，再来一份

---

① 原文为意大利文。
② 同上。
③ 原文为法文。

奶油煮花椰菜。如果有醋油拌洋蓟的话，也上一份过来。你还要点什么，女儿？"

"蔬菜沙拉，再要一份土豆泥。"

"你现在还是个正长身体的小姑娘呢！"

"是的。但我不想长大，也不想长得太胖。"

"那就这些吧，"上校说，"这儿有那种用大坛子装的瓦尔波里契拉酒吗？"

"这儿可没有那种坛装酒，这里是上等的旅馆，你知道，这样的旅馆只进瓶装的酒。"

"对不起，我忘了这事，"上校说。"你还记得吗？以前只要三十分就能买到一升这样的酒。"

"当然记得，我们还从军车上把那些空酒坛子朝那些站在火车站上的士兵身上扔，你没忘吧？"

"在从格拉珀撤离的途中，我们把余下的手榴弹全都扔到山坡上，然后看着它们顺着山坡一直滚下去，你还记得吗？"

"有的手榴弹发生爆炸，被人看见了，还以为那是一次突围行动呢。那个时候你从不刮胡子，我们都穿着灰色的夹克衫，上面佩戴着黑色火焰①的徽章，里面套着一件灰色的运动衫。"

"我当时还喝了很多白兰地②，醉得半死，舌头都分辨不出一点儿味道了，是不是？"

"我们那时候肯定都是坚强的男人。"上校说。

"是的，我们那时候都非常坚强，"团长说，"我们全都是调皮捣蛋的坏小子，而你是领头的。"

"是的，"上校说，"我们那时候真是够难管教的。你不介意吧，女儿？"

"你们有那时候的照片吗？我好想看看。"

---

① 原文为意大利文。

② 同上。

"我们只有一张和邓南遮先生在一起的集体照，并没有其他多余的照片。我们当中许多人的结局都很令人难过。"

"我们两个的结局还不算太糟糕，"团长说，"好啦，现在我该去看看牛排煎得怎样啦。"

上校一个人又陷入对过去的回忆之中。他再次成为一名年轻的陆军少尉，风尘仆仆地坐在军用大卡车里，满脸疲惫，一双炯炯有神的眼睛里透出钢铁般的坚强，但眼圈周围又红又肿。

他心里在回忆着那三个至关重要的高地。格拉珀附近有阿萨洛纳和柏蒂卡，右方应该还有一个高地，但是实在记不起它的名字了。我就是在那个地方变成熟的，上校想。每天半夜我都会浑身大汗淋漓地醒来，因为我总是梦到自己没办法让士兵们从卡车上跳下去。当然了，事实表明，他们待在车上是最好的选择。这就是我的职业。

"你知道吗，现在，在我们部队里，没有一个将军是经历过战争的，"上校对姑娘说，"而越是那些军职高的人，就越讨厌参加过战争的人，这实在难以让人理解。"

"原来那些将军都参加过真的战争吗？"

"是的，当他们还是上尉或中尉时，他们就参加过真的战争。后来，他们就只有在撤退时才指挥一点，这真的是最滑稽的事情了。"

"你是不是打过很多次仗？讲给我听听吧。"姑娘请求道。

"我打过的仗，太多了，多得能让那些伟大的思想家把我看作一个笨蛋。"

"快给我讲讲吧。"

"那时，我还是个毛头小子，曾在科尔蒂纳和格拉珀交界一带跟欧文·隆美尔①打过一仗，最后，我们的部队占据了格拉珀。那时候他还只是个上尉，而我则是代理上尉，实际上也只是个少尉。"

"当时你认识他吗？"

"不认识，我们是打完仗才彼此认识的，后来还谈过很长时间的话。隆美尔是个十分友好的人，我很喜欢他，我们常常在一起滑雪。"

"你之前喜欢德国人吗？"

"喜欢，我喜欢他们，但我最喜欢的还是恩斯特·乌德特②。"

"但他们犯了很严重的错误。"

"确实如此，但又谁能保证自己一辈子不犯错呢？"

"我一直都不喜欢他们，更不会像你那样宽容地对待他们。因为这些人残忍地杀害了我的父亲，还将我们在布伦塔的别墅烧成灰烬。有一天，我还亲眼看见一个德国军官拿着手枪，在圣马可广场肆意枪杀那些可爱的鸽子。"

"我明白你的心情，女儿。"上校说，"但是我也恳请你理解我的心情，毕竟我们的部队也杀了很多的人，因此，我更愿意对别人仁慈一点儿。"

"那你总共杀了多少人？"

"能够确定的是一百二十二个，但还有很多是没办法确定的。"

"你感到过悔恨和自责吗？"

"从来没有。"

"那你做过噩梦吗？"

---

① 欧文·隆美尔（1891－1944），纳粹德国的著名元帅，在第一次世界大战期间率队征战意大利、罗马尼亚等地。第二次世界大战期间，隆美尔担任德国非洲军团司令。他作战敏捷，擅长出奇制胜，被称为"沙漠之狐"。1944年因为参加暗杀希特勒的密谋败露，隆美尔被迫服毒自杀。
② 恩斯特·乌德特（1896－1941），德国优秀飞行员，曾在第一次世界大战期间击落敌机六十二架。

"也没做过，但我常常做一些奇怪的梦。战争结束后的一段时间，我总是梦见打仗的情景。最让我感到奇怪的是，我总是做那些关于地形的怪梦。你不知道，我们能够从战争中安然地活下来，全靠那些优势的地形。因此，那个偶然出现的地形因素就一直在我脑海中反复出现。"

"那你梦到过我吗？"

"我很想梦见你，但始终没有。"

"也许有了那幅画，就能实现你的这个梦想了。"

"我也希望这样，"上校说，"但不要忘记提醒我，记得将那串翡翠还给你。"

"噢，你千万不要那么做。"

"我们都十分珍惜这一段爱情，它伟大而又崇高，我真的难以割舍，但我同样也放不下自己残存的那一点点体面，我不能要了爱情而丢了另外一样。"

"我觉得你应该给我一些特权。"

"你早就得到了，女儿，"上校说，"我的上衣口袋里就放着你的翡翠。"

团长再次来到桌边，身后还跟着一个小伙子，头发梳得整整齐齐的，手里端着刚刚煎好的牛排、小牛肉片以及蔬菜沙拉。小伙子神情那么专注，对周围的一切事物都视若不见，似乎只想一心一意地成为一个合格的二等侍者。他也是骑士团的团员。团长娴熟地将菜摆上餐桌，动作显得那么优雅，那么得体，充分表现出了他对菜肴和客人应有的尊重。

"愿两位用餐愉快。"团长说。

"把瓦尔波里契拉酒打开。"团长对身边的小伙子说。那个小伙子的眼睛长得像猿的眼睛，有点让人无法信任。

"你们为什么都嘲笑那边那个人？"上校问，同时用手指着旁边一个正在狼吞虎咽吃东西的麻脸同胞，麻脸身边坐着一个女人，则用那种乡下人特有的优雅在慢慢地就餐。

"应该是你告诉我为什么，而不是要我告诉你。"

"在今天之前，我可从来都没见过他，"上校说，"他在这里，我觉得食物有点难以下咽。"

"不过我觉得，他对我还是很热情和尊重的。他努力想用意大利语跟我交谈，但是他的意大利语实在糟糕，不管到哪里都要参照《贝德克尔①旅行指南》，而且对食物和酒没有一点儿的品鉴能力。那女人也十分友好，待人很和蔼，我猜想可能是他的姑妈，不过我并不十分确定。"

"看他那个样子，我们应该可以应付的。"

"我也这样认为，在必要的时候。"

"他有没有问过关于我们的事？"

"问过，他问我知不知道你们是谁，我就告诉他了。他对伯爵小姐的姓氏印象非常深刻，说自己曾经在旅行手册里看到过那些属于她们家族的宫殿。小姐，他可能对你的名字也会有很深的印象，因为我将你的姓名告诉了他。"

"你觉得他会把我们写到他的书里去吗？"

"我敢肯定他一定会，他会将他身边遇到的每一件事都写进书里面。"

"我认为我们两个应该成为他书里的故事，这是一件很美好的事，"上校说，"你认为呢，女儿？"

"当然，"姑娘说，"可我更喜欢是但丁把我们写进他的诗里。"

"噢，不过，现在这里可找不到但丁。"上校说。

"你能再跟我讲讲那些打仗的事吗？"姑娘说，"把所有那些能让我知道的事都讲给我听听吧。"

"只要你愿意听，我什么都可以告诉你。"

"艾森豪威尔将军是个怎么样的人？"

---

① 卡尔·贝德克尔（1801－1859），德国人，一位因出版导游书册而闻名的出版商。

"严格意义上说，他属于'埃珀沃思同盟会①'。这样说或许有点不公正，但因为受到各种不同因素的影响，实际情况比我们看到的要复杂得多。但是，他真的不是一个普通的政治家，他对政治非常在行，简直就是出类拔萃。他属于将军中的政治家。"

"那么别的将军是怎样的呢？"

"我们还是不要再提那些人了吧，他们告诉出版社记者的东西已经够多了，这些你在那些将军回忆录里都能看到。他们基本都是扶轮国际社②的会员，一个个巧舌如簧，能言善辩。你应该没听说过这个组织吧，那里面所有的成员都戴着一个圆形的珐琅小徽章，上面刻着各自的名字，但是并没有刻他们的姓。每个人彼此都只能喊对方的名字，如果谁连名带姓地喊一个人，就会被罚款。他们这些人从来都没有打过仗，从来都没有。"

"那里面没有优秀的将领吗？"

"有，而且还有很多。比如布雷德利③就是一个，他曾经还是步兵学校的校长，另一个是'闪电将军'乔④，他可是个了不起的人物，非常了不起。"

"是吗？"

"他曾经带领过我所在的第七军团，是个思维敏捷、思路清晰、作战勇猛的指导员，现在他已经是参谋长了。"

---

① 一个属于基督教卫理公会的青年社团组织，以卫理公会的创始人约翰·卫斯理的出生地命名，它的宗旨是要在教会的指导下，帮助开展有益的社会活动和基督教徒的联谊会；该同盟会会员人数最多的时候曾经达到两百万，在美国和加拿大许多地方都有组织机构。

② P. P. 啥里斯律师 1905 年创建于芝加哥，是一个联谊团体，成员几乎都是富商和各行业中有身份的人。

③ J. 布雷德利（1893－1981），美军将领，1943 年时任第二兵团司令，在北非地区的战役中表现出色，迫使二十五万轴心国部队投降。1944 年 6 月参加诺曼底登陆，同年被晋升为美军第十二集团军司令。

④ 劳顿·柯林斯（1896－1963），在第二次世界大战中担任美军第七军团的参谋长，以英勇善战著名，在诺曼底登陆战役中有出色指挥表现，第二年（1945 年）被晋升为中将。

"我也常常听到别人议论那些伟大的将领，比如蒙哥马利①元帅和巴顿将军。他们都是怎样的人呢？"

"不要再想这些了，女儿。蒙哥马利可是个十分拖沓的人，他只肯在十五比一这样的绝对优势下才会进攻。"

"在我的印象中，他一直是一个了不起的元帅。"

"他可算不上了不起，"上校说，"最糟糕的是他自己也非常清楚自己是个怎样的人。我曾亲眼见他走进一家旅馆，换下军装，然后穿上引人注目的衣服，到了晚上就出来煽动民众。"

"你不喜欢他，是吗？"

"不是。我只不过是将他看成一个英国的将军罢了。不管它是什么意思啦，只要你不要再说什么他是‘了不起的元帅’就行。"

"可是隆美尔将军都被他打败了。"

"是的，事实看上去的确如此。但是你没想过当时隆美尔将军的实力已经被削弱了许多吗？再说，一旦拥有十五比一的绝对优势，谁还会打败仗？我们当年在这里战斗的时候，团长和我都还是毛头小子，我们整整一年都在战斗，用仅比敌人多三四倍的军力打击他们，而且每次都是胜利而归，其中还有三次恶战。正因为这样，我和团长一直都是说说笑笑，从不会拘谨不安。我们是胜利者，但是也付出了十四万士兵生命的昂贵代价，因此，我们虽然能够快乐的玩笑，但从来不会拿它来炫耀。"

"如果说这是一门可以仔细钻研的学问，那么将会是一门多么令人难过的学问啊，"姑娘说，"我十分痛恨那些冰冷的纪念碑，尽管我非常敬重那些阵亡的将士。"

"我也恨讨厌那些纪念碑，而且更加厌恶那些为建造纪念碑提供的理由。你知道这件事的结果吗？"

---

① B. L. 蒙哥马利（1887－1976），英国著名陆军元帅，在第二次世界大战中担任盟军指挥官，他坚持每次出击前都要在人力、物力上做好充分的准备。

"不知道，但是我非常想知道。"

"我认为你还是不知道比较好，"上校说，"不谈这些不愉快的事啦，快点品尝一下这美味的牛排吧，不然过会儿就要凉了。对不起，我一说起我的职业就有些滔滔不绝、惹你生厌了。"

"我对它又爱又恨。"

"我们的感受是一样的，"上校说，"不知道此时我的那位同胞坐在那里想什么呢？"

"我猜他可能在构思怎么写下一本书吧，要不就是在回味《贝德克尔旅行指南》里那些奇怪的描述。"

"等会我们吃完饭，要不要坐着凤尾船去散散心？"

"好啊，我想那一定会令人十分愉快。"

"你认为等下我们出去的时候，要不要跟那个麻脸同胞打个招呼？我猜此时，他的心和灵魂，甚至他的好奇心，恐怕都长满了麻点。"

"我们最好还是不要跟他交谈或者打招呼，"姑娘说，"如果我们一定要说些什么的话，团长可以帮我们转达。"

说完，姑娘就专心致志地享受起美味的牛排了。不一会儿她又问："我听别人说，男人只要过了五十岁，脸上就会留下生活的痕迹，你也是这么认为吗？"

"我可不想承认这个说法是正确的，因为我讨厌自己的脸上留下任何记号。"

"你呀。"她说，"你——"

"牛排吃起来怎么样？"上校问。

"简直棒极了。你的小牛肉片味道如何？"

"很滑很嫩，调味汁也刚刚好。牛排的配菜你还满意吗？"

"是的。花椰菜嚼起来很脆，口感像芹菜一样。"

"我们原本就该点些芹菜。我想现在一定没有了，不然团长会跟我们说的。"

"那个倒无所谓，我们今晚吃得很愉快。不是吗？要是我们能一直在一起吃饭就好了。"

"这个我给你提议过。"

"我们还是说点别的吧。"

"好吧,"上校说,"我刚才做出了一个决定,我决定退役,然后在这里住下来。我的退休金虽然不多,但也能简简单单地生活下去。"

"简直太棒了。你穿那些普通人的衣服会是什么样子呢?"

"你看到过的。"

"是的,我见过,亲爱的。我刚才不过是开个玩笑,你也常常开玩笑的,有时还有点儿粗鲁呢。"

"我穿上便服一定会很不错,但前提是你们这里的裁缝得有个好手艺。"

"我们这里没有,但是罗马有,而且还很多。我们可以一起开车去罗马找他们做,不是吗?"

"是的,这个主意不错。我们还可以先在城外的维泰博住下,到了晚上再进城挑衣服、品美食,等到夜里再开车回到住的地方休息。"

"或许我们还会遇到那些有名的电影演员,跟他们畅快地交谈,并且坦率地告诉他们我们对他们的看法。说不定我们还可以一起喝上一杯,对吗?"姑娘很兴奋。

"我们肯定会遇到许多演员。"

"我们可以看到他们第二次或者第三次的婚礼吗?能亲眼看见主教为他们祈祷的仪式吗?"

"如果你十分憧憬那些仪式,我们肯定能亲眼看到。"

"我没有那么憧憬,"姑娘说,"这也是我选择不和你结婚的一个原因。"

"我明白,"上校说,"谢谢你。"

"可是那并不代表我不爱你,不管我付出什么代价,我都义无反顾地爱着你,无论是生是死,我都永远爱着你。"

"我都知道。不过我倒觉得人死了就不能再爱了，因为他的身体都不存在了，还能怎么爱呢？"上校说。

他开始吃洋蓟，每次只拿一片，用手捏着薄的那一端，把比较厚的那一端蘸着盘子底部的调料。

"我不知道你死后还能不能爱，"姑娘说，"但我会努力爱，你难道不认为被人爱着是件很美好的事吗？"

"是的，"上校说，"我总有一种很奇怪的感觉，感觉自己在一个荒芜的小山坡上，山顶光秃秃的什么也没有，除了漫山遍野坚硬的石头。那里没办法挖出能够作为防御工事的壕沟，山壁上没有凹洞也没有凸出来的遮蔽物。忽然，我却浑身穿着沉重的盔甲，不再暴露在光天化日之下，附近也没有那种88口径的大炮。"

"的确很奇妙，我觉得你应该将它告诉那边那位麻脸的同胞，我相信，那位长着一张月球表面形状的脸的作家伙伴，今晚就会把这些精彩的内容写进他的书里。"

"我认为应该告诉但丁，假如他在这里的话。"说着，上校突然变得粗鲁起来，如同突然遭遇大风暴的海洋。"我要跟他说，在这种情况下，要是将我转移到一辆装甲车里，我会有怎样的反应。"

正在这时候，阿尔瓦里托男爵推门走了进来。他如同一个优秀的猎人，只用目光扫视了一下餐厅，就发现了他们。

阿尔瓦里托来到他们跟前，吻了一下雷娜塔的手，问候道："你好啊，雷娜塔！"他的个子比大多数人要高一些，穿着城里人才会穿的衣服式样，显得身材匀称，线条优美。在上校认识的人中，他算是个十分腼腆的人，但他的腼腆并不是有什么缺陷，也不是没有脑子，而是天性如此，就像森林中的某些动物，比如非洲紫羚羊，在茂密的丛林中，你永远都不会看到它的身影，也很难找到它的踪迹，除非你带着一只嗅觉灵敏的猎狗。

"上校好。"阿尔瓦里托笑着打了个招呼，这笑容非常独特，只有性格腼腆的人才会露出这样的笑容。

这种笑容既不是毫无拘束、充满自信的微笑，也不是奸诈狡猾、心术不正的冷笑，更和那些妓女、政客一样假惺惺的笑容沾不上边儿。这种笑容显得非常深沉，就像来自遥远的地心一样幽静，显得那么美好和恬静。

"我还有别的事，只能在这待一会儿。我是来告诉你，这样的天气正是打鸭子的好时机。我听说北方飞来一片野鸭，黑压压的，其中有很多个头儿很大，就是你喜欢的那一种。"说到这儿，他露出了微笑。

"请坐，阿尔瓦里托，坐下说。"上校邀请他。

"不用坐，如果你不介意的话，我们可以约好两点半在停车库碰头。你是开自己的车过来的吗？"

"是的。"

"太好啦，那我们两点半就可以准时出发了，这样傍晚的时候还能看一会儿野鸭。"

"好主意！"上校说。

"那么，我要先走了。回头见，雷娜塔。再见，上校。两点半，车库见。"

"我们很小的时候就认识了，"姑娘说，"他看上去很成熟，但实际上只比我大三岁左右。"

"是的，这我知道。他也是我最好的好朋友。"

"你觉得你那位麻脸的同胞有没有在《贝德克尔旅行指南》里找到他？"

"我不知道，不过我可以问一下，"上校说，"团长，"他喊了一声，"坐在那边的我的那位同胞，有没有在《贝德克尔旅行指南》里找到男爵的家族？"

"说实话吗，上校？我从来没看见他来吃饭的时候看过那本书。"

"他还真不错，"上校说，"看，我认为像瓦尔波里契拉这样的酒还是新鲜一点儿好，它跟那些名酒①一样，假如用玻璃瓶包装起来收藏的话，时间一久，就会产生沉淀。你觉得呢？"

"是的，我也这么认为。"

"那要怎么处理才好呢？"

"上校，你也许知道，大旅馆里面的酒都卖得很贵，在里茨那里你根本就弄不到比纳尔德酒。我提议你去买几坛上好的葡萄酒——这些酒可是雷娜塔伯爵小姐家的庄园里酿制的，也算是伯爵小姐送给你的礼物。到时候，我可以帮你把酒都装在玻璃瓶里。这样，我们不仅有了上好的美酒，还能省下不少的钱。如果你同意的话，我也可以跟经理好好解释一下，他是个很好的人。"

"你还是跟他说明一下比较好，"上校说，"他可不是一个只看商标喝酒的人。"

"那就这么决定吧。"

"你现在喝的这种酒口感也不错，你觉得呢？"

"是的，很不错，"上校说，"但跟'钱伯尔登'相比差远了。"

"我们当年常常喝的酒是什么酒？"

"那时什么酒都喝，"上校说，"不过现在我有些讲究了，确切地说，我现在已经不再一味地追求美味了，而是更看重我口袋里钱的数量。"

"我也想讲究点儿，但往往总是徒劳无功。"团长问道，"最后一道菜你们想吃点什么？"

"给我来点儿奶酪吧，"上校扭头问姑娘，"你呢，女儿？"

自阿尔瓦里托来了以后，姑娘就变得安静了。她一直没有插话，也没有用心听上校和团长的对话，她在想着其他的事情。

"请给我也来份奶酪，"姑娘说，"谢谢。"

"哪一种奶酪呢？"团长问。

"都端上来吧，我们看一下再做决定。"上校说。

---

① 原文为法文。

团长转身又离开了。上校问："你刚才在想什么，女儿?"

"我什么都没想，真的，一点儿都没有。我很好。"

"别再这样分神了，我们在一起的时间很宝贵，经不起这样奢侈的浪费。"

"是的，很抱歉，现在我们开始享用美味的奶酪吧。"

"我不需要把它当作玉米棒子芯吧?"

"不用，"姑娘说，她虽然不明白这句口语的语法，但是却准确地领悟了它隐藏的意思，因为她的脑子里一直都在想这件事情。"请把你的手放到口袋里。"

"好的，我按你说的做。"上校说着，将右手伸进口袋，指尖触摸到了那件翡翠。他用指尖碰了几下，接着又用手指轻轻地抚摸了几下，最后张开那只变得畸形的手掌整个儿握住它。

"抱歉，"姑娘说，"现在好啦，快乐的时光又回到我们身边了，我们要开开心心地享受美味的奶酪了。"

"确实棒极了，"上校说，"但是不知道他们会有些什么样的奶酪?"

"现在，把你最后一次参加战斗的情况讲给我听听吧，"姑娘说，"然后我们可以再冒着寒风乘凤尾船游览一番。"

"在别人看来那些事情或许有些乏味，"上校说，"但在我看来，如果发生在我们身上的话，任何事都会变得很有趣——不过，那次战斗中，只有其中的几个阶段让我觉得有趣。"

"为什么呢?"

"当时和我们交战的时候，敌人都已经不算是名副其实的师部了，因为早在双方交火前，他们的通信系统就被我们的空军部队破坏了。对于那次战役，官方的说法是我们消灭了多少个师，但实际上那都是些遭受重创之后的残留部队，根本不能算是真正的师，所以打起来并不费劲。只有在诺曼底登陆的时候，我们遇到了十分艰巨的困难，当时，地势对我们太不利了。但是我们仍然要给巴顿将军打出一个突破口，并且还要在他的装甲部队前进时，做好突破口两边的防守工作。"

"那你们是如何为装甲部队打出突破口的呢？请赶快告诉我吧。"

"首先，我们占领了一座名叫圣洛的城市。因为它四通八达，交通便利，是一个主干道的咽喉部位；接着，我们又将周围的城镇和农村一起占领，以确保交通运输的畅通无阻。本来敌人也有一条主要的防御战线，这样，他们就根本没有办法调遣兵力来集中反击。而且我们的轰炸机拥有着绝对的制空权，把他们的增援部队全都困在半路了。你听腻了没有？我对这些事情早就烦透了。"

"没有听腻，一点儿也没有，我感觉非常好，之前我从没有了解得这么清楚。"

"你真是个好姑娘，"上校说，"你真的很想知道更多更可怕的真相吗？"

"是的，我很想知道，请全都告诉我吧，"她说，"我爱你，所以我愿意和你一起分担这令人痛苦的往事。"

"没有谁可以帮助别人分担这些玩意儿，"上校说，"我只是将这些事原本的情景告诉你，当然，为了保持其中的趣味，我会在里面加进一些其他事例，让你觉得更有意思，而且会坚定地相信这些都是真实发生过的事情。"

"那你想加什么就加什么吧，我不在乎。"

"占领巴黎对我们而言，真的算不上什么功绩，"上校说，"这根本就不是什么正式的军事行动，而仅仅是一种情感的蜕变过程。当时，我们只是打死了几个打字员，破坏了几处德国人遗留下来的防御工事而已。你不知道，那些德国人总爱在撤退的时候修筑这些工事当作掩护。我当时想，那些德国佬肯定认为以后根本就不需要那么多的文职人员，所以全部把他们留下来当士兵了。"

"难道占领巴黎不是一件很伟大的事情吗？"

"不是你想象的那样。勒克莱尔①手下的士兵，多是一些不入流的笨蛋，他们打了无数发的子弹，以此来证明这次行动的伟大，而且他们用的子弹全都是我们提供的。那次，为了庆祝他们的死亡，我还将一大瓶1942年产的佩里埃儒埃一饮而尽了。"

"你也参加那次战斗了吗？"

"当然，"上校说，"我可以毫不隐瞒地告诉你，我参加了。"

"难道那次战斗没有在你心里留下任何值得回忆的事情吗？无论如何，那毕竟是巴黎，不是谁想占领就能占领的。"

"实际上四天前，法国人就已经将它占领了，可是'SHAEF'盟军最高司令部却另有打算，这是一个伟大的计划。后方的每一个军事政治家都属于这个司令部，他们都佩戴着那种画着火焰图案的徽章，而我们的徽章上画的则是四叶红花草，当然，这不仅仅是标识，也是为了祈求给大家带来好运气。这个伟大的计划里，一个重要的任务就是将这座城市包围起来，所以，我们只能按兵不动，不能轻易地将它占领。

"与此同时，我们还要等着伯纳德·劳·蒙哥马利将军的到来，他的部队没有堵住法莱斯②的突破口，因此什么时候能来到，大家都无法预测。最后，虽然他克服了重重困难，但仍然没有按时到达。"

"你们肯定都盼着他快点来到。"姑娘说。

"是的，当然了，"上校说，"我们都在急切地盼望着。"

"难道真的没有发生一件伟大的或者让人自豪的事情吗？"

"当然有，"上校说，"我们从巴默东开始进攻，一路所向披靡，直打到圣克鲁门，然后越过熟悉和喜爱的街道勇往直前，我

---

① 勒克莱尔·德·奥特克洛克（1902－1947），法国的著名将军和战斗英雄，1944年曾经参加诺曼底登陆战役，同年8月和戴高乐一起胜利进入巴黎，获得了"巴黎解放者"荣誉称号。

② 法国西北部卡尔瓦多斯省的一个城镇，1944年盟军收复法国的时候，曾经在这里遭遇激战，该地因此而闻名于世。

们没有牺牲一个人，并且还保护整个城市没有让它遭受破坏。我们在星辰饭店捕获了埃尔莎·马克斯韦尔①的一位男管家。那次行动面对的情况十分复杂，有人告诉我们他是日本杀手，还说有几个巴黎人死在他手上，这听上去十分新鲜。于是我们指派三个身手矫健的好手，爬上他藏身的屋顶伺机抓住了他，这才搞明白他只不过是印度支那的一个年轻人。"

"我也有一点儿明白了，但这结果真令人感到沮丧。"

"人生总是会发生一些令人沮丧的事情的。不过，你可千万不要对我们这个职业遭遇的事情认真。"

"那你认为，那些有着大战略家的时代也是这样令人沮丧吗？"

"我敢肯定，那些时代比这还要糟糕。"

"你的手受了这么严重的伤，你为此感到很光荣，是吗？"

"当然，我感到非常光荣。那是在一个光秃秃的连杂草也没有的山冈上受的伤。"

"我摸摸好吗？"她说。

"看吧，仔细看吧，就在手心那里，"上校说，"它被子弹射穿了，后来很长一段时间，伤口都没有愈合。"

"你真应该请人或者自己也可以，把这些东西都写下来，"姑娘说，"我是认真的——让更多的人了解这一切。"

"不行，"上校摇摇头，"首先，我根本就没有什么写作的天赋和能力；其次，我知道的事情实在太多了。你可能不知道，任何一个精于编造的作家，写出来的东西，都会比一个亲身经历过的人写得更加可信。"

"但是有许多军人都已经写了呀。"

---

① 埃尔莎·马克斯韦尔（1883－1963），美国报刊撰稿人、社会名流，因常常举办上流社会社交聚会而出名。

"当然了，比如萨克森伯爵①和腓特烈大帝②，以及中国的苏秦先生③，他们都已经这么做了。"

"我不是指他们，我是说，许多我们这个时代的军人也在写书。"

"真不错，你说'我们'说得那么顺口，我喜欢你这样说。"

"还有许多当代的军人，他们不是也写书了吗？"

"是的，现在有许多军人都在写书，但是，你读过那些人写的书吗？"

"没有。我大部分时间都在读古典文学作品，偶尔也读一些报纸中的社会丑闻，当然，还有你写的信。"

"把信都烧了吧，"上校说，"它们已经没有继续存在的意义。"

"噢，别这样，求你了，请允许我留着它们。"

"这个我可能做不到。不过，还有哪些事情能引起你的兴趣呢？我倒是想讲讲那些事情给你听。"

"那你就跟我说说你以前当将军时的那些事情吧。"

"噢，这个倒不难。"上校说着，向团长做了一个手势，示意他拿一瓶香槟过来。团长知道，他只要1942年生产的罗德雷牌的香槟，他喜欢这种酒。

"那时，将军住在一个可以活动的房子里，参谋长也住在里面，而将军手下的那些处长们都住在指挥所里。其实，我也可以跟你讲讲那些处长的事情，但是又怕你感觉枯燥乏味，我还可以告诉你一些有关一处、二处、三处、四处和五处④的事情，德国佬那边还有六处呢，可是这些事情实在太复杂了，光听都会觉得心烦。将军有时能喝到波旁威士忌，其他人则喝不到。除此之

---

① 萨克森伯爵（1696－1750），法国著名将军和军事理论家，著有军事著作《我的梦想》。

② 腓特烈大帝（1712－1786），普鲁士的第三代国王，在消灭神圣罗马帝国时曾发挥过主要的作用，著有论文《反对权术主义》。

③ 中国战国时期有名的政治家和战略家。

④ 分别代表了人事处、情报处、训练作战处及后勤处等。

外，将军还拥有一张铺着塑料布的军用地图，上面用记号笔标记着各种位置，三个团所在的位置，每三个营组成一个团，每个营的位置，所有这些队伍都用彩色笔在地图上标了出来。

"地图上还用记号笔标出了各种各样的分界线，这样每支队伍在规定的区域之外活动时，就不会误伤其他战友。每个营又设有五个连队，每一个连队的士兵按道理都应该是拔尖儿的，但实际上良莠不齐。将军手下的分支还有师属炮兵营、坦克营和其他各种各样的后备部队。那张地图上的所有坐标和符号，就反映了将军的全部生活。"

团长拿来一瓶罗德雷牌的香槟，给上校的杯子斟满，在斟酒的过程中，他明显停顿了一下。

"是集团军，"他没好气地把这个词翻译成了意大利语。"cuerpo d'Armata 只是命令你应该干什么，至于怎么去干，就得由你自己做决定了。你可以口头传达你的命令，但是基本上都是用电话来下达指令；你可以使劲折磨你看重的人，硬逼着他们去做一些根本无法做到的事情，但这就是命令。为了执行命令，你必须打起一万分精神来，还要费尽心思，每天都起早摸黑地操劳。"

"难道你真的不想把这些回忆和看法写出来吗？哪怕仅仅是为了哄我高兴一下？"

"不想，"上校答道，"我早就不是那个又敏感又疯狂的年轻人了，他们许多人往往只参加了一两天或者三四天的战斗，就觉得自己是参加了整场战争。从那以后，就凭着自己的第一印象和主观想象编起书来。我看过一些那样的书，说实话，里面的内容还是有一些事实依据的，有些地方也写得非常精彩；但若是你自己也参加过战争，你就会觉得书里的描写非常枯燥和无聊。还有一些人更加的莫名其妙，他们根本就没有打过仗，却靠着战争来出书发横财。他们在军队后方向民众胡乱地散播战地新闻，这些消息几乎都是不真实的，但却像风一般迅速地传播着。还有一些一直留在后方的职业作家，他们从来都没去过前线，对打仗的事也几乎一窍不通，可是他们写出来的书非常厉害，让人感到他们仿佛真的是从枪林弹雨中过来的一般。这种胡编乱造的行为，我实在不知道该把它归到哪一类罪行里才合适。

"我还记得有一个十分圆滑的海军上尉，他愚蠢得连单桅帆船都指挥得乱七八糟，居然也写出了一部关于大战内幕的书。也许每个人或迟或早都会写出一部书来，这就使得我们偶尔也会读到一两本不错的书籍，但是我不会写书，真的不会，亲爱的。"

他向团长比画了一个手势，示意他还需要一点酒。

"团长，"他说，"你觉得你自己喜爱战争吗？"

"当然不。"

"可是我们都参加过战争，而且还打过很多仗。"

"没错，我们的确打过很多仗。"

"现在，你的身体怎么样？"

"总体还不错，就是溃疡和心脏有时让我觉得有些不舒服。"

"是吗？"上校说，他开始慢慢觉得自己的心脏也一直往上吊，感觉浑身不再像先前那么踏实，突然他喉头一紧，一瞬间几乎喘不过气来。"但你跟我说过你只是有一些溃疡。"

"那么，现在你知道我的心脏还有一点问题了。"团长话音未落，脸上就露出了十分开心的笑容。那笑容和蔼可亲，爽朗明媚，具有极大的感染力，这是他特有的笑容，就像冉冉升起的旭日一般令人感觉很踏实。

"一共发作过几次了？"

团长慢慢地伸出两个手指头，那动作就跟那些对自己很有信心的人所比画的一样，但同时也像一场故意的默不出声的打赌。

"我比你稍微多了那么一点，"上校说，"这并没有那么可怕，我们可不是这么轻易地被吓倒的。去问问唐纳·雷娜塔吧，不知道她是否还想要一些这么棒的葡萄酒。"

"你怎么从没有对我说过你的病又发作了？"姑娘问道，"你应该早一点把它告诉我的。"

"自从上次我们见面之后，我的身体一直都很正常。"

"出现这样的情况，难道你不觉得是由于我的缘故吗？如果真是这样的话，我想我应该搬过来和你住在一起，这样可以给你最好的照顾。"

"噢，我只是一块肌肉出了点毛病，"上校说，"不过，这是一块比较重要的肌肉。它正常工作的时候，就像劳力士手表一样完美精确；但让人头疼的是，如果它发生任何一点故障，你却不知道将它送到哪儿给哪个代理商去修理，而且你也不知道它什么时候会停止工作，因为那时你就已经死了。"

"请不要再说了。"

"是你先问我这个问题的。"上校说。

"你那个麻脸的同胞呢？他有没有这种毛病呢？"

"他当然没有，"上校说，"如果他永远做个忙忙碌碌的写作者，那么他很可能会长生不老。"

"你又不是作家，你怎么知道这些的呢？"

"这就是上帝的恩赐，"上校说，"我也看过不少书，在结婚前，我看书的时间一直十分充足。我可以这么跟你说，我看过的书虽然可能比不上一个国家的商船数量那么多，但是也很可观；而且，我还能够将不同类型的作家与作家分开，我发现，那些平庸的作家总是活得比别人长些，我们真应该给他们颁发长寿奖金。"

"你能再给我讲些有趣的事吗？我不想再听这样的事了，听得我心里非常难过。"

"当然，我可以跟你讲几百件，而且每一件都是真实的。"

"噢，你只需要跟我讲一件就行了，讲完我们去喝酒，然后去坐凤尾船。"

"你会不会感到冷？"

"放心吧，肯定不会的。"

"我不知道应该跟你讲哪些事，"上校说，"在那些从没打过仗的人的心里，关于战争的每一件事情都是枯燥乏味的，除非我编造一些有趣但却是骗人的故事。"

"我现在很想知道有关占领巴黎的事情。"

"为什么呢？是因为我以前说过你的样子跟玛丽·安托瓦内特①在囚车里面的样子几乎一模一样吗？"

"不是，如果真是那样的话，倒是抬举我了呢。我知道，可能我的侧面和她有些相似，但我从来没在囚车里待过。我只是喜欢听你讲攻占巴黎的故事，也许你不明白，当你爱上一个人，这个人又是你心目中的英雄，那么你就会很想知道和他有关的每一件事情，想了解和他有关的每一个地方。"

"那请你将脸稍微侧一下，好吗？"上校说，"我这就讲给你听。噢，团长，那可怜的玻璃瓶里还有酒吗？给我来一点。"

"已经没有了。"团长答道。

"那就请你再拿一瓶过来吧。"

"没问题，我已经提前冰好了。"

"干得不错，那就拿上来吧。现在我们接着往下说，女儿。我们的部队在克拉马特与勒克莱尔、巴顿将军的部队分道扬镳，他们朝着蒙特鲁日和奥尔良门发起进攻，而我们的部队则直接向巴默东前进，同时我们还要保护圣克鲁门的桥梁安全。这样的描述有些太职业化了，你不觉得枯燥乏味吗？"

"没有，一点儿也不乏味，相反，我觉得很有趣。"

"现在要是能有一张地图，让我们边看边讲就更好了。"

"请继续说下去。"

"我们的部队占领并且保护住了桥梁，还在河的对面修建了桥头堡，那些守桥的德国人也全部被我们扔到了塞纳河里，谁管他们是死是活，"他顿了一下，"当然了，名义上说是守桥，他们也只是做了一些表面功夫，他们原本可以将桥炸毁的，我敢肯定，他们基本上都是办公室的文职人员。"

"接着说。"

"第二天早上，我们接到情报，说德国人在很多地方都加强

---

① 玛丽·安托瓦内特（1755－1793），法国国王路易十六的王后，在断头台被处死。

了防御，还在芒特—瓦莱里那里安置了大炮，并安排坦克在街道上来来回回地巡逻。消息虽然不完全可靠，但也有一部分是真实的，指挥部命令我们尽量放缓进攻的速度，由勒克莱尔将军率先占领这座城市。遵照命令，我强制部队放缓前行的速度，尽可能慢地往前推进。"

"你是怎么做到的?"

"很简单，我只需要来点香槟，把进攻的时间往后延迟两个小时就行啦。我也不管那些酒是谁送来的，爱国者也好，通敌者也罢，或者也许是那些热心的人，反正统统来者不拒，照单全收。"

"难道没有发生一些场景十分宏伟的事情吗? 就像书里描写的那样?"

"当然有了，但那仅仅指城市的本身，人们一个个兴高采烈，年迈的军官们也都穿上了保存多年的军服，高高兴兴地走在马路上;我们也十分高兴，因为我们再也不需要打仗了。"

"后来真的没有再打过一次仗吗?"

"后来还打过三次，但都是非常小的冲突，简直称不上打仗。"

"占领这样的一座城市，你们一共只打了三次仗?"

"女儿，从朗布依埃开始进攻算起，到现在打到这座城市，我们总共打了十二次仗，只不过仅仅有两次能够算得上是打仗。一次是在图修勒诺布尔，还有一次是在勒比克，其他的充其量只能算是一道菜里面的调料。假如连那两个地方也不算的话，我们根本就不需要打仗。"

"请你跟我说一些关于战争的真实情况吧。"

"跟我说你爱我。"

"我爱你，"姑娘说，"如果你高兴的话，我还可以在小报①上将它公开发表出来。我爱你，我爱你挺拔壮实的身躯和迷人的

---

① 原文为意大利文。

眼睛——虽然在你发怒的时候，它们的样子显得有些可怕，我也爱你那只受伤的手和身上所有的伤痕。"

"我想我还是应该跟你讲一些有趣的故事，"上校说，"而且我还想告诉你，我也爱你。"

"你为什么不去买一些上好的玻璃器皿呢？"姑娘突然问，"我们可以一块儿去穆拉诺挑选。"

"我对玻璃器皿可是一窍不通。"

"没关系，我可以教你，那十分有趣。"

"我们的生活还不能固定下来，没有必要添置那些上好的玻璃器皿吧。"

"但是，等你退休后来这里定居的话，就用得着啦。"

"那我们可以到时候再去买。"

"我希望我们现在就去买。"

"好吧，就按照你说的办。可是明天我要去打野鸭，今天又太晚了，怎么办呢？"

"我可不可以跟你一起去打野鸭子？"

"只要阿尔瓦里托肯邀请你一起去，我当然没问题。"

"我可以让他邀请我。"

"我不太相信。"

"噢，你不相信你女儿说的话，这可不太礼貌。因为她已经是个大姑娘了，是不会说谎话的。"

"好吧，女儿，我对刚才说过的话表示歉意，我收回刚才的话。"

"谢谢你。就冲这一点，我就不跟着你们去了，省得到时候给你们增添不必要的麻烦。我就留在这里，我要和妈妈、姨妈还有外婆一起去做礼拜，然后去看望那些贫穷的人，家里就我这么一个孩子，我还有许多要尽的责任呢。"

"我总是奇怪，你每天都在做些什么？"

"我每天总是在做这些事情，再者就是让女仆帮我洗洗头发或者修剪指甲。"

"你不能够再做这些事了，因为星期天还要去打猎。"

"那我就星期一再做吧。星期天，我就将所有的画报都看一遍，包括那些有暴力的内容也全部看完。"

"画报上面也许还会印着伯格曼小姐的照片，你还是希望跟她长得很像吗？"

"我现在再也没有那种想法了，"姑娘说，"我只希望有自己独特的魅力，而且希望比她还要好看，我更希望你爱我。"

"还有，"姑娘突然毫不掩饰地对着上校说，"我也希望我能够像你一些，今天晚上我可以多像你一点儿吗？"

"当然可以，"上校说，"那现在我们在哪座城市呢？"

"在威尼斯，"姑娘回答道，"我敢肯定它是世界上最好的城市。"

"我非常赞同你的说法，也感谢你没有再要求我给你讲那些战争中的事情。"

"噢，是吗？但是以后我肯定还是要你讲给我听的。"

"必须吗？"上校说，他那奇特的双眸里突然射出两道凶狠的光芒，就像伪装得十分巧妙的坦克将炮口直直对着你瞄准一样，"你说的是必须吗，女儿？"

"是的，但是我说的并没有你听到的那种意思。或者说，假如我用错了句子或词语的话，请你原谅我。我的意思是，请你以后再给我讲一些真实的情况，如果我有什么不明白的事情，就请你跟我解释一下，好吗？"姑娘哭了。

"如果你想用'必须'这个词，那么你就尽情地用吧，女儿。让那些该死的东西都见鬼去吧。"

上校说着笑了起来，眼睛又恢复了平日里的那种和蔼和友善。但是上校心里明白，自己的这双眼睛看上去并不那么可亲。不过现在他对这样的事情已经无能为力了，他只能想方设法尽可能地对他这最后的、真正的和唯一的爱亲切一点儿。

"我其实并不在意这些，女儿。请你相信我，我只是对发号施令比较熟悉，以至于有时候不由自主便这么做了。当我像你这么大的时候，总是在发号施令中得到一种满足感。"

"可是我并不是想对你发号施令，"姑娘说，虽然她下定决心不再哭了，但眼眶还是忍不住又含满泪水，"我只是想和你待在一起。"

"我懂，我非常理解你的心情。其实就是你喜欢对我下命令，这也没什么，像我们这样的人都会这样的。"

"听到你说'像我们这样的人'，我很高兴。"

"这样说话并不是一件困难的事情，"上校说，"女儿。"

就在这个时候，门厅总管匆匆来到桌边，对他们说："对不起，上校，打搅一下你们的谈话。刚刚门口来了一个人，我相信他正是伯爵小姐的仆人。他的手里拿着一个大包裹，说是要送给上校。我特意来请示一下，是将它暂时放进存放室，还是直接送到您房间里去呢？"

"直接送到我房间里去吧。"上校说。

听到指示，门厅总管转身欲走。

"等一下，"姑娘喊住他说，"可不可以让他把东西拿到这里来，让我们先看一看呢？我们不在乎周围是否有人看见，是吗？"

"是的，那就将包裹打开，将里面的东西送到这里来，让我们先看看。"

"好的，上校。"

"然后再请你把它仔细包好，包得严实点，送到我房间里去。明天中午我要把它带走的。"

"好的，我一定照办，上校。"

"现在就要看到它了，你心里激动吗？"姑娘问。

"是的，我现在十分激动，"上校说，"团长，请再给我们来一瓶洛德雷，然后再摆好一张椅子，让我们一起来好好欣赏欣赏那幅画像吧，我们可都是绘画艺术的热爱者。"

"冰过的洛德雷已经没有了，"团长说，"如果您愿意来一点儿佩里埃儒埃……"

"好的，那就拿过来吧，"上校说，接着又补充了一句："劳驾。"

"我不会像乔治·巴顿一样讲话，"上校说，"而且，我也觉得没有那个必要，况且他早就死了。"

"他真是个可怜的人。"

"是的。虽然他的一生拥有很多金钱，还拥有很多装甲坦克，但他仍然是个可怜的人。"

"难道你不喜欢装甲坦克吗？"

"不喜欢，我也不喜欢坐在坦克里面的大部分人。装甲车将这些人变成了恃强凌弱的家伙，这正是他们迈向怯懦的第一步。我指的是真正的懦弱，或许这也是常人难以理解的自闭症。"

说到这里，上校抬头看了姑娘一眼，不由地笑了起来。他突然后悔自己刚才对她说了一些她无法明白的事情，就像突然将一个只在海滩浅水区游泳的人一下子拉进了深水区。他努力想打消刚刚带给她的迷惑和不解。

"请原谅我，女儿。有许多话我都说得不那么公平，但总体来说，还是比你在那些将军回忆录里看到的事情要真实得多。你要知道，当一个将军得到一星或者更多星的时候，真相就会离他越来越远，就像我们的祖先很难找到圣杯一样。"

"但你也曾经是一位将军啊。"

"并不太久，"上校说，"那些上尉，"这位前任将军接着说，"他们知道真实的道理，并且大部分都能讲给你听。如果他们不能的话，你就可以将他们从岗位上撤走。"

"如果我也撒谎的话，你会把我也撤走吗？"

"那就要取决于你撒的是什么谎了。"

"不管在哪一方面，我都不愿意撒谎，更不愿意被撤离，那听起来实在太可怕了。"

"是的，"上校说，"你必须将他们撤掉，然后让他们带着十一份不同的文件，上面写着他们被撤职的缘由，并且每一份文件上都要有你的亲笔签名。"

"很多人都被你撤了吗？"

"是的。"

这时，门厅总管一个人抱着一幅镶在大画框里的画像走进了餐厅，他的样子很有趣，就像一艘张着大帆的凤尾船。

"搬两张椅子过来，"上校对一位二等侍者说，"放到这边来。小心点儿，不要碰到画布。轻轻扶着画框，不要让它滑落下来了。"

看着那幅画，上校对姑娘说："看来我们应该换一个画框了。"

"是的，我知道，我也不满意，"她说，"这个画框不是我去挑选的，你不要再去管这个画框了，下个星期我们就去重新选一个好的画框。现在你只需要看着这幅画，仔细看看，画得像不像。"

看上去这是一幅很不错的肖像画，画面不冷傲，不艳俗，既跟传统模式不同，又跟现代派系有别。假如丁托列托还活着的话，你会希望他也用这种画法给你的姑娘画像。假如他不在了，你会去找委拉斯开兹①来画。但很明显，这幅画和他们两人的画风完全不同。这就是一幅单纯的肖像画，但又那么明艳动人，在现在这个时代，只能偶尔看见一幅这样的画像。

"真的美丽极了，"上校说，"的确让人感到非常吸引人。"

门厅总管和二等侍者一人一边扶着画框，听到上校的赞美，两人也偏着头各自从侧面看过来。团长连声称赞，坐在不远处的桌子边的几个美国人，也探过身子，眨着他们那新闻记者一样的眼睛仔细看着，大家都想弄清楚到底是谁能画出这幅画。

"简直太棒了，"上校说，"可这东西太贵重了，我不能收。"

"但是我已经送给你了，"姑娘说，"我的头发现在还没有长过肩膀。"

"我觉得以前肯定有那么长。"

"如果你喜欢的话，我会努力将它留长一些。"

"那就试试看吧，"上校说，"你这个美丽动人的姑娘，我非常爱你，爱你本人，还爱画像上的你。"

"如果你愿意，你也可以将这些话讲给那些侍者们听听。我敢肯定，他们一定不会感到吃惊的。"

---

① D. 委拉斯开兹（1599－1660），西班牙著名画家。

"现在请你把画送到我的房间里去吧，"上校对门厅总管说，"非常感谢你能将画送到这里来。如果价钱公道的话，我就准备把它买下来。"

"价钱肯定合适，"姑娘对上校说，"可不可以请侍者们把椅子往旁边挪一挪？我们好请你的那位麻脸同胞也仔细欣赏一下。团长还可以将画家的地址告诉他，或许他还可以去画室参观更多的作品。"

"这幅肖像真的是太美了，"团长说，"但现在的确应该送到房间里去了。这幅画可不能让罗德雷或者佩里埃儒埃来指手画脚。"

"请送到我的房间里去吧，劳驾。"上校对门厅总管说。

"你说'劳驾'的时候，前面应该停顿一下。"

"太震撼了，"上校说，"我被这幅画深深地震撼了，以致说话都有些语无伦次了，抱歉。"

"我们谁也不需要为此负责任。"

"是的，我也这么认为。"上校说，"团长可是个很有责任心的人，一直都是。"

"我不这么认为，"姑娘说，"我觉得他刚才说出那样的话，并不只是有责任心那么简单。我想，他或许不愿意那个人用记者式的眼光来欣赏这幅画。在这个城市里，每个人都避免不了议论别人或者被别人议论，我想这也是团长刚才说那话的用意，美好的东西，不应该被那些探究的目光亵渎。"

"管他呢！"

"噢，这句话还是我跟你学的呢，现在你又从我这里拿回去了。"

"事情往往都是如此，有得必有失，"上校说，"你在波士顿得到的东西，转身就会在芝加哥失去。"

"你说的这句话，我没怎么听明白。"

"这个要想解释清楚简直太复杂了，"上校说，很快地他停了一下又接着说，"噢，不是的，不应该是这样。我的主要职责就是把事情弄清楚，我怎么能够说出这种'解释起来很复杂'的话呢，真该死！这么说吧，我刚才的意思是说，这一切就像是职业球足球①赛，你在米兰赢得了胜利，却可能会在都灵输掉。"

"我不怎么喜欢足球。"

"我也一样，"上校说，"我特别不喜欢观看陆军队和海军队比赛。那些地位高贵的高级将领总爱说一些美国足球的专业用语，这样他们就能明白对方在说些什么，而我们却一无所知。"

"我认为我们将会有一个十分愉快的夜晚，不管会发生什么事。"

"我们要不要将这瓶刚端上来的酒带上船呢？"

"当然需要，而且还要带上那种深些的酒杯，这个我会告诉团长的，现在我们赶紧穿上外衣出发吧。"姑娘催促道。

"好的，我必须先吃一点药，然后签好账单，咱们马上就走。"

"我真希望我能够代替你来吃药。"

"那我很庆幸你不用吃药，"上校说，"是我们自己去挑凤尾船，还是随便让他们去叫一艘过来？"

"让他们去叫一艘来吧，我们就碰碰运气看怎么样。这样做的话，我们会有什么损失吗？"

"我认为我们不会有什么损失的，一点儿损失也不会有。"

---

① 原文为意大利文。

第十三章

两人从餐厅走出来，并肩站在码头上，一阵阵的寒风迎面刮来，吹得姑娘的头发都飘了起来。明亮的灯光透过旅馆的窗户，照出了黑暗中的凤尾船的轮廓。在灯光的照耀下，河里的水也变得绿莹莹的。上校看着灯光下朦朦胧胧的船身，就像一匹骏马或是一艘赛艇，他想，它的身形竟然这般优雅美丽，我以前怎么从来没有注意过呢？到底是怎样的一双手和眼睛，才会造出这样匀称有致的船来呢①？

"我们准备去哪儿？"姑娘问。

她站在码头边，旁边泊着一艘黑色的凤尾船。姑娘身形很挺拔，寒风将她的头发吹得飘起来，一直在脑后飞舞着。旅馆窗户的光照在她身上，使得她看上去就像船头雕刻着的一尊雕像。她身上任何一处地方、任何一个角度都那么优美，上校心想。

"我们乘船去公园，"上校说，"或者转头经过博伊斯，然后请他将我们送到阿尔梅诺维莱那里去。"

"我们可以去巴黎吗？"

"当然可以，"上校说，"我会跟他说，让他带着我们朝最便于行驶的方向划上一小时，我可不想让他逆风行驶。"

"风太大了，河道的水也涨起来了，"姑娘说，"我们想去的地方可能无法通过桥墩了，我可以告诉他我们准备去哪儿吗？"

"当然可以，女儿。"

"麻烦你把冰桶放到船上去吧。"上校转身对旁边的二等侍者说道，这侍者是旅馆吩咐送他们出来的。

---

① 这句话引用的是英国诗人威廉·布莱克（1757－1827）的诗，《老虎》中第一节的第三、四行。

"团长叮嘱我，让我在您上船的时候跟您说一声，这瓶酒是他专门送给您的。"

"非常好，请一定替我好好谢谢他，告诉他不需要和我这么客气。"

"看样子，可能还是要逆风行驶一段时间，"姑娘说，"接下去我就知道我们该去哪里了。"

"团长还让我给您带来了这个。"二等侍者说着，拿出一条叠得整整齐齐的军用毛毯，这是美国军需部刚发下来的。

姑娘和船夫一直在说着话，她的头发随风飞舞着。船夫是一个穿着藏青色毛绒衫的汉子，天气虽然有些冷，但他没有戴帽子。

"请代我向团长表示感谢。"上校说着，然后将一张纸币塞进了侍者的手里。侍者毫不迟疑地又把纸币还给了他，恳切地说："您已经在账单上付过小费了，上校。您、团长，还有我，现在都不用再挨饿了。"

"噢，好的。那你的妻子和孩子都还好吗？"

"我的妻子和孩子都已经不在了，你们的轰炸机把我特里维索的房子全炸毁了。"

"真抱歉。"

"您没有必要跟我道歉，这不是您的错，"二等侍者说，"您是步兵部队，和我一样。"

"请允许我表达我的歉意。"

"好的，"二等侍者说，"但这又有什么区别呢？好啦，再见啦。祝您有个愉快的夜晚，上校。也祝您快乐，伯爵小姐。"

他们踏上凤尾船的甲板，轻巧优雅的船身像平时一样，轻轻地摇晃了一下。他们赶紧挪动了一下脚步，让船身在黑漆漆的河道中保持住平衡。船夫开始划桨了，为了便于控制，他先将船身稍微偏向一边，这样船才真正地平稳下来。

"从现在开始，"姑娘说，"我们终于到家了。我爱你，亲爱的，请你好好吻我一会儿吧，用你对我全部的爱。"

姑娘将头微微扬起，上校将她紧紧地搂进怀里，俯下身子不停地亲吻着她，那么地不管不顾，那么地疯狂，仿佛周围的一切都不复存在。

"我爱你。"上校说。

"无论这是什么意思。"姑娘抢着说。

"我爱你，我知道这里面到底包含着什么样的意思。画像实在太美了，但我却找不到任何一个合适的词语来形容你。"

"野丫头？"她问，"粗枝大叶或者不修边幅的野丫头？"

"都不是。"

"后面那个词语，是我刚刚从家庭教师那里学到的，就是指疏忽大意。意思是你的头发没有梳整齐，晚上睡觉前没有将头发梳一百下。"

"我想抚摸一下它们，然后用手再将它们弄得更乱。"

"是用你那只受过伤的手吗？"

"是的。"

"如果要这样的话，我们最好换一下位置。现在我们坐反了。"

"很好，这个命令简单明确，而且十分合理。"

"调换位置挺有趣的，不是吗？"

为了保持小船的平衡，两人小心翼翼地挪动着各自的位置，他们的动作轻而又轻，但还是将小船弄得有些倾斜，最后他们又小心地挪动了一下，船才完全恢复平稳。

"现在好了，"姑娘说，"请你用另外一只手紧紧地抱住我。"

"你知道你想要什么吗？"

"我当然知道。这样的回答是不是不该由一个姑娘说出来？'不像个姑娘'这个词儿，也是我刚刚从家庭教师那里学到的。"

"不是的，"上校说，"你这样说毫不隐瞒自己的情绪，很可爱。快把毯子盖好，不要让冷风吹到我们。"

"风是从那边的高山上吹过来的。"

"是的，这些寒冷的风是从高山的另一边吹过来的，它们来自很远的地方。"

波浪拍打着船舷，上校的耳边充满了波涛的声音，凛冽的寒风刺着脸庞，毛毯粗糙的料子盖在身上，使他有一种很熟悉很温暖的感觉。特别是怀里姑娘温暖曼妙的身体，更让他忘记了寒意。他把左手停在了姑娘隆起的胸部，轻轻抚摩着，然后用那只受过伤的右手拨弄着她的长发，一下又一下地抚弄着。过了一会儿，上校又俯下头亲吻她，这一次比刚才那一次还要热烈、深情。

"请等一下，"姑娘说，声音好像是从毯子下面发出来的一样，"现在该换我来吻你了。"

"不，"上校说，"还是让我再吻你一下。"

冷风一阵阵呼啸着从他们头顶吹过，但是毯子下面一丝风也没有，只有彼此相依的温暖。上校那只畸形的手在两边都是陡峭悬崖的大河里寻找着小岛。

"在这里。"姑娘说。

上校一边吻着她，一边寻找着。找到了，然后又失去了，最后终于长久地找到了。什么好的坏的，乱七八糟的，统统见鬼去吧，上校心想。

"我亲爱的宝贝，"上校说，"我的最爱，来吧。"

"不，我要你紧紧地抱着我，也要紧紧地守着这隆起的地方。"

上校什么都没有说，他正在专心致志地做一件事，或者说他正在将一次行动付诸实践，除去男人偶尔该有的勇敢之外，这是他一直相信的唯一的一件神秘的事情。

"别动，先这样，"姑娘说，"然后再使点劲儿。"

上校继续不停地做着，寒风中他躺在毯子里面，心里十分清楚：除去那些为祖国为民族所做的事情之外，这是他保留着的作为一个男人唯一一件能为女人做的事情，不管你有着什么样的看法。

"不要，亲爱的，"姑娘说，"我觉得我快要受不了了。"

"现在什么都不要去想，一点儿都不要想。"

"我没想。"

"不要想。"

"噢，亲爱的，不要说话。"

"就是这个样子的吗?"

"你是知道的。"

"你一定知道的。"

"噢,不要再说话了,请你不要再说了。"

是的,他还想再来一次。

她不再说话,他也没有再出声,四周很安静。突然,窗外忽然飞过一只大鸟,它飞快地掠过凤尾船,"嗖"的一下就消失不见了。他们一直没有说话,上校那只健康的手有力又不失温柔地搂着她的头,另一只手则轻轻抚摩着隆起的地方。

"请将你的手放在它应该放的地方。"姑娘说。

"这样可以吗?"上校说。

"不可以,我要你用力地抱着我,全心全意地爱着我。"

"我对你的爱是真心真意的。"上校说。就在这时,船夫摆动了一下船舵,凤尾船往左来了一个急转弯,一股风"呼"的一下拂过上校的脸颊。他那双敏锐的眼睛一下子就看见了窗外宫殿的一角。他用手指着它对姑娘说:"看,我们现在背风行驶了,女儿。"

"可是这也太快了吧,你明白女人的感觉吗?"

"我不懂,我只知道你告诉我的那些感觉。"

"真的很高兴从你口中说出'你'这个字,谢谢你这么叫我。可是,你真的不知道女人的感觉吗?"

"真的,我想应该是这样的,我从来没有问过。"

"那我们就来猜一下吧,"她说,"等我们穿过第二座桥的时候再说吧。"

"现在,让我们来喝一杯吧。"上校说着,把手准确地伸到了木桶里,那里面装着冰镇的香槟。他取出玻璃瓶,拔掉瓶口的木塞。团长是个细心的人,他早就将瓶塞换掉,换上了一个容易打开的普通塞子。

"喝点这个吧,对你没有什么坏处,女儿。实际上,它对我们两个人都有好处,它能够有效地治疗忧郁症和举棋不定的坏情绪。"

"可是我并没有这些病呀!"姑娘说,在说话的时候,她尽量遵循家庭教师教给她的语法准则。"我仅仅是个女人，更确切地说，我还只是一个姑娘。或许是其他别的什么人，做了不应该做的事情，但绝对不是我。现在是背风了，让我们再来一次吧。"

"那小岛现在在哪里呢？告诉我，它在哪一条河里？"

"你还是继续探索吧，我这里依旧是一片陌生的世界。"

"我并非是完全陌生的。"上校说。

"请你不要这么粗鲁地对我，"姑娘说，"对我再温柔一些，就跟上次一样。"

"这可算不上什么粗鲁吧，"上校说，"这是另外一种事情。"

"现在才不在乎它是什么事情，管它干什么呢，我现在只要是背风就好了。"

"好吧，"上校说，"一切都遵照你的意愿，只要你高兴就行，或者能够经得住温柔的进攻。"

"是的，就是这样。"

她说话的时候就像一只驯良温柔的猫，虽然那些可怜的猫儿并不会说话，上校心想。然后他就没有再继续想下去了，在后面很长一段时间里，他几乎什么都没有想。

这时，凤尾船拐进了一条支流的河道。刚才，当它从大运河河道里驶出来的时候，船身被风吹得往一边严重倾斜，为了保持平衡，船夫不得不将整个身体的重量全都压在另一边的船舷上。上校和姑娘虽然在毯子里面，但是他们也同时往船夫靠的那边船舷移动，寒风不停地从毯子的缝隙外钻进来，一阵刺骨的冷。

上校和姑娘很久都没有说话。当他们乘船经过最后一座桥的时候，上校看到凤尾船的顶端和桥洞的最高处之间只有很小的一点空隙。

"你感觉怎么样，女儿？"

"非常好。"

"那你爱我吗？"

"不要再问我这样愚蠢的问题了。"

"河道的水已经涨得很高了，我们的船刚刚才勉勉强强地过了最后一座桥。"

"我知道我们接下来该往哪边走，我从小就是在这里出生长大的。"

"但我曾经在我自己的家乡迷过路，"上校说，"你虽然在这里出生，但并不代表你了解这里所有的一切。"

"可这个的确很有效，"姑娘说，"这是你也知道的事情。请你再用力一点，用力抱紧我，这样我们就可以成为对方身体里的一部分，不管这样能持续多久。"

"这个我们倒可以尝试一下。"上校说。

"我真的可以成为你吗？"

"这个问题有点复杂，不过现在我们可以试试看。"

"好吧，现在开始，我就是上校了，"她说，"我刚刚占领了巴黎。"

"上帝啊，我的女儿。"上校说，"现在，你的手上将会有一大堆令人头疼的事。你必须马上一件一件地将它们全都处理完，之后还要迅速地将二十八师集结起来，以便领导检阅。"

"我才不管那么多。"

"可是上校必须管那么多。"

"他们难道不好吗？"

"他们很好，这是毋庸置疑的。而且他们的指挥官也很优秀，但因为是国民警卫队，所以运气有时候有点差。这是一支被大家称为'绝密'的军队，但是你不知道，许多绝密的事情往往就是从那些跟随部队前进的牧师口里泄露出来。"

"噢，是吗？这些事情我一点儿也不明白。"

"它们根本不值得我为你解释。"上校说。

"你能告诉我一些关于占领巴黎的真相吗？我真的很想听你说说。每次当我一想到你曾经对它发动过进攻并且最终占领了它，我就非常激动，感到自己正和内伊元帅①坐在一起呢。"

---

① 米歇尔·内伊（1769—1815），拿破仑手下最著名的元帅，非常骁勇善战。

　　"这并不是一件多么值得高兴的事，"上校说，"不管怎么看，这都不能算是一件好事。更令人难忘的是，内伊在撤离俄国那个大城市①时，已经参加了无数次的战斗。有时候，一天的时间，他要打十次、十五次甚至更多的仗。打到后来，他连对方是不是人都认不出来了，你可千万不要和他坐在同一条船里面。"

　　"可在我的心目中，他一直都是一个大英雄。"

　　"是啊，我曾经也非常崇拜他，直到卡特勒布拉战役②以后，也很可能不是卡特勒布拉战役。我的记忆力现在衰退了很多，不管它是什么啦，就姑且将它们全都叫作滑铁卢战役吧。"

　　"难道内伊在那次战役中表现得很糟糕吗？"

　　"是的，简直是糟糕透了，"上校告诉她，"忘记这些事情吧，当内伊从莫斯科开始撤退时，一路上打的仗数不胜数。"

　　"可是人们都称赞他，说他是勇敢者中最勇敢的人。"

　　"谁都不能依靠着这些赞美过日子。你应该永远都是勇敢者中最勇敢的，还应该是机敏者中最机敏的人。与此同时，你还必须要有充足的军事补给。"

　　"赶快跟我说说巴黎的事情吧，求求你了。我们不能再接着做爱了，我知道的。"

　　"你知道？我可不知道，是谁告诉你的？"

　　"我自己告诉自己的，因为我是那么的爱你。"

　　"好吧，是你说的，你爱我，那为什么不让我们用实际行动来证明一下这种爱呢？"上校说，"管它能还是不能呢，现在让它们统统都见鬼去吧。"

　　"你真的觉得我们还可以再来一次吗？这样会不会把你弄伤？"

　　"把我弄伤？"上校说，"你什么时候看见我被伤着了？"

---

　　①　特指莫斯科。内伊在 1812 年跟随拿破仑远征俄国，法军从莫斯科开始撤退时，内伊担任后卫部队的指挥官。

　　②　布鲁塞尔通向沙勒罗瓦公路上的一个地方，滑铁卢战役之前两天，法军元帅内伊在这里击败了英军。

第十四章

"请你不要再胡乱耍脾气了。"姑娘说着，将弄乱的毯子重新牢牢地盖在上校和自己身上，"现在，我们一起来喝一杯吧，有没有被伤着，你自己心里最清楚。"

"好吧，我承认你刚才说的是事实，"上校说，"那我们现在都不要再想了吧，忘了它们吧。"

"好吧，"姑娘说，"这还是我从你那儿学到的词语，但现在我们都把它忘记了。"

"你怎么会这么喜欢我的这只手？"上校问，然后将那只手放在应该放的地方。

"噢，你不要再在我面前装出一副愚蠢的样子。现在，让我们安静地待在一起，什么都不要去想，一丁点都不要去想。"

"我的确是一个笨蛋，"上校说，"但是我现在什么都不去想，一点都不去想，就连明天会怎样，也不去想。"

"你要成为一个善良、谦和的人。"

"会的，我一定会的。现在，我还要跟你讲一个军事机密，这个机密几乎比英国的最高机密还要机密，那就是，我爱你。"

"你的话说得真好听。"姑娘笑着说。

"我不只话说得好听，人也挺好的。"上校一边说，一边仔细观察着他们渐渐靠近的一座桥，船经过桥洞的时候，他看到船顶与桥洞之间还有一点儿缝隙。"瞧，这正是我引人注目的第一个特点。"

"我总是用错词语，"姑娘说，"我知道你爱我，我也希望我能够爱你。"

"这一点你已经做得很好了。"

"是的，我的确做到了，"姑娘说，"而且是全身心地尽力做好。"

此刻，凤尾船轻快地顺风行驶着，他们两个都感到有些疲倦了。

"你在想……"上校说。

"我什么都没想。"姑娘说。

"那就尝试一下想想什么吧。"

"好吧。"

"来一杯这个，怎样？"

"好的。这酒真是棒极了！"姑娘尝了一口，不由赞叹。

"是的，团长干得不错，还在桶里面装着冰镇用的冰块，使得香槟的口感既甘醇又带着微微的凉意。"

"我可以留在格里迪吗？"姑娘问。

"不行。"

"为什么不行？"

"这真的不是一件合适的事情。不管是对他们，还是对你，至于我，就见他妈的鬼去吧。"

"好吧，既然这样，那么我认为我应该回家了。"

"好的。"上校说，"就这样吧。"

"你用这种口气跟我说话，让我感到很难受。你为什么不找一些其他的借口，挽留我呢？"

"这不太合适，现在我就送你回家吧。晚上你好好休息一下，明天我们再见。现在你好说时间和地点，我保证按时去接你。"

"那我回到家，能给格里迪打电话找你吗？"

"当然可以。我早上一般起得都很早，你是想一睡醒就给我打电话吗？"

"是的。但是，你为什么总是那么早就起床呢？"

"这是我的职业习惯。"

"噢，我不希望你再从事这个职业了，我更不希望你死。"

"我也是这么想的，"上校说，"我已经准备辞职不干了。"

"太好了。"姑娘脸上露出疲倦又高兴的神情，"等你一切安排妥当，我们就可以一起去罗马挑选裁缝做衣服了。"

"然后我们就可以一起过着幸福快乐的生活了。"上校说。

"请你不要这么说，求你了，求你不要说。我已经决定不再哭了。"姑娘说着，忍不住眼泪又出来了。

"但是你已经哭了，"上校说，"我真该死。女儿，你知道你做出这个决定，自己将要失去什么吗？"

"请你现在就送我回家吧。"

"好的，这是我现在要做的第一件事情。"上校说。

"你首先应该做得温和一些。"

"我会的。"上校回答道。

两人上了岸，上校把钱递给了船夫。船夫是个敦厚的人，身体很强健，看上去人也很可靠。他知道了他们所有的事情，但是却装作什么都不知道。接着，两人经过了皮亚泽塔，来到一个空旷的大广场，广场上寒风呼啸着吹过，他们紧紧地拥在一起，快步向前走。广场的地面看起来又硬又旧，他们的心情也非常复杂，既悲伤又愉悦。

"这里就是我给你说的那个德国人拿枪打死鸽子的地方。"姑娘说。

"那个人可能已经被我们打死了，也或许他已经死于绞刑了，"上校说，"或许他的弟弟也被我们打死了，我没有在犯罪调查处工作，所以对此不是很清楚。"

"那已经不重要啦。你看，这些石头古老又冰冷，而且长久以来被水侵蚀着，在这上面，你还是爱着我吗？"

"是的。如果你同意，现在我就可以铺一个地铺证明给你看。"

"这样也太粗俗了，简直比那个杀鸽子的德国人还要过分。"

"我原本就是个野蛮粗俗的人。"上校说。

"但并不是一直都很野蛮。"

"我很高兴你能这么评价。"

"我们应该转弯了。"

"我想我认识路。他们到底什么时候会将这座讨厌的电影院拆掉，然后再建一座真正的大教堂呢？这个主意是五纵队的杰克逊想的。"

"恐怕那得等到能有一个人再次将圣马可的遗体藏在猪肉下面，并从亚历山大的里亚运到这里来的时候。"

"那必须是一个托切洛的小伙子。"

"你不就是那个托切洛的小伙子吗？"

"是的，我就是那个皮亚韦河下游的小伙子，也是个格拉珀的小伙子，因为我是从珀蒂卡出发直接来到这里的。同时我也算是帕索比奥的小伙子，如果你明白这句话里面的含义的话。你不知道，在那样的地方过日子，比在任何一个地方战斗都要糟糕。我所在的部队里，有的士兵为了逃避战争，逃到那个地方，最后竟然连火柴盒里的病毒都吃了下去，那些病毒是有人故意从斯基奥带过来的。那个地方实在让人难以忍受。"

"虽然那个地方那么令人难以忍受，但是你仍然坚守在那里。"

"是的，"上校说，"部队集体活动的时候，我从来都是最后一个离开的人。噢，我是指那些节日聚会，而不是指那些专门的政治会议，我真的是一个不受欢迎的人。"

"现在，我们是离开，还是再停留一会儿？"

"我想你早就做好决定了。"

"是的，我早就决定好了。但是，当你说你是一个不受欢迎的人的时候，我突然又改变主意了。"

"你还是保留你原来的决定吧。"

"我能够坚持自己的决定。"

"这我知道，你能够坚持任何事情。可是，女儿，很多决定是可以改变的，傻瓜才会坚持不该坚持的事情。"

"好吧，如果你喜欢的话，那我改变就是了。"

"不需要改变。我觉得你做出的这个决定是非常正确的。"

"可是，如果一直到明天早上的话，这段时间这么长，难道你不觉得长得有点可怕吗？"

"这就要看一个人的运气是好还是坏了。"

"我的睡眠一直都很好的。"

"是的,"上校说,"如果像你们这个年纪的姑娘不睡个好觉的话,肯定会有人把你抓出去绞死了。"

"噢,请不要这么粗鲁,好吗?"

"抱歉,"上校说,"我的意思是有人会把你处死的。"

"就要到家了,如果你想留些温存,可以跟我说些温柔的话。"

"我温暖得快要散出异味儿了,温存都留给别人吧。"

说着,他们来到宫殿面前。宫殿就稳稳地矗立在他们眼前,此刻,除了按门铃或者拿出钥匙开门以外,他们实在找不出还有什么事可以做了。看着这个地方,上校心里暗想,我之前还在这里迷过路呢,要知道,我这辈子还从来没有迷过路呢。

"请你再吻我一下吧,然后跟我说声晚安,要温柔些。"

上校温柔地吻了一下姑娘,他是那么爱她。那爱那么的深沉,连他自己都感到有些难以承受了。

姑娘从提包里拿出一把钥匙,打开了大门,然后慢慢走了进去。上校孤独地站在门口,陪伴他的只有那些已经被侵蚀和磨损的石制人行道,还有从遥远的北方刮来的凛冽的寒风,以及街边路灯下人行道上的淡淡树影。上校站了一会儿,直到姑娘的身影渐渐消失,才转身往自己的住处走去。

除非是游客或者情人,才会坐着凤尾船游玩,上校心想。至于其他人,只要不是在没有桥的地方或者需要跨过运河,是不会去坐凤尾船的。或许此刻我应该去哈里酒吧,当然也可以是其他酒吧,不过,最好还是回家吧。

第十五章

　　如果可以把旅馆的客房当作家的话，这里可以说就是上校的家。干净的床铺上整整齐齐地叠放着他的睡衣，床头柜上的台灯边放着一瓶瓦尔波里契拉，床边的冰桶里搁着矿泉水，银盘里还有一只干净的玻璃杯。雷娜塔的那幅肖像画已经从画框里被取出来了，侍者将它端正地安放在两张排在一起的椅子上。这样，上校就是躺在床上也时刻能够看到。

　　阿诺尔多知道上校的习惯，在上校的床上放了三只柔软的枕头，还放了一份巴黎出版社出版的《纽约先驱论坛报》。一只盛满药的备用药瓶被搁置在台灯旁边，这一瓶并不是上校随身携带的那瓶。靠墙的衣柜里镶满了镜子，有几扇门还是开着的，这样上校也可以从一边的镜子里看见那幅画，床尾摆放着上校的一双旧拖鞋。

　　我一定要将它买下来，上校自言自语地说。此时此刻，房间里没有其他人。除了他，只有那幅画像里的姑娘。

　　床头的那瓶瓦尔波里契拉已经事先打开了，原来的瓶塞被替换为一个木塞了，上校很轻松地拔下木塞，把酒缓缓倒进那只玻璃杯，然后，怀着欢喜的心情，又将瓶塞小心翼翼地塞进了酒瓶。这是一只很好的酒杯，明显比旅店常用的杯子要好得多，酒店的那种都很容易碎裂。

　　"为你干杯，我的女儿，"上校端起杯子，对着画像说，"为你的美丽和可爱干杯。你知不知道，你的一切都是那么可爱和迷人，包括你身上的味道。不管是在寒风中还是在毛毯里，还是在我们分手时的吻别中，你浑身上下都散发着一种奇妙的味道。绝大多数人都不会像你这样——你从来不喜欢用香水。"

　　画像里的姑娘安静地看着他，一句话也不说。

　　"噢，该死的！"上校说，"我怎么能跟一幅画说话呢？"

你是否感觉到今晚自己哪里有些不对劲儿？上校想。

我今天确实犯了一些错误，明天，我一定要努力做个完美的男人，从天一亮就得开始努力。

"亲爱的女儿，"上校说，这一次他是对着她说的，而不是对着画像说的，"希望你能够明白我爱你的那份心意，我也希望自己成为一个你想象的那种彬彬有礼、温柔体贴的男人，我更期望你愿意永远和我在一起。"

画像仍然静静地待在那里，不言不语。

上校将手伸进上衣口袋，从里面掏出那串碧绿的翡翠，仔细地欣赏着，翡翠闪着迷人的光泽。当翡翠从那只受伤的手轻轻滑进另一只健康完好的手中时，他感到一丝微凉，但又不失温润，因为所有的上等玉石都一样，能够吸收周围的热量。

真该死，我应该到哪儿去找一个安全的地方来收藏它呢？我想我应该将它装进信封，然后再将它放进抽屉里锁起来。不过，这好像也不是最安全的办法，上校心想。我最好还是把它还给你，我一定要将它尽快地还给你，我的女儿。

这东西差不多要值二十五万，真是滑稽，我要拼命干上四百年获得的收入才能勉强凑够这个数字。

上校小心翼翼地将翡翠重新放回睡衣的口袋，然后拿起一块手帕盖住整个口袋，最后再扣上口袋的扣子。他心里想，我现在要做的第一件事情，就是给我所有的衣服口袋都钉上扣子，现在我就要学做这些事情，可这似乎有些太早了点儿。

翡翠给上校带来了一种前所未有的美妙感觉。它坚硬又暖和，细腻又润滑，隔着一层薄薄的衣衫紧紧贴在他结实、平坦但又略显衰老的胸腔上。窗外的寒风依旧"呼呼"地刮个不停，上校看了一眼画像，又给自己倒了一杯酒，然后躺在床上打算读那份报纸。

我该吃药了，上校突然想起来，那些该死的药片。

虽然厌恶，他还是按照说明将药吞了下去，然后躺回床上继续读报纸。报纸上有一篇雷德·史密斯的文章，他仔细地开始阅读，他很喜欢这个作者。

第十六章

天还没亮，上校就醒了。他睁开双眼，扭头看了看身边，肯定自己是一个人睡着的。

寒风整整刮了一夜，到现在依然是那么猛烈。上校打开窗户，冷风呼呼地直往里灌。他看着外面，太阳还没升起来，只见河道对面的天空灰蒙蒙一片。他敏锐的双眼注意到河水在寒风的裹挟下不停地翻滚，整个河面波涛汹涌。今天的潮水可真大，可能将广场都淹没了，上校心想。这事儿倒挺有趣的，只是那些鸽子们可倒了大霉。

他拿着报纸走进了卫生间，手里还端着一杯瓦尔波里契拉。如果团长有那种用大坛子装的酒，我肯定会非常高兴，上校想着，这种酒到最后一直都是有沉淀物的。

上校坐在卫生间里，心不在焉地看着报纸，心里一直想着那天发生的所有事情。

电话应该快打过来了吧，不过也许会再晚一些，年轻人总是贪睡一些，她昨天回家的时候也太晚了，应该多睡一会儿的，而且美丽的姑娘就应该睡得更久一点。她今天早晨肯定不会打电话来了。街边的店铺一般九点钟才开始营业，也有可能会更晚。

真该死，上校心想，那串翡翠还在我的衣袋里装着呢，我怎么能做出那样的事来？

你为什么会有这种想法？你自己应该很清楚，上校对自己说。你允许自己做得已经够多了，这并不是发疯或者得了什么病症，她也同样希望你会这么做。这对我来说，还算挺不错的，上校满意地想。

像我这种人，现在也只能有这样一点点的好事了，上校想。我仍然是我自己，让一切见鬼去吧，管它会是怎么样，在你这样倒霉的生活中，几乎天天早上都这样坐在卫生间里，而且现在你的口袋里还放着这么一块东西，那是一种什么样的感觉？

上校没有对任何一个人说话，或许，他有可能是在对他的子孙后代说话。

在你的生活中，在无数个清晨，你都和其他人一样，排成一行坐在卫生间里，这真令人感到厌恨，而且还要刮胡子。如果你想一个人独自待一会儿，想点什么事情或者什么都不想，只是想离开嘈杂的人群去一个僻静的地方待一会儿，那么你就会发现，在你想去的地方，早就已经躺着两个步兵，或者有其他什么人待在那里了。

在部队里，你简直毫无隐私可言，你的隐私就像放在公共厕所里一样，少之又少。虽然我从没去过公共厕所，但我想他们的经营模式应该大致相同，或许我还能按照这种想法，学着自己经营一个公共厕所。

那些经常光顾我那所公厕的主要人物，我可以把他们当作驻外大使；那些普通的客人，我就让他们当军长或者普通的指挥员。别觉得难受，小伙子，上校告诉自己，现在还只是凌晨时分，时间早着呢，自己的事情还来得及去做呢。

你打算怎么安置他们的妻子呢？上校问自己，要么给她们买一顶新帽子，要么全部枪毙，他对自己这样说，反正整个过程都是一样的。

门虚掩着，上校对着镶在门上的镜子照了一下，镜子里立刻显出一张憔悴的有点不真实的脸。他对自己说，这一枪没有瞄准。然后又说，不可否认，小伙子，你现在真是个既憔悴又伤痕累累的老东西。

好了，现在你可以开始刮胡子了，对着镜子照一照这张脸，然后再去整理一下头发，在威尼斯，这些事情并不难办到，小伙子，你可是一名优秀的步兵上校。你跟圣女贞德和乔治·阿姆斯特朗·卡斯特①将军可不一样，你不能随意跑动。卡斯特可真是

---

① 乔治·阿姆斯特朗·卡斯特（1839－1876），美国骑兵将领，在南北战争中骁勇善战，迫使南方联盟军总司令早早投降。1867年，他因为擅离部队探望妻子，被军事法庭判处擅离职守罪，后来因为大草原印第安人的反美情绪愈加高涨，又得以官复原职，1868年晋升为陆军中将。1876年6月，他在进攻蒙大拿州小比格霍恩河附近的印第安人营地的时候牺牲，250多名将士无一生还，仅仅剩下一匹战马。

个十分英俊的骑兵。如果能当一名英俊、高傲的骑兵也不错，此外，再拥有一位美丽的妻子，还有一个空空如也的头脑，那一定是件十分有趣的事。可是在小比格霍恩河那一带的高地上，当他的骑兵团遭遇毁灭的那一刻，他有没有怀疑自己选错了职业？那时候，他们被敌人的军马编队团团围住，周围飞扬着马蹄踏起来的灰尘，那些骁勇的战马踏平了北美的灌木丛，这些灌木丛几乎遍布北美的漫山遍野。在他生命即将结束的那一刻，留在他记忆中的，只有熟悉而又好闻的黑色火药味，以及他手下的那些士兵们互相枪杀或自杀的残酷场景，因为他们都害怕自己落到那些印第安女人的手里。

卡斯特的尸体用支离破碎来形容都有过之而无不及，当时的《纽约先驱论坛报》就是这样报道的。在那个高地上，在那最后的时刻，你终于彻底认识到自己犯下了一个多么严重、多么真实的错误。可怜的骑兵，他所有的梦想都在这一刻戛然而止，上校心想，还是当步兵吧，当步兵也不错，除了一些噩梦，你基本上从来不曾想过那些所谓的梦想。

好吧，上校告诉自己。别再瞎想啦，今天就到此为止吧。天很快就要亮起来了，我又能仔细欣赏那幅美妙的画像了。我要留下它，假如我把它还给她的话，我就是个真正的蠢货了，我一定要留下这幅画。

噢，上帝啊，上校说。现在我多么想看看她睡觉的模样啊，我知道她的样子，她是那么美，美得不可方物。她睡着的时候也是那么迷人，看上去就像在闭目养神，就像没睡着一样。我多么希望她能够好好地睡一觉啊，耶稣啊，我是多么爱她啊，我希望她永远都不要受到任何伤害，永远都不要。

第十七章

天刚刚亮，上校一眼又瞧见了那幅画像，他具有一种敏锐的观察力，就像那些有着很高的文化修养的人一样，当上校去填写一些必须填写的表格时，只要东西在那里，就不会逃出他的双眼。是的，上校告诉自己，我的视力还不错，即敏锐又灵活，它们还有着旺盛的生命力。我曾经率领着一支代号叫"暴徒"的部队，因为遭受了一场猛烈的进攻，二百五十个士兵中只有三个人幸存，但是现在，他们三人却流浪在城市的大街上，靠行乞来度过后半生。

莎士比亚曾经说过这样一句话，上校对着画像说，胜利者永远是毋庸置疑的冠军。

当然，也许会有人能在短短的一个回合中就把他打败，但我还是非常崇敬他。你读过《李尔王》吗，女儿？吉恩·滕尼①先生就读过这本书，他是一名世界冠军。我也读过这本书，你对此或许感觉有些难以置信，但士兵们确实都很喜欢莎士比亚先生，因为他写的那些故事让士兵们感觉到他本人就是一个士兵。

除了这样仰着脑袋，你难道就没有其他什么能够为自己辩解了吗？上校对着画像问道。有关莎士比亚的事情，你还想知道些什么？

你什么也不用辩解，你只要好好地休息就可以了，别的什么事都不用去管，因为那样没有任何好处。我们两人的观点都他妈的没有一点道理，可是，谁又能命令你走出去，用我们的方法吊死你自己呢？

---

① 吉恩·滕尼（1897－1978），美国职业拳击运动员，世界最重量级拳击冠军，从1925年至1928年一共参加了76场比赛，战绩为56胜，其中41场以直接打倒对手获胜，另外17场与对手不分胜负。在第二次世界大战中，他担任海军指挥官。

没有一个人能做到，上校告诉自己，同时也告诉画像。我当然也做不到。

上校伸出手摸向床边，才发现在原来那瓶瓦尔波里契拉的旁边，不知什么时候客房侍者又重新放上一瓶。

假如你喜欢一个国家的话，你就大大方方地承认，是的，承认吧，小伙子。上校在心里对自己说。

我曾经爱上过三个国家，可又先后失去了它们。不过，值得庆幸的是，我们后来又重新得到了两个。不，确切地说，应该是夺回了两个，上校似乎感觉刚才的说法不妥当，又更正了一下说法。

最后一个我们也要夺回来。佛朗哥①将军在狩猎的时候，从不自以为是，而是完全按照医生的叮嘱，稳稳地坐在折叠椅子里面，那些狩猎对象只是人工驯养的鸭子，而且身边还要安排一些摩尔人骑兵当护卫。

上校温柔地和姑娘说着话。太阳出来了，清晨的第一缕阳光顺着窗户倾泻而下，照耀在画像上，画中她那双灵动的眸子盈盈地看着他，一切如此的美好。

最后一个，我们绝对会夺回来的，然后再将他们的脑袋全都砍下来，一个个吊在汽车加油站的外面。我们已经警告过你们了，这就是你们应有的下场。上校补充道。

"画像，"上校轻轻地叹息一声，"为什么你不能躺在床上和我一起休息呢？你为何偏偏要住在离我那么远的地方，隔着十八条硬石头马路，哦，也许还要更远一些，现在的我思维已经不像以前那样敏捷了，不管在什么时候。"

"画像，"上校再次对着画像，也是对着姑娘说，也可以说是对着两个姑娘说。但是他面前根本没有什么姑娘，而画像也只是

---

① 佛朗哥（1892－1975），西班牙军队领袖，国家元首。1936 年，他发动政变成为西班牙元首，然后推行独裁统治。第二次世界大战期间，他与德国关系密切，但却不和德国进行军事、外交往来，外交政策比较成功。第二次世界大战后，西班牙被排斥在联合国成员名单外，各国均认为佛朗哥是最后一个尚存的法西斯独裁者。

画出来的形象而已。

"画像，将你那该死的下巴抬起来，你这个样子伤到了我的心。"

这实在是一件完美的礼物，上校心想。

"你会施展计谋吗？"上校问画像，"施展那种又快又好的计谋？"

画像对着他，却悄然无声。你自己心里很明白，她会的。上校回答自己说。她在你出生后最美好的那一天，就用计谋战胜了你，并且在你小心翼翼准备逃离的时候，她坚持下来了，而且还全身心地投入了战斗。

"画像啊，"上校说，"无论你是儿子或是女儿，又或者是我真正的爱，不管是什么，你都知道那指的是什么，画像。"

画像依然沉默不语，但是上校这时候又成为将军了。清晨的时光美好却又短暂，由于一些瓦尔波里契拉的作用，上校十分清醒，就如同刚刚读完瓦塞尔曼①的小说一样。他清醒地知道画像是说不出什么逃离的。对于自己对着画像自言自语，上校突然感到有些难堪。

"我发誓，一定要做一个最优秀的小伙子，一个从你出生到现在从没见过的优秀的小伙子，你尽可以去告诉你的主人。"

画像仍沉默无语，一如既往。

或许她更加愿意和一个骑兵交谈。一个已经有两颗星的将军，他的肩章上的将星已经磨损得有些厉害了，现在正静静地躺在他的吉普车前面那块磨损得斑驳不清的红色饰板上，闪着耀眼的光芒。他从来都不用司令部的汽车，也不喜欢用那种挂着沙袋当防护的防弹汽车。

"见鬼去吧，画像，"上校说，"你或许可以让那些无所不知的随军牧师向你透露一点绝密消息，因为他是为全体士兵的信仰

---

① 雅各布·瓦塞尔曼（1873－1934），奥地利著名小说家，在20世纪20年代至30年代时声名显赫。

而被派来的，所以对任何宗教信仰都有作用。你可以依靠那个过日子。"

"见鬼去，"画像回答道，但它没有开口，"你这个该死的大兵。"

"对的。"上校说，现在他又成了上校，先前的一切头衔都随之放弃。

"我爱你，画像，你是如此美丽，我非常地爱你。请不要对我那么苛刻，好吗？我是那么爱你，但我更爱那个姑娘，我爱她胜过爱你百万倍。你知道吗？"

没有任何动静，那就表示她听见了，他于是感到了一些厌倦。

"你被困在那个位置一动不动，画像，"上校说，"不管有没有画框，现在我都要准备撤退了。"

画像一如既往地沉默着，当门厅总管将它送来时，当门厅总管在二等侍者的帮助下拿给上校和姑娘看时，它都一直沉默着。

上校看着她，他能看得出，她根本毫不在乎是否为自己辩解，现在，房间里的光线已经很好，或者说差不多很好了。

上校终于能清清楚楚地看到，这是他今生唯一、真正的爱的画像，上校抱歉地说："请你原谅我刚才说的那些蠢话吧，我真的不想继续这样粗鲁下去了。也许我们可以再安心地休息一会儿，然后，你女主人的电话就会打过来了。"

说不定她马上就要打过来了，上校想。

第十八章

上校听到一阵窸窸窣窣的声音，扭头一看，侍者正将报纸从门缝中塞了进来，报纸才刚刚穿过门板，还没落到地上，上校就在房间里把它拿了起来。

可以说，他是从侍者手上直接接过这份报纸的。上校对这个侍者有些反感，因为有一次上校突然回房间拿药瓶时，竟然发现这个侍者正在翻他的旅行袋。他只是离开了一小会儿，这个侍者就已经快要将他的旅行袋翻了个遍。

"我觉得在旅馆里说'举起手来'这样的话有些不太合适，"上校说，"但是你给你自己和你们这座城市的脸面抹了黑。"

随之而来的是一阵沉默。这个穿着条纹背心的侍者长着一张法西斯分子一样的脸，他沉默着，一言不发。上校接着说："继续翻，小伙子，抓紧把你还没有翻到的地方全都翻个够。我的那些盥洗用品里可没有什么军事机密。"

从此以后，他们的关系就有些不友好了。每次上校发现报纸从门缝往里塞时，不管是听到声音还是看见报纸露出一个角，他都会悄悄地迅速地"噗"的一下从那个穿着条纹背心的侍者手里一把把它抓过来，而且他常常以此为乐。

"好吧，今天是你赢了，蠢家伙，"上校用当时能想起来的地道的威尼斯方言对侍者说，"你去上吊吧。"

可是有这种品行的人是不会去上吊的，上校想。他们只是继续将报纸从门底下或门缝里塞到那些并不记恨他们的人的房间里去。或许他曾经是一名法西斯分子，这可不是一个普通的行当；或许他并不是一个法西斯分子，这一点谁又如何知道呢。

我不应该仇恨那些法西斯分子，上校心想。我也不应该仇恨那些德国佬，因为不幸的是，我是个军人。

"画像，听着，"上校说，"因为我们曾经杀过德国佬，我就应该仇恨他们吗？我应该将他们看作军人来憎恶吗？虽然这样的解释在我看来，真的是太容易了。"

好了，亲爱的画像，快把这些不愉快的事儿都忘掉吧。你还那么小，还没有到需要明白这些事的年龄呢，你比那个当模特儿的姑娘还要小两岁呢。

"请听我说，画像。"上校说。上校心里十分清楚，只要他还活在这个世界上，每天早上醒来的时候，第一件事就是想找一个人说说话。

"刚才我说过了，画像，赶紧让那些该死的事儿统统见鬼去吧。你还太年轻，那些事情你也没办法弄明白。不管那些想法是多么正确，你也不能将它们说出来。还有许多许多事情，我永远都不能告诉你，这样做也许对我有好处，但更对你有好处。现在，时间差不多就要到了，你觉得我会得到什么样的好处呢？

"你怎么了，画像？"他问她，"你是不是觉得有点饿了？现在我也感到有些饿了。"

他敲响铜铃，招呼侍者把早餐送到房间里来。

天色更亮了，明亮的光线已经能够让上校清清楚楚地看见远处运河里那随风翻滚的灰色浪花，潮水汹涌，淹没了房间对岸宫殿的台阶。看样子，姑娘的电话，可能在几个小时内都不会打来了。

年轻人睡得真香，上校心想。他们是应该好好享受美好的睡眠。

"我们为什么会慢慢变老呢？"那个镶着玻璃眼珠的侍者刚好进来将菜单交给上校，上校便问他。

"我不知道，尊敬的上校。不过，我认为这是一个自然而然的过程。"侍者恭恭敬敬地回答。

"是的，我也是这么想的，给我来一份煎蛋，再加一杯茶和几片烤面包片。"

"您要不要来一些美式点心？"

"除了我本身以外，所有跟美国有关系的东西全都要给我滚蛋。团长来过了吗？"

"是的，他帮您运来了那种用大坛子装的瓦尔波里契拉，每坛差不多有两公升，都用柳条筐装着。我已经把酒都装到长颈瓶里了，看，现在我已经给您带来了一些。"

"真的吗？太好啦。"上校说，"上帝保佑，真希望我能够给他一个团。"

"我觉得他并不需要这个。"

"是的，"上校说，"连我自己也根本不想要。"

第十九章

上校的早餐时光非常悠闲，就好像一个拳击手在遭到一阵猛烈重击后，突然听到裁判数到"四"时，知道自己还能在剩下的五秒内放松一下那样。那个时候，他们都很明白，在接下来的有限时间内，自己该如何抓紧时间真正地放松一次。

"画像，"上校对着它说，"我认为你也应该偶尔放松一下自己，但这却是你唯一一件难以做到的事情，因为绘画具有静态的性质。你要知道，基本上没有任何肖像画，更确切地来说，是没有任何绘画能够具有动态的性质。也许某些作品能够做到这一点，但这样的作品却少之又少。"

"画像，我多么希望你的主人现在就能够到这里来，这样我们就可以做一些动态的事情。像你和她这样年轻又漂亮的姑娘，怎么会知道那么多事情呢？

"在美国，假如你遇到一个长得很美的姑娘，那么她一定就是得克萨斯州人。如果运气好的话，她也许还会跟你说现在是几月份，因为她们在计数方面往往都有很高的天赋。

"有人教会她们计数，又教导她们如何让行为得体又优雅，并且还教会她们如何使用卷发筒。有的时候，画像，你的心里可能会突然闪过一丝邪念，你会幻想你和这样一个姑娘共同睡在一张床上。她长长的头发裹满了卷发筒，因为这样能使她明天变得更漂亮，但不是今晚。今晚她们并不漂亮，这么做都是为了明天，因为明天需要跟别人比一比。

"这个姑娘就是你，雷娜塔。她正陷入沉沉的睡眠，她的头发没有卷发筒，它们随意地散在枕头上。对她来说，这些漂亮的头发都是黑色烦恼丝。而且她总是忘记梳理它们，以致家庭女教师需要经常提醒她去梳理。

"我看见她迈着漂亮的长腿走在街上，任凭风儿吹拂着她美丽的长发，健美的胸脯在衣服下高高地隆起。紧接着，我又看见那些得克萨斯州的夜晚，看见那枕头上被金属制成的卷发筒紧紧地夹裹着的头发。

"跟我一起生活的时候，是不需要你卷头发的，亲爱的。"上校对画像说，"我会用沉甸甸的银币或者其他东西来付费。"

噢，我不应该这么粗鲁的，上校想着。

接着，上校又开始对着画像说话。此时，他没有将它当作某一个特定的人。"你看上去真他妈的美，美得简直让人腻烦，你这个红颜祸水。你看起来应该还没有十七岁，雷娜塔比你大两岁。"

哦，上帝，为什么我不能将她拥进怀里，永远地占有她？为什么我不能和她相依相爱？为什么我不能永远不干坏事、不粗鲁？为什么我们不能生五个儿子，然后将他们分别送到世界的五个角落，无论这些该死的角落在哪儿？我真的无法回答，我想，从出生开始，我们每个人拿到的命运之牌都是注定的。上帝，你愿意再发一次牌吗？

不可以的。一个人的一生中只发一次牌，他们将牌摆在你面前，任由你自己去挑选，这样你就可以和他们来一场赌博。如果我摸到了一张好牌，我就能够赢他们。上校跟画像说着话，但画像却一点儿动静也没有。

"画像，"上校说，"你最好换一种目光，那样才适合你少女的身份。现在，我打算去洗个澡，刮一刮脸，这些事情你永远都不需要做。然后，我还打算穿上军装去城里散散步，虽然现在时辰还很早。"

上校小心地挪动着脚步，他的一条腿受过伤，现在时不时地总犯疼。接着，他用受过伤的那只手关掉了台灯。此时房间里的光线已经很充足了，他刚才已经白白浪费了差不多一个小时的电了。

上校感到很懊悔，就像他懊悔自己犯过的所有错误一样。他从画像面前经过，随意看了一眼画像，然后又看了看镜子里的自己。他脱下了睡衣和睡裤，半裸着身体，他现在可以非常客观、真实地看待镜中的自己了。

"噢，你这个千疮百孔的老东西。"上校对着镜子里的自己说。画像属于过去，而镜子里的人像却是现实存在的，它是属于今天的。

肚子扁平，上校心里念着，但没有张嘴说出声。胸部还算正常，除去里面那块已经有缺陷的肌肉。既然命中注定要上断头台，那就干脆不要再逃避，不管是好的还是坏的，或者是别的什么令人害怕的东西，都不去逃避。

你现在已经年过五十了，你这个老家伙。现在还是好好去洗个澡吧，仔细擦洗一下你的身体，然后再穿上你的军装。

第二十章

上校来到旅馆门厅的接待台跟前，此时，门厅总管还没来到，只有值夜班的门房在那里值班。

"你能帮我将一件东西放到保险柜里面吗？"

"对不起，上校，这个我实在无法办到，只有副经理或者门厅总管才能那么做，因为，只有他们才能打开保险柜。但是，如果需要的话，我可以帮你保管一下您想要保管的东西。"

"不用麻烦了，谢谢你。"上校将手里的一个印着"格里迪"字样的信封重新放回上衣左侧的内口袋里，然后仔细扣上了纽扣。信封里面是那串绿翡翠，信封上面还写着上校的名字。

"我们这里现在的治安状况很好，可没有那些真正的犯罪现象出现。"值夜班的门房说。

值夜班的时间很长，所以，门房有时会感到寂寞，跟人说话的兴致非常高："而且，从前也没有发生过，上校。这里只有不同的观点和党派。"

"那你们现在的政治情况如何？"上校问道。上校也觉得自己有些孤独，想找个人聊一聊。

"这要看您指的是哪一方面了。"

"我明白。那你们眼下的情况如何？"

"我觉得一切还算正常，虽然也许没有去年那么好，但在我看来还是不错的。我们在这一次大选中失败了，现在看来需要再等待一段时期了。"

"你为大选也做了很多工作吗？"

"我做得并不是很多。我对政治是靠感觉，而不是靠头脑的分析。当然，我也有用头脑的时候，但是我在政治上没有太大的长进。"

"当你在政治方面有突出的进展时，你的心也就要消失了。"

"或许吧。你们军队里面也有政治活动吗？"

"是的，而且还有很多，"上校说，"不过，跟你所说的那些政治有些不同。"

"好吧，我想咱们现在最好换一个话题吧，我可不想让您感到烦恼。"

"我也是随意提到这个问题而已，是我自己先提到的，随便说说，并没有审问你的意思，别介意。"

"我也这么觉得，您看起来也不像是一位审讯官，上校，我听说过您和团长的骑士团，虽然我不是里面的成员。"

"你也可以加入我们，成为其中的一员。我会告诉团长的。"

"我和他是同一个城市的人，只是不在同一个地区生活。"

"那是一个很好的城市。"

"上校，我在政治上还有些稚嫩，我认为所有体面的人物都值得尊敬。"

"哦，没关系，慢慢地你会变成熟的，"上校安慰他说，"这没什么好担心的，小伙子。你们的党派还很年轻，有时候难免会有一些失误。"

"请您不要这么说。"

"一大早开个玩笑，活跃下气氛而已。"

"请您告诉我，上校，您对铁托有什么看法？"

"看法可不少，各种各样。但是，他一直和我为邻，我想我们最好还是不要讨论有关自己邻居的事情。"

"但是我很想了解一些有关铁托的情况。"

"这个愿望实现起来有些困难。你难道不知道人们一般是不会回答这类问题的吗？"

"但是我希望他们能够给我答案。"

"你不会得到答案的，"上校说，"即便你目前处在我这样的位置，你也不可能得到你想要的答案。我只能告诉你，铁托先生面临着许多问题。"

　　"好的，谢谢您，现在我明白多了。"事实上仍然是个孩子的夜班门房回答道。

　　"我希望你是真的明白，"上校说，"这并不是一门多么高深的学问。好的，再见，我要出去散步了，这对我的肝脏或者其他方面都有好处。"

　　"再见，上校。今天天气可不太好。"①

　　"不是不太好，是非常不好。"② 上校一边说，一边将雨衣上的腰带重新扎紧，然后又将背部和衣服的下摆拉顺，接着就一头走进了外面的大风里。

---

　　① 原文为意大利文。
　　② 同上。

第二十一章

上校准备坐着渡船渡过运河，渡船只需要十分钱运费。上校把一张很脏的纸币递给船夫，然后和那些不得不早起的人们站到了一起。

他回头看了一眼格里迪旅馆，看见了他房间的窗户仍然打开着。老天没有下雨的意思，只有阵阵寒风接连不断地从山上呼啸而来。渡船上的每一个人看上去都很冷，上校心想，我真希望将我身上这种防风雨衣发给他们一人一件。上帝啊，每一个穿过这种雨衣的军官都知道，这种雨衣根本就不防水，那究竟是谁能够从中大捞一笔呢？

柏帛丽①就不会渗水。我想，某个有能耐的混蛋老早就将自己的儿子送到格罗顿②或者坎特伯雷③那里去了，财大气粗的承包商也纷纷将自己的孩子送到那里去，而前线士兵们的雨衣却在不停地漏水。

我很想知道我的那些军官同事有谁也分了一杯羹，我也很想知道陆军部队里的本尼·迈耶斯是个怎样的人。很有可能不止一个人，非常有可能，上校想着。肯定还有许多人都从中得到了好处。你将这些问题分析得这样简单，肯定是还没有清醒过来。不过它们总算还可以防防风。雨衣，防风却不防雨的浑蛋雨衣。

渡船在运河对岸的两根标桩之间靠了岸，只见一股黑色的人流从那个黑色的水上交通工具里一股脑儿地涌上岸。上校静静地

---

① 指商品名为柏帛丽的一种雨衣。
② 美国马萨诸塞州的一个城镇，此镇有著名的格罗顿预科学校及劳伦斯学院，前者被称作"新政"政治家的发源地。
③ 英格兰肯特郡的一个区及城市，此地有肯特大学等许多所院校，还有许多著名的大、小教堂。

站在岸边看着这一幕，心想，那个漆黑的家伙也算是交通工具吗？难道交通工具就必须有轮子或者配着路轨吗？

没有人会因为你的这些奇怪的想法付给你一便士的，上校心想。至少今天早上不会有这样的人。但是我曾经亲眼见过，在赌桌上，只要你的筹码一放在台面上，你的某些想法就有可能值上一大笔钱。

现在，上校已经来到了城市的边沿地区，这片街区的尽头就是亚得里亚海，这是上校最喜欢的地方。一路行来，他穿过了不少狭窄的街道。但他没有留意自己到底穿过了多少条街、跨过了多少座桥梁，也没注意街道的方向，他只是想办法确定自己所在的位置，好让自己能够顺利地走到市场，而不至于走到死胡同里去。

你玩这种游戏，就跟某些人玩坎菲尔德双人纸牌或者单人纸牌一样。这样做也有不少好处，可以一边赶路，一边欣赏周围的房屋、街景、商店和威尼斯特有的古老宫殿。假如你非常喜欢威尼斯这座城市，那么这个游戏是很有趣的。

这可以称得上是一种"孤独旅行"①，可是却能让你的眼睛和心灵获得愉悦。假如你可以在这儿不走任何一条弯路，顺利到达市场的话，你就成了这场游戏的胜利者，但前提是你不能选择那些便捷的方法，也不可以默记你经过的街道和桥梁。

而在城市的另一边，就可以玩离开"格里迪"的游戏了。只要你能够准确无误地穿过丰达门特诺沃，然后顺利到达里亚尔托群岛，你就是赢家。

你可以从那边开始上桥，经过那座桥就能到达市场了。上校最喜欢到市场散步，他每到一个城市，最先去的地方一定是市场。

就在这时，上校听见跟在他身后的两个年轻人在议论他。从他们的声音，上校判断出这是两个非常年轻的小伙子。上校并没

---

① 原文为意大利文。

有回头，他不紧不慢地走着，始终跟他们保持着合适的距离，以便能听清他们的谈话。他想等走到前面路口拐弯处，再转身看看他们的样子。

上校判断，他们是正在去上班的年轻人，从前可能做过法西斯分子，也有可能是有点其他什么名堂，也有可能习惯了就这样说话。但是，他们现在的交谈完全是针对某个人，并不是对整个美国人泛泛而谈。他们在议论我的外表，灰白的头发，显得微微有些瘸的步伐，笨重的军靴。这些人不喜欢这种实用又耐用的军靴，他们喜欢那种擦得铮亮、踩在地面上嚓嚓作响的皮鞋。他们还议论我的军服陈旧，议论我为何此时在这里散步，并且还断定我不能再和女人做爱。

上校来到路口，然后迅速拐向了左边。他仔细斟酌了一下即将面临的情景，然后目测了一下实际的距离。街道拐角的地方正是弗拉里教堂那半圆形的后殿，那两个年轻人跟着转过街角的时候，上校早就已经不在那里了。此时他正站在教堂半圆形后殿的一处死角，然后一边听着由远及近的谈话声，一边跛着步子稳稳地走了出来。他的双手插在雨衣口袋里，走到了两个正在说话的人面前，用眼睛直盯着他们。

两个不知天高地厚的家伙猛然停下了脚步。上校看了一下面前的两张脸，淡淡地笑了一下。这个笑容显得那么疲倦和苍老，没有一点生命的气息。然后，他又把目光移向他们的双脚。当你看着这种人的时候，总是不自觉地想要看看他们的双脚。他们的脚上总是穿着那种很窄的皮鞋，如果让他们脱下鞋子的话，你就会看到一双被挤得变形的棒槌一样的双脚。上校朝人行道吐了一口口水，一言不发。

这两人的身份正如上校预料的一样，曾经都是法西斯分子。他们现在怀着仇恨和一些别的感情看着上校，然后就像沼泽地里的鹭鸶一样，赶紧迈着大步离开了。上校看着他们急急忙忙的样子，心想，这样的步伐还有点像正在飞行的麻鹬。他们一边走，一边回过头看着上校，眼里射出仇恨的光芒。直到他们感觉自己和上校保持一个相对安全的距离后，才说出一句逃跑时该说的话。

真遗憾，对方只有两个人，而不是十个人，上校心想。或许他们原本也想打架，算啦，不要再责骂他们了，因为他们已经是失败者了。

可是，他们的确太不像话，怎么能用这样过分的语言和行为来对待我这样辈分和身份的人呢？另外，他们凭什么认为，五十岁的上校就听不懂他们说的话呢？并且还认为一个年老的步兵不会在清晨与人做一对二的较量，这真是愚蠢的想法。

我非常厌恶有人在这座城市里打架。因为我爱这里所有的居民，我一定要避免这种事发生。那两个没有教养的年轻人，怎么就没有意识到他们是在和谁打交道？怎么就不懂得想一想我为何会有这样的走路姿势？更不知道参加过战争的人身上必然会留下某种特征？这种特征就像渔夫的手会表明渔夫的身份一样，他们手上的一道道的凹痕就是被船索勒出来的。

他们一开始只看见我的后背、两条腿和一双军靴。他们也许能从我走路的姿势中领悟出什么，也可能根本什么都看不出。但当我找到机会以正面站在他们面前，想教训他们一顿并打算将他们吊死的时候，我想他们肯定明白了，而且是完完全全地明白了。

一条生命究竟值多少钱？部队里的人身保险是一万美元，可他妈的这和生命价值又有什么关系？对了，在这两个浑蛋出现以前，我正好在想这件事，这么多年来我为政府节约了多少钱，而本尼·迈耶斯之类的家伙又从政府那里私吞了多少钱。

是的，事实确实如此，上校说。但是，如果按照每条人命一万元来计算的话，在夏托发生的那次战斗中，你又造成了怎样的损失？是啊，上校想，除了我自己之外，没有任何人能真正明白这种事情，我也没必要向他们解释。战场上，有时候指挥你战斗的司令官也会把战争当作在赌运气。回想起在部队时的情形，将士们都知道这样的事情是肯定会发生的。你严守命令，并且表现出刽子手一般的凶残，那么你就是英雄。

上帝啊，我多么憎恶那些嗜杀成性的恶劣行径，上校心想，可是当你接到指挥官的命令时，你又不能不去执行。这种情形简直让你无法安睡，但是睡觉又他妈的跟这些事情有什么关系？它从来没有让人有过一天好日子，那些错误偶尔还会钻进你的睡袋，搅得你一夜不得安宁。

小伙子，打起精神来，上校说。当你想打架的时候，要记住你身上还带着不少的钱。如果弄丢的话，你就会彻底地成为一个穷光蛋。还有，现在你的两只手已经没有力气挥动曾经那双力大无比的拳头了，再说你的身边也没有武器，因此胜算并不大。

千万不要沮丧，年轻人，或者说是男子汉、上校、穷困潦倒的将军。我们就快到市场了，你居然不知不觉就到了这里。

噢，不知不觉可不是什么好事，上校加上了一句。

第二十二章

上校非常喜欢这个市场。市场到处都熙熙攘攘的，人群像潮水一般将几条街全都塞得水泄不通。极端的拥挤常常会令你不由自主地想要推开身边挤过来的人群。当你在某个摊位前逗留的时候，不管你是想买东西，还是只想看一下。但只要你一停下来，在车水马龙的街道中，你就成了一座阻挡潮水的孤岛①或是一块大石头。

上校很喜欢看那些整齐排开又堆得高高的奶酪和香肠。在美国，人们就将这些猪牛肉混合做成的香肠②当作普通的香肠。

上校突然想尝尝香肠的味道，于是对那个摆摊的女人说："给我切一小片这种香肠，我想尝尝，一小片就可以了。"

那女人模样有些凶狠，但也不失可爱。她切了薄薄的一小片递给上校，上校尝了一下，香肠透出一股烟熏的味道，里面应该放了不少黑胡椒。这种肉一入嘴，上校就知道这只猪一定是吃山里面的橡子长大的。

"给我来上半斤。"

男爵在狩猎埋伏的地方准备的便餐都是斯巴达克式的，上校十分尊重这种打猎习惯，他也明白，狩猎的时候不能吃得太饱，但他还是想用这种香肠来补充一下，这没什么大碍，并且还可以把这美味和船夫以及同行的伙伴一块儿分享。当然了，负责叼猎物的博比也能得到一片，在整个打猎过程中，它常常要扑到冰冷的湖水中，浑身要湿透好多次，出来后冻得直发抖，但它仍然忠于职守。

"这种香肠是你这里最好的香肠吗？"上校问摊主，"你有没

---

① 原文为法文。
② 原文为意大利文。

有更好的香肠，专门留给老主顾的?"

"这就是我这儿最好的香肠了，您可以看到这里还有许多其他的，但您刚才尝的那种是最好的。"

"那就再给我称四分之一公斤味道淡一些、稍微好一些的香肠。"

"好的，"她说，"这种就是，还是新鲜的，正是你想要的。"

这种香肠是专门为博比买的。

在意大利，你不能明确地告诉别人自己专门给狗买香肠，因为这里还有许多人连饭都吃不饱，你拿着香肠去喂狗，实在有些暴殄天物，也是一种罪孽深重、愚蠢无比的行为。虽然你可以在一个工人面前用香肠喂狗，但在买的时候绝对不能告诉别人香肠的用途。因为那些为生存而干活的工人能够理解狗儿在水中来回奔波的辛苦，所以让他们看到也没什么大碍。但如果你在买的时候就说明用途，只能证明你要么是一个蠢货，要么是一个靠战争发了横财的暴发户。

上校拎着包好的香肠，付了钱，继续往市场里面走。空气里弥漫着烘焙咖啡的香味儿，上校看着肉摊上每一块肉上的肥膘，就像在欣赏一幅幅荷兰画家的作品。那些画家的名字早已被遗忘，但他们画出的猎物和食品深深地印在上校的脑海中。

这个市场就像一个好的博物馆，普拉多博物馆或者美术学院陈列馆，上校心想。

他抄了条近路来到了鱼市场。

鱼市场里也是琳琅满目，不仅光滑的石板上，连那些用绳做拎把的箱子里或者篮筐里，都堆满了又大又壮的灰绿色龙虾，它们的身体泛着一点红色的光泽，仿佛在暗示它们会在沸水中死去一样。这些龙虾大多都是用不太光彩的手段捕捉来的，上校心想。它们的一对螯都被紧紧地绑在一起。

还有个头儿稍小的比目鱼、几条长鳍金枪鱼和一些鲣鱼。上校看着这些鲣鱼，心想，它们的样子就像一只只船形的子弹，一条条瞪着远洋鱼特有的大眼睛，即使死了，看上去也很有尊严。

　　如果不是因为嘴馋，它们就不会被人类捉住。最可怜的是比目鱼，因为生活在浅水，自然而然就成了人们最易得的食物。但这些成群结队生活在蓝色深水里，在各个大洋中漫游的鲣鱼，竟然也出现在人们的餐桌上。

　　你傻乎乎地在想什么呢。上校对自己说。让我看看还有别的什么鱼吧。

　　还有许多鳗鱼，它们看样子都还活着，可是早就失去了之前在自己王国里的那种悠然自得。那些对虾看上去倒不错，可以将它们串在短剑一样的叉子上烤着吃。在布鲁克林，这种叉子可以当作碎冰锥在餐桌上使用。此外，还有一些中等个头儿的虾，灰色的身体透着乳白色的光泽，它们似乎也在等待着被丢进沸水里的那一刻，等待着被剥了壳的尸体在运河的落潮中漂荡。

　　这种小虾行动十分敏捷，上校想，它们的触须简直比那个日本老海军上将的胡子还要长，却为了我们的利益和食欲白白送了性命。噢，你们这些逃跑的能手，还长有充满着奇妙灵性的两根触须，为何就不知道躲开渔网和灯光的危险呢？

　　这样的下场肯定是因为你们自己的疏忽大意造成的，上校心想。

　　上校还看到许多很小很小的蚌蛤，这种蚌蛤的贝壳边缘很锋利，简直像剃刀一样。如果你注射的伤寒疫苗还有效的话，那么就可以生吃这些蛤肉，这种小贝类的味道特别鲜美。

　　在一个摊位前，上校停下了脚步。他向摊主打听这些蚌蛤是从哪里来的，摊主说是从那些没有污染的好地方自己捕捞的。于是，上校买了六只已经被撬开壳的蚌蛤，把里面的汁液喝的干干净净，又用摊主递给他的小刀精确地伸进壳缝，迅速地挖出里面的肉。摊主之所以把刀直接递给上校，是因为他凭经验看得出来，上校挖肉的本领比他厉害得多。

　　这几只蛤肉，上校只付了很少的钱，但仍然比这些捕捞者应得到的数目多一些。上校心想，现在我要去瞧瞧那些河里和水渠里的淡水鱼了，然后就可以回旅馆去了。

第二十三章

上校很快回到格里迪旅馆的前厅。船夫收了渡钱就转身离开了，此时待在旅馆里，一丝风也没有。

从市场那里搭船回旅馆是一段上行的行程，需要两个船夫划船。看到他们如此卖力，除了应付的船费，上校又额外多给了他们一些。

"有我的电话吗？"上校问值班的门厅总管。

总管长着一张棱角分明的脸，为人处世机敏又聪明，动作迅速，待人彬彬有礼而不掺杂任何阿谀奉承的味道。他蓝色的制服长翻领上，很得体地别着显示他职务的两把交叉钥匙。他旅馆门厅总管的这个职位，跟上尉的级别很相近，上校想着。这位总管是一个军官，但还算不上是一个绅士。要是在从前，那就相当于军士长，但是他一直跟一些高级军官交好。

"有，伯爵小姐来过两次电话找您。"门厅总管用英语告诉上校。将我们都在使用的这种语言随便叫作什么都无所谓，上校心想。现在大家都叫它英语，那只是沿袭以前人们流传下来的叫法，应当准许他们保留这种称呼。可是克里普斯①不久就很可能对语言名称施行节制配给。

"请马上替我接通她的电话。"他对总管说。

总管立即开始拨打电话。

"您可以到那里面接电话，上校。"总管指着电话间说，"现在我已经为您接通了。"

"你的速度可真快。"上校不由赞叹道。

"在那里面可以接。"总管又说了一遍。

---

① 斯塔福德·克里普斯（1889－1952），英国政治家，1942 年 2 月加入战时内阁，第二次世界大战后曾经先后担任贸易大臣、财政大臣，非常重视投资和收支平衡。

　　上校在电话间拿起电话，习惯性地脱口而出："您好，我是坎特韦尔上校。"

　　"我已经给你打了两次电话，理查德，"姑娘说，"可是他们告诉我你出去了，你去哪儿了？"

　　"我刚刚去了一趟市场。你还好吗，亲爱的？"

　　"这个时候没有人会听到我们在电话里的谈话，我就是你亲爱的，你想怎么叫就怎么叫。"

　　"昨晚你睡得还好吗？"

　　"昨晚，我做了一个梦，仿佛在黑暗中滑雪，但却好像又没有真正的雪，四周只有一片黑暗。"

　　"梦都是那样的，别担心。告诉我，你怎么这么早就醒了？你快把我的总管吓坏了。"

　　"我这样没有太失少女的身份吧？我很想见到你，我们能马上见面吗？在哪里见？"

　　"你说时间和地点，我一定准时到达。"

　　"翡翠还带在你身上吗？画像小姐对你有没有什么帮助？"

　　"当然，这两个问题的答案都是肯定的。翡翠现在就在我上衣左边的口袋里，口袋我还用扣了扣着。昨天，画像小姐一直和我在聊天，直到深夜我们才睡去。今天早晨我们还聊了一会儿，我感觉现在各方面都非常好。"

　　"你是爱她多一些，还是爱我多一些？"

　　"或许我有些夸大其词，不过我还没有失去理智，但她的确非常可爱。"

　　"你觉得我们在哪里见面好呢？"

　　"我们去弗洛里安吃早餐如何？位置就在广场的右边。一直下雨，广场估计昨天晚上就被大水淹没了，一定很有意思，我们去看看吧。"

　　"如果你需要我这么做的话，二十分钟以后我就可以到你那里。"

　　"是的，我需要你来。"上校说完，就挂上了电话。

　　刚走到电话间的门口，突然，上校感到一阵不适，接着就觉得自己好像被一只恶魔驱赶着，进了一个铁笼子里，那只铁笼子就像一个铁做的断头台。上校脸色发灰，捂着心口靠在电话间的门口休息了几分钟，然后强支着身体慢慢地来到接待台前，用意大利语对总管说："多米尼科，伊科。麻烦你给我倒一杯水。"

总管去为他倒水，上校靠着接待台稍作休息。过了一小会儿，所有的幻象都消失了。总管给他端来了一杯热水，他摸出四片药就着热水吞了下去。通常情况下，他只需要服用两片就够了。吃罢药，上校靠着接待台又休息了一会儿，就像一只长途跋涉飞得筋疲力尽的雄鹰一般，需要停下来歇歇脚。

"多米尼科。"上校说。

"上校，请吩咐。"

上校拿出一个信封，对总管说："这个信封里，我放了一样非常重要的东西，请你将它保管在保险柜里面。以后必须我本人或者拿着我书面委托的人来才能领取。对了，刚才你替我拨电话给她的那位小姐也有权利领取。我需不需要给你写一份书面文件？"

"不，没有这个必要。"

"如果你将来万一发生什么意外呢，伙计？你并不是长生不死或者金刚不坏的，对吗？"

"是的，"总管答道，"但是我可以将你的这些要求写下来，放在那些文件里面，放心吧，万一我死了，还有经理和副经理可以继续办理这个事情。"

"他们可都是好人。"上校十分赞同，说着转身准备出去。

"您不需要再坐一会儿吗，上校？"

"不啦，我又不是那些专门在旅店里等待生死轮回的男女，谁想坐下呢，难道你想吗？"

"我可不想。"

"我可以站着休息，也可以靠着一棵大树休息。我的那些同伴们要么坐下了，要么躺下了，要么就是摔倒了。我必须给他们一些饼干补充能量，让他们停止哭泣。"

上校滔滔不绝地说着，由于讲得太多反而不能使他更快地恢复自信。

"真有能量饼干那种东西吗？"

"当然有啊。这种饼干里面含有一种能够抑制生理勃起的物质，就像原子弹一样，只不过它们起的作用是反作用。"

"这听起来实在令人难以相信。"

"我们还有一些绝顶的军事秘密，它们一向只是在将军夫人们之间流传，能量饼干是所有机密里最无足轻重的秘密。我们还从五万六千英尺的高空向整个威尼斯抛撒病菌，所有人对这件事情都毫无办法，"上校解释道，"这些病菌会让炭疽病和肉毒中毒症在人群中交叉感染蔓延。"

"这实在是太可怕了！"

"实际情况比你想象的有可能更糟，"上校要让他相信自己的话，"这个早就不再是秘密了，它已经公布于世了。当它发生的时候，你调准电台频率，就可以听见玛格丽特在唱美国国歌《星条旗》，我觉得你完全可以听到。我从不认为她的嗓音多么出色，她根本比不上我们以前熟悉的那些好声音。但是，现在无论什么事情都流行欺骗。电台对声音的伪造也到了炉火纯青的地步，他们伪造出来的声音安全又可靠，只是到最后偶尔会露出一点点常人难以觉察的破绽。"

"你觉得他们会往我们这里扔那些可怕的东西吗？"

"不会的，永远不会。"

上校现在又成了四星将军。在他愤怒、痛苦或者缺乏自信的时候，他就会摆出四星将军的架子。药片发挥作用了，它使上校暂时摆脱了痛苦，他对总管说："再见，多米尼科。"然后转身走出了格里迪。

上校估算了一下，这里距离姑娘约定的地方，只需要走上十二分钟半的时间，不过，他今生唯一的爱或许会稍微迟到一小会儿。上校很认真地走着，可是并没有刻意放慢速度，路过的那些桥梁都还是老样子。

第二十四章

美丽的姑娘，他今生真正的爱人，准时坐到了餐桌旁。在早晨灿烂的阳光下，她跟平日一样显得那么明艳动人。阳光照耀着被水淹没的广场，姑娘急切地说："快点告诉我，理查德，你好吗？请快点告诉我。"

"我很好，"上校说，"你今天真的太美啦！"

"你在市场里将所有地方都看过了吗？"

"只看了一部分，我没有到卖野鸭的地方。"

"谢谢你。"

"没什么，"上校说，"不和你在一起的时候，我从来不会去那个地方。"

"你觉得我不应该跟你一起去打猎吗？"

"是的，我认为那不是你应该去的地方。不过，如果阿尔瓦里托想要你去的话，他一定会邀请你的。"

"虽然他没有邀请我，但或许他希望我会去呢。"

"说得也有道理，"上校说着，沉默了大约两秒钟，问姑娘，"早餐你想吃点什么？"

"这里的早餐没有什么好吃的，而且我也不喜欢广场这个样子，被水淹没，一幅十分凄凉的景象，连鸽子都没办法落在地面，只有当孩子们在广场上嬉戏的时候，这里才会有趣。我们去格里迪吃早饭怎么样？"

"你想去那儿吃？"

"是的。"

"好吧，我们现在就去那里，其实我刚刚已经在房间里吃过早饭了。"

"真的吗？"

"等会儿我只要一杯咖啡和一份热点心就行了，我只需拿在手里装装样子，你一定是饿极了吧？"

"是的，我很饿。"姑娘老老实实地回答道。

"那好，现在我们就去享受一顿真正的早餐吧，"上校说，"你会看到一顿从来没有见过的早餐。"

他们走在大街上，寒风猛烈地击打着他们的后背。姑娘的长发随风飘舞着，舞出一幅比飘扬的旗帜还要美的画面。她紧紧地挽着上校的胳膊，问："在天气这样寒冷、阳光这样强烈的威尼斯的早晨，你还爱我吗？今天天气真冷，阳光真强，是吗？"

"是的，我爱你。今天天气真冷，阳光真强。"

"我也爱你。昨天晚上我在黑暗中滑雪的时候，一整夜都在想着我爱你。"

"你怎么做到在黑暗中滑雪的？"

"跟平时一样，周围一片黑暗，雪地上也很灰暗，没有一点反光。你也在那里滑雪，我们就跟平时一样来去自如。"

"你滑了一整晚的雪吗？那真是太厉害了。"

"没有一整晚，后来我就睡着了，睡得很深、很甜，醒来的时候我也非常快乐。你也和我待在一起，睡着的样子就像一个婴儿。"

"我并没有和你一起滑雪，也不曾和你一起入睡。"

"可你现在和我在一起，不是吗？"说完，姑娘更加用力地挽着他的手臂。

"我们就要到了。"

"是的。"

"我是不是已经十分郑重地对你说过'我爱你'了？"

"是的。可是我还想再听你说一遍。"

"我爱你，"上校说，"请你接受我的爱，用和我一样郑重的态度接受它。"

"只要你是真心实意地爱我，我就会接受你的爱，像你所期望的那样。"

"这是最正确的态度。"上校说，"你真是个又勇敢又可爱的好姑娘。等到了桥上，记得把你的头发往一边捋一捋，这样，风就会将它吹得稍微斜一点儿。"

上校的要求提得很有分寸，他只说"吹得斜一点儿"，并没说"让它斜着飘起来"。

"这很简单。"姑娘说，"你喜欢我这个样子吗？"

清晨的阳光那么瑰丽，映出姑娘清秀的侧影。上校看着她黑色绒衣下骄傲地隆起的胸脯和在风中微微眯着的双眼，心里十分愉快，微笑着说："是的，我很喜欢。"

"你这样我很高兴。"姑娘说。

第二十五章

在格里迪餐厅里，团长安排他们坐在最靠近窗户的餐桌上，从那里隔着窗子就可以看到大运河。这个时候，餐厅里几乎没有别的顾客。

今天，团长的气色看上去非常好，从早上开始就笑吟吟的。他患有胃溃疡和心脏病，但当他平静地接受自身的这种状况之后，他的心情一直都保持着舒畅，除非病情发作。

"我刚刚收到一个同行的消息，说您的那位同胞正在旅馆的床上用餐。"团长跟上校透露了这个消息，"我们这里马上就要迎来几位比利时的客人。'他们里面最勇敢的就是比利时人了，'"团长引用了一句这样的话，"还有两个暴发户①，你应该知道他们是从哪里来的。但是现在他们都非常疲倦了，我敢肯定，他们此刻都正在自己的房间里狼吞虎咽呢。"

"你给了我一个很有趣的消息，"上校说，"我们现在的问题是这样，团长，在这之前我和那个麻脸同胞以及两个暴发户一样，已经在自己的房间里用过早饭了。但这位女士——""噢，是年轻的姑娘。"团长满面笑容地纠正上校的错误。他看起来心情非常好，在这崭新的一天刚开始的时候。

"这位年轻的姑娘想吃一顿无与伦比的早餐。"

"我知道了。"团长说。

上校看着雷娜塔，感到心脏好像突然翻滚了一下，就如同海豚在海中嬉水一样。这是一个非常漂亮的动作，但是，世界上只有很少一部分人能够感受到并且完成这个动作。

"你想来点什么，女儿?"上校问，他安静地看着姑娘的美丽

---

① 原文为意大利文。

脸庞，那张脸带着清晨的清新气息，没有任何一点修饰。

"什么都行。"

"你能给我一点提示吗？"

"我想喝茶，不要咖啡，其他的就随团长安排吧。"

"这可不能随便，女儿。"团长说。

"嘿，伙计，只有我才可以叫她女儿。"上校提醒道。

"我这么称呼她，完全是出于真心，"团长说，"我们可以用一点儿烤腰子配上伞菌，我跟那些采摘伞菌的人都很熟，我们也可以选用那些专门培育出来的菌子，就是那种在潮湿的地窖里培育出来的菌。此外，还有块菌馅煎蛋卷，或者来一份地道的加拿大熏肉如何？这块熏肉说不定真是从加拿大那边运过来的呢。"

"我才不在乎它是从哪儿来的呢。"姑娘快乐而诚恳地说。

"对，不在乎它从哪儿来，"上校神情严肃地说，"不过，我知道这些东西是从哪个该死的地方运过来的。"

"我想我们还是不要再开玩笑了，我们现在该吃早餐了。"

"如果这样说不失姑娘的身份，我也认为我们应该吃早餐了。请给我来一杯长颈瓶装着的瓦尔波里契拉。"

"还要点别的什么？"

"给我来一份刚才说到的加拿大熏肉。"上校说。

现在餐厅里只有他们两个人了。上校看着姑娘说："你感觉如何，我最亲爱的？"

"我实在是饿极了，可还是要谢谢你，你在这么长的时间里表现得一直很棒。"

"那并不是一件难事。"上校用意大利语对她说。

第二十六章

两人坐在餐桌旁边，安静地注视着窗外运河上的天空，天色渐暗，预示着暴风雨即将来临了。昏暗的阳光笼照着整座城市，河水慢慢地由灰色变成了灰中带黄的颜色，波浪也随着退去的潮水不断地涌动着。

"妈妈说，将来，不管发生什么情况，她都不会一直住在这里，因为这里几乎没有什么树，"姑娘说，"所以她常常要去乡下居住一段时间。"

"这也是许多人都想去乡下生活的缘故，"上校说，"假如我们能够找到一个带着很大花园的地方，我们也可以在里面种上一些树。"

"我最喜欢的树是伦巴第白杨和悬铃木，但我对这些知识了解的并不多。"

"我也很喜欢这两种树，另外我还喜欢柏树和栗树。我说的栗树是指那些野生的栗树和马栗树。但是，女儿，只有到了美国，你才知道什么样的树是真正的树。只有等你见到了白松和美国黄松的时候，你才算是真正地见识过了树。"

"假如我们去长途旅行的话，途中不管是停在加油站，停在公共洗手间或者其他任何地方，都能够看到这些树吗？"

"当然，甚至还包括住宿地或者旅游的露营地，"上校说，"在那些地方，我们都会停下来休息或是玩耍，但我们一般不会在那些地方过夜。"

"我最喜欢的就是一路将车开到公共洗手间，把钱往桌子上一摆，跟他们说，嘿，老弟，给我的车加点儿油，顺便再检查一下机油。那情景就跟美国的小说或者电影里面经常说的那样。"

"你说的那个地方应该是加油站。"

"那么公共洗手间又是什么样子的呢？"

"你上那里去。你知道是——"

"噢，"姑娘说着，脸上突然飞起了一片红霞，"实在抱歉，我真的很希望自己能够学会说美国话，但我总是害怕自己会突然说出一些粗俗的话来，就像你有时候说意大利语那样。"

"美语是一门很容易掌握的语言，总的来说，越往西方走，语言就越是简单明了。"

团长将早饭端上来了，烤熏肉和烤腰子沁人的香味迎面扑来，每道菜都用银制的盖子轻轻盖着，以至这香味儿没有扩散到整个餐厅，仔细辨别一下，香味中还夹着一股淡淡的烤蘑菇味儿。

"闻着真是太诱人了，"姑娘说，"非常感谢你，团长。现在我可以说几句美国话吗？"她扭头问上校。

姑娘朝团长伸出一只手，那动作温柔又不失灵巧，就像一名轻剑运动员。她对团长说："放在这里吧，朋友，实在是棒极了！"

团长说："谢谢你的夸奖，小姐。"

"我是不是应该称它'食物'而不是'食品'？"姑娘问上校。

"这两个词语的意思差不多。"

"你年轻时在西部地区的时候，那里的人们就是这么说话的吗？在吃早饭的时候，你都会说些什么？"

"早饭大多都是厨师送上来的，他总是这么对我们说'快来吧，赶紧吃，你们这些狗崽子，不然我就全把你们扔掉了'。"

"我想我得学会你说的这句话，然后去乡下好能派上用场。偶尔我们也会和英国大使以及他们那些古板又乏味的太太共进午餐，我要教会仆人们说这句话，到时候让仆人再请他们入席时，就说：快来吧，赶紧吃，你们这些狗崽子，不然我就全把你们扔掉了。"

"如果这样的话，他可就要倒霉了，"上校说，"不过，听上去这倒是一个很有趣的实验。"

"赶紧教我几句地道的美国话吧，要是你那个麻脸同胞来了，我也好跟他交流一下。我要像以前的年代那些男女约会时那样，就是贴在耳边说悄悄话的样子。"

"这就要看他的脸色来决定了，假如他看上去很沮丧，你就可以悄悄地这样对他说：'听着，老兄。你是不是被人雇去当了恶棍？'"

"太棒了，"姑娘说，接着又用从伊达·卢皮诺①那里学来的声调再次重复了一遍将军的话，"我可以对着团长说这句话吗？"

"当然可以。为什么不行？团长！"

团长应声走来，彬彬有礼地向两人行礼。

"听着，老兄。你是不是被人雇去当了恶棍？"姑娘神色严肃地说道。

"的确如此，"团长说，"我很高兴你能说得这么准确。"

"如果他来了的话，你想等到吃完饭再对着他说话，就只要伏在他耳边轻轻说一句：'把你下巴上的蛋黄擦掉吧，老兄，赶紧挺直身板儿，马上飞走。'"

"这句话我也要好好记住，回家后我会多加练习。"

"吃完早饭后，我们做些什么呢？"

"饭后我们一起到你房间看看那幅画好吗？看看它是不是真的像你说的那样，我的意思是说，在白天的光线下欣赏它，会不会另有一番意味。"

"好的。"上校说。

---

① 伊达·卢皮诺，英国女演员，面容清秀，身材有些小巧玲珑，曾经在许多电影和舞台剧中扮演角色。

第二十七章

房间已经被侍者收拾得十分整齐干净，上校很满意。进门之前，他还一直担心房间仍是他刚起床时那样乱七八糟的样子。

"站到它的旁边，"上校说，他好像突然想起了什么，又补充了一句，"请。"

姑娘顺从地站在画像旁边，上校则站到昨天晚上看它的位置，从那个角度再次观看。

"怎么比较呢？"上校说，"我的意思不是不像，而是太像了，简直是一个模子刻出来的一样。"

"还有什么能够比较的吗？"姑娘站在那里问。她的头微微向后仰着，身上穿着一件跟画像上一模一样的黑色毛衣。

"当然没有什么能够比较的了。但是昨天夜里和今天清晨，我跟画像聊天的时候，感觉它仿佛就是你。"

"若是这样真是太好了，说明这幅画像已经派上了用场。"

他们一起躺在床上。姑娘问，"你经常不关窗户吗？"

"是的，很少关。你呢？"

"我也是，一般只有在下雨的时候才关上。"

"我们彼此到底有多少相像的地方呢？"

"我不知道，我们没有更多的时间来探讨这个问题，从来没有一个真正的好机会。但是我们有机会知道这一点，就已经足够了。"

"你知道了这一点，到底会得到什么呢？"上校问。

"我也不知道，但总归是一些比现在更好的东西。"

"你说得很对，我们应该努力去尝试。我不应该相信目标是有限的，哪怕有时候我们强迫自己去努力。"

"你最大的痛苦是什么?"

"是别人传达下来的命令,"上校说,"你呢?"

"我最大的痛苦是你。"

"我并不希望自己成为你最大的痛苦。虽然在很多时候我自己感到很痛苦,但是从来都没有令别人感到过痛苦。"

"你现在就让我非常痛苦。"

"好吧,"上校说,"你想怎么说就怎么说吧。"

"你能坦率地承认显得你特别可爱。今天早上的你非常谦和温柔,这样,我反倒感觉有些不好意思了。请紧紧地抱住我,不要说'事情原本或许不是这样的'之类的话,也不要那么想,好吗?"

"女儿,这正是我理解应该如何做的事情之一。"

"我知道你明白很多很多的事情,但请不要这么说。"

"是的。"上校说,"我明白如何冲锋陷阵和如何撤退,但除此之外还有什么呢?"

"你还懂得绘画、读书和生活。"

"这算不了什么。只要在欣赏绘画的时候不带任何偏见,在读书的时候怀着虚心的态度,在生活中做到诚实勇敢、不自欺欺人就可以。"

"请不要脱下上衣。"

"好吧。"

"每次我用'请'字的时候,你什么都愿意去做。"

"你不说'请'的时候,我也那么做过。"

"但并不是常常这样的。"

"是的。"上校说。"'请'的确是个惹人喜爱的字眼儿。"

"请,请,请。"

"Per piacere①，我的意思是'为了快乐'，我真希望我们能够一直说意大利语。"

"虽然很多事还是用英语讲更好，但是我们可以在没人的时候悄悄地讲意大利语。"

"我爱你，我最后的、唯一的、最真的爱，"她对他说，像他往常对她说的那样，"当花园里的紫丁香绽放最后一朵花的时候；还有，从不停摇晃着的摇篮里出来；还有，快来吧，赶紧吃，你们这些狗崽子，不然我全把他们扔掉了。你不愿意用其他语言来讲这些话，是吗，理查德?"

"的确如此。"

"请你再吻我一次吧。"

"这句话说'请'字是多余的。"

"说不定哪天我也会告终，就像那个多余的'请'字一样。那对于你就要去世这一情况来说，倒是一件好事，因为这样，你就永远不会离开我了。"

"这样说话是有些粗鲁的，"上校说，"你那张可爱的小嘴要当心点。"

"如果你粗鲁的话，我也粗鲁，"姑娘说，"难道你不喜欢我变成一个崭新的自己吗?"

"当然不喜欢。我喜欢原来的你，原原本本的你，我真心真意地爱着你，永远爱着你，到死都不会改变。"

"你知道吗? 有时候，你会将美好的事情说得一点儿也不含蓄温柔。如果可以的话，你能告诉我，你和你太太之间到底发生了什么可怕的事情吗?"

"她的野心太大，而我又常常不在家。"

---

① 意大利文，意思为"请、劳驾"，也可以音译为英文的"for pleasure"（为了快乐），所以会有下面一句对话。

"你的意思是当你因公出差的时候，她为了野心而抛弃了你们的家庭，独自离开了吗？"

"是的。"上校说，他极力控制着内心的难过，"她的野心简直比拿破仑还要大，但她的才智却只是一个中学生的水平。"

"对不起，"姑娘说，"我不应该提出这个问题，我们不要再谈她了，她不能和你生活在一起，一定也伤心透了。"

"她才不会呢，她极端自负，而且从来不会伤心。她跟我结婚的目的也只是为了扩大军界的社交圈，为她的职业或者是她的艺术铺就一条完美的道路。她是个记者。"

"这样的人是有些可怕。"姑娘说。

"我也这么认为。"

"你和一个女记者结婚，却又允许她继续做那份工作，那怎么可以呢？"

"所以我曾经告诉过你，我犯了一些错误。"上校说。

"别再说那些啦，现在让我们来谈一些令人高兴的事吧。"

"好。"

"但是那样真的太可怕了，你怎么能做出这样的事呢？"

"我也不知道自己为何会那么做，虽然我可以告诉你一些详细情况，但这些事我认为还是以后再说比较好。"

"那就请你以后再告诉我吧。我没有想到事情竟有这样糟糕，现在的你不会再做出这样的事了，对吗？"

"是的，我向你保证，我的宝贝。"

"现在你还写信给她吗？"

"当然不。"

"你不打算将我们的事情告诉她，让她刊登出来吗？"

"不。我曾经告诉过她我自己发生的一些事情，她也的确写了出来，但那些事都发生在另外一个国度，再说，这个女人现在已经死了。"

"她真的死了吗?"

"是的,可以说她死得比腓尼基的福玻斯①还要彻底,但是她自己并不知道。"

"如果我们两个碰巧在皮亚扎遇到她,你会怎么办呢?"

"我会选择视而不见,让她明白她已经在我心里彻底地死去了。"

"很高兴你能这么说,"姑娘说,"你要知道,对于我这样的一个人来说,要跟另外一个女人,哪怕是记忆中的女人有交集,都是一件非常可怕的事情。"

"现在可没有什么另外的女人。"上校说,那些再度浮现的回忆让上校的目光显得有些忧郁,"同样地,也没有什么记忆中的女人。"

"谢谢你能这么说,"姑娘说,"当我这样看着你的时候,我相信你说的全部是真心话,但是请你不要用这样的目光看着我,也永远不要用此刻这样的心情想着我。"

"你是不是觉得,我们应该将她抓起来,然后把她吊在一棵又高又大的树上?"上校盯着她的眼睛,好像看穿了她的想法。

"不需要,我们还是忘记她吧。"

"是的,她早就被忘记了。"上校说。只是令人不可思议的是,早就被遗忘的她今日竟然出现在这个房间,虽然只停留了一小会儿,却差一点酿成大祸。这真是一件奇怪的事情,上校心想,作为一个军人,他很了解什么是恐慌。

但是,她现在已经走了,彻底消失不见了,她已经被赶出去了,带着一份调离本处的文件,其中还包含着一份经过公证的离婚证明。

"她真正被忘记了。"上校说。这是毋庸置疑的。

"我真的很高兴,"姑娘说,"但我实在想不通的是,他们为什么会让这么一个女人进这家旅馆呢?"

---

① 希腊神话中的太阳神和诗歌音乐之神。

"我们两个真是太像了,"上校说,"不过,我们最好不要太过分了。"

"假如你想把她吊死的话,完全可以那么干,就是因为她,我们才不能结婚的。"

"她早已被遗忘了,"上校对姑娘说,"或许哪天她真的会在镜子里好好地照照自己的样子,然后去上吊。"

"现在她既然离开了这个房间,我们就不要再诅咒她了。但是,作为一个诚实的威尼斯人,我还是希望她能够快点死去。"

"我跟你的想法也是一样的,"上校说,"既然她现在还没有死,我们就应该永远地忘掉她。"

"永远地,永久地,"姑娘说,"我想我这样的说法是正确的,或者用西班牙语说 para sempre①。"

"Para sempre,以及许多这样的说法。"

---

① 西班牙文,意思是"永远"。

第二十八章

　　他们躺在床上好久没有再说话。上校能够感觉到她强劲的心跳，她穿着那件黑色的毛衣，他很容易就感觉到了毛衣下面"怦怦"的心跳声，也能感觉到在他那只没有受伤的手臂上散开着的厚厚的长发。它并不重，上校心想，它比任何东西都要轻。她就那么躺着，又安静又温柔，他们正在感受一种到达了完美融合境地的感觉。他轻轻地吻着她的嘴唇，充满着温柔和渴望。突然，当这样的交融达到最理想境界的时候，一切都凝固不动了。

　　"理查德。"姑娘说，"我很为这件事情感到难过。"

　　"永远都不要感觉难过，"上校说，"也不要提任何有关身体受伤的事情，女儿。"

　　"请再说一遍。"

　　"女儿。"

　　"你能跟我讲一些让人高兴的事吗？这样能使我在下个星期拥有一段愉快的回忆。然后再跟我讲一些关于战争的事情，让我增长一些见识，可以吗？"

　　"我们不要再谈战争了。"

　　"不，我需要了解它，我要增长一些见识。"

　　"我也同样需要增长见识，"上校说，"但不是在指挥打仗方面。我们部队里有一个将军，他通过卑劣的手段得到了部队的行动计划方案，然而在双方交战前，他不等上面命令下达，就擅自发出进攻指令。每次使用这样的手段，他都能给敌人带来有效一击，这使他的表现十分出色，于是他晋升得就比其他许多人都要快。这就是为什么我曾受过重创的原因，那正好是一个周末。"

　　"今天正好也是周末。"

　　"这我知道，"上校说，"我还可以数到七。"

"是不是对所有经历过的事情，你都感到十分痛苦？"

"不是。因为我已经年过半百，什么事都已经看得很透彻、很明白了。"

"再跟我讲一些巴黎的事情吧。下一个星期，我希望一直想着你和巴黎的事情。"

"女儿，为什么你总是把巴黎挂在嘴边呢？"

"因为我曾经去过那里，而且现在还想再次到那里去，我多么渴望能够多了解它。我认为，除了威尼斯之外，巴黎是这个世界上最美丽的城市了，我希望能更多地了解一些它的情况。"

"那么，等到我们以后一起去那里做衣服的时候，再跟你讲吧。"

"不要，求你了，为了下个星期我的思念之情，现在就请你先告诉我一些吧。"

"好吧。我记得我跟你提起过，勒克莱尔是个名门出身的笨蛋，他非常勇猛，但也非常傲慢，并且野心勃勃不可一世。我还说过，他后来死了。"

"是的，你跟我说过这些。"

"人们都说，不应该说死去的人的坏话。但我认为，正因为人已经死了，才能够更加真实、更加客观地对他曾经做过的事情进行整体评价。在他生前，我不会当着他的面讲的话，他死后，我也绝对不会当着他的墓碑跟他讲，"随后，上校又加了一句，"实话实说。"

"我们不要再谈论他了，我已经对他有过很多了解了。"

"那你还想听一些什么？生动又感人的？"

"是的，家里的那些画报实在没趣，它们快要把我的兴趣都弄没了。你离开以后，我要连续一个星期读但丁的书，还要每天早晨去教堂做弥撒，这些早就使我厌烦透了。"

"午餐之前，我们还可以去哈里酒吧坐坐。"

"我会去的。"姑娘说，"但是现在，还是请你跟我说说那些生动感人的事情吧。"

"你不觉得我们现在最好的选择是睡觉吗?"

"我们没有多少时间可以待在一起了,怎么还能浪费在睡觉上面呢?"说完,姑娘就把头抬起来顶着上校的下巴,上校只好将头往后面仰。

"好吧,我就讲一些给你听听吧。"

"把你的手递给我,我要一边握着你的手,一边听;这样,以后在我读但丁或者干其他的事情的时候,就会感觉自己仍然握着你的手。"

"我倒觉得但丁是个令人讨厌的自大的家伙,自吹自播的本事比勒克莱尔还要大。"

"这我也知道,可是他写的东西一点儿也不令人讨厌。"

"那倒是。勒克莱尔也是个打仗的好手。"

"那就跟我讲讲吧。"姑娘说着,将头靠在了上校的胸脯上。

上校问:"你为什么阻止我脱掉这件上衣?"

"我喜欢摸着这些纽扣,不行吗?"

"噢,当然行,我还真是个可怜的狗崽子。"上校说,"你们的家族中有多少人参加过战争?"

"所有的人,在所有的年代。"姑娘说,"他们当中有的是商人,有少数几个人还当过威尼斯的执政官,这些都告诉过你的。"

"可是他们都真正打过仗吗?"

"据我所知,"姑娘说,"都打过仗。"

"好吧,"上校说,"现在我就跟你说说,那些你想要知道的该死的事情。"

"那就说一些生动感人的事情吧,就像画报里面所写的那样,糟糕或者更糟糕的事情。"

"像《星期日邮报》① 或者《军官画报》② 里面所说的那样吗?"

---

① 原文为意大利文。
② 同上。

“最好是比那更糟糕的一些事情，如果可能的话。”

“现在先吻我一会儿。”

姑娘先是温柔地吻着他，慢慢力气越来越大，最后用尽全力、拼命地吻着他。上校没办法再想起任何事情了，不管是残酷的、生动感人的事，还是奇怪的、令人难以置信的事。现在，他只想到了她，想着她此刻是什么样的感受，想着生与死的距离在极度兴奋的时刻是多么接近。可是，极度兴奋又是他妈的什么玩意儿，是什么军衔、什么番号？她黑色的毛衣触摸上去是什么感觉？她为何有如此光滑的肌肤、曼妙的身体？为何有那种特立独行的自尊心和牺牲精神，以及孩子般的聪慧与狡黠？是的，你原本完全可以体验到极度的兴奋，但你却将睡魔的兄弟也一起拉了过来。

死亡是什么，死亡就是一堆粪土，上校心想。当炮弹的碎片飞向你时，死亡也就跟着到了，而你却几乎无法看清它是从哪个地方而来。有的时候，死亡来得极端残忍，它可能来自没有烧开的水，或是来自没有系好鞋带的防蚊军靴，或是来自整天轰鸣在耳边的巨响，或者也会随着轻轻的“咔嗒”声以及接踵而至的机枪扫射声一起来到，甚至还有可能和一个冒着白烟的手榴弹同时冲你飞过来，又或者和迫击炮弹震耳欲聋的爆炸声一起到达。

我亲眼见到死亡和炮弹一起，肩并肩从炮膛里疾驰而来，它们在空中划出一道诡异的弧线，然后又一起降落在地面上。有时候，在汽车爆炸的时候，死亡也会慢慢在钢板的断裂声中显出身形，或者在路面太滑时，死亡会因轮胎失去应有的摩擦力不期而至。

我还知道，死亡会悄无声息地降临在许多人的睡床上，就像与爱情作对应陪衬一般。我几乎和死神共同度过了一生的时光，我将它分成很多份，然后赠给许多人，这也是我这一生所从事的职业。但是，在这个寒冷的清晨，在格里迪旅馆的这个房间里，我该对这个姑娘讲些什么呢？

“告诉我，你想知道一些什么事情，女儿？”上校问道。

“所有的事情。”

“那好吧，”上校说，“我们现在就开始讲。”

第二十九章

两人和衣而卧，并排躺在刚刚整理过的床上，床垫稍微有点硬，但总体还算舒适。他们的双腿紧紧地靠在一起，姑娘把头枕在上校的胸前，美丽的长发披散在上校显得苍老但仍旧硬朗的脖子周围，他开始跟她讲述那些遥远又清晰的故事。

"我们的部队登陆的时候，并没有遭遇顽强的抵抗，但那些可怕的抵抗在另外的海岸发生着。登陆后，我们在岸上与空降兵会合，然后共同进攻并一连占领了好几座城市，瑟堡也成了我们的囊中之物。这次的战斗任务很艰巨，并且要求我们速战速决，战斗的指挥官正是被大家称作'闪电乔'的将军，我想你应该没有听说过他，他是一位非常杰出和伟大的将军。"

"请继续说，我记得你以前曾经跟我提过这位'闪电乔'。"

"瑟堡战役之后，我们的军备补给很充足，后勤补给也十分齐全。但是我只拿了一只海军上将的指南针，其他的什么也没有拿，这是因为我在切萨皮克湾①那里有一艘小船。这次战役，我们缴获的东西非常丰富，有很多印着纳粹德国国防军徽记的马爹利酒，还有一些人竟然弄到了六百万左右的德国印制并发行的法国法郎。你不知道，这种货币一年前还在市场上流通呢，那个时候五十法郎就可以换一美元。有很多人都知道如何通过各种各样的途径，设法将这些钱寄回美国老家，现在这些人的家里早就换上拖拉机了，一家一头骡子的时代对他们而言已经成为过去了。

"我只拿了一只指南针，除此之外，我再没有偷偷拿过任何一件东西。我的潜意识认为，在战场上偷东西会倒大霉的，再说我也根本没有任何必要去偷东西。但是，我喝了不少白兰地，空

---

① 处于美国东部，是大西洋沿岸平原上最大的海湾。

闲的时候，也常常拿出指南针测定方位、校订指针。这只指南针是我战场上唯一的伙伴，电话就是我生活的全部。我们扯的电话线简直比得克萨斯州的阴道还要多。"

"别停下来，继续往下讲。但是不要讲那些粗话，我听不明白，也不想弄明白。"

"得克萨斯州是美国最大的一个州，"上校说，"所以，刚才我用它和它辖区里面的女人来打了个比方。你不能把怀俄明州的阴道拿来打比方，因为这个州的人口总数可能还不到三万人，最多也不会超过五万人。但是那些电话线却长而又长，我们必须要不停地架线，绕线，再架线，再绕线。"

"请继续说下去。"

"我们必须要突破防线，"上校说，"女儿，如果你听厌了的话，就立刻告诉我。"

"我没有。"

"那我们就接着讲这该死的突破吧。"上校说着，把脸转向姑娘。这个时候，上校仿佛不再是在讲述某个战斗，反而更像是在倾诉内心的某种黑暗的秘密。

"第一天，大部分飞机都飞来了，它们从空中将圣诞树上的装饰品一一扔下，扰乱了我们雷达的监测，于是我们的行动计划宣布取消。我们已经做好出发的准备，但是却被告知行动取消了。我相信这个决定是非常英明的，我热爱最高级的指挥官，你知道的，就像热爱一头猪那样。"

"好好地往下说，不要那么粗鲁。"

"情况很不乐观，"上校说，"第二天，我们终于发起了进攻，就像我们的英国表兄说的那样——他们至今连一块湿纱巾一样的防线都未曾攻破过——充满野性的空中霸王正从空中飞来参加战斗。"

"第一批飞机飞入了视野，剩下的飞机还在源源不断地从航空母舰的跑道上起飞，这艘航空母舰名叫英格兰。它的保护漆不知道是被海水和码头侵蚀摩擦掉了，还是它根本就没有保护漆，只记得它的船身在阳光的照耀下闪闪发光，非常漂亮。

"总而言之，女儿，你一眼望过去，就能看见天空中像雁群一样的战斗机群，排成一行整齐的队伍，长长地向东延伸，一直到看不到的尽头。它们又像一列很长很长的火车，在飘着蓝天白云的高空呼啸而过，真是壮观极了。我跟二科的科长说，我们可以把它们称作'瓦尔哈拉殿堂①特快专列'。女儿，你难道不认为这很枯燥吗？"

"一点儿也不枯燥，我仿佛看见了你说的'瓦尔哈拉殿堂特快专列'。之前，我从来没看到过这么多的飞机，可现在我看到了，还看到过许多次。"

"当时，我们离发起冲锋的地点还有两千码，女儿，你知道两千码的距离在战争中意味着什么吗？"

"我不知道，我怎么可能知道呢？"

"突然，处在'瓦尔哈拉殿堂特快专列'头部位置的一架战斗机朝地面扔下了几颗有颜色的烟幕弹，紧接着就掉头返航了。烟幕弹投掷的位置非常精确，它清楚地指明了我们的进攻目标，那就是德国佬的阵地。他们的阵地位于最有利的地势上，若不是我们之前亲眼看见了那样强大惊人的力量，我想我们很难将他们从那里赶走。

"随后，女儿，处于'瓦尔哈拉殿堂特快专列'后部的战斗机，开始源源不断地从天上往德国佬的头上扔东西，似乎要将这个世界上的一切东西都投下去。这些连绵不绝的空投物落在德国佬的生活区和防御工事区域，震耳欲聋的轰炸声响彻整个天空。激烈的轰炸过后，那些地方都已经变得面目全非，仿佛整个地面都被掀翻了。那些被我们捉获的俘虏，一个个像得了疟疾一样不停地发抖。他们此刻无法控制自己，虽然他们曾经都是勇敢的伞兵。

"由此，你就可以知道，那次轰炸的效果是多么地好，轰炸

---

① 瓦尔哈拉殿堂指的是北欧神话中死亡之神奥丁接待战死者灵魂的殿堂。

部队立下了赫赫战功，也让我们看到了毕生追求的场景，那些人性的背叛者在正义和威严面前瑟瑟发抖。

"女儿，这些事情你听着真的一点儿都不感觉枯燥乏味吗？——不久风向就改变了，它开始从东边吹了过来，地上的烟雾也随着风向我们飘了过来。我们的重型轰炸机将德国佬的阵地炸得面目全非，现在烟雾却笼罩在我们自己人的头上。很快，我们惊慌地发现自己也成了轰炸机的目标。轰炸机随着烟雾呼啸而来，对我们的阵地进行狂轰滥炸，像一开始轰炸德国佬的阵地那样。最先飞过来的仍旧是重型轰炸机，一个人只要经历过一次那样的轰炸，就再也不会害怕什么地狱了。紧接着，为了促进计划的顺利实施，也为了继续清理地面上的残余部队，中型轰炸机随之而来。炸弹在我们身边此起彼伏地爆炸，人员损失非常惨重。但是，当最后一架轰炸机随着整列'瓦尔哈拉殿堂特快专列'返航时，我们就猛然发起了进攻，轰炸机群排着整齐的队列从法国的上空一直延伸到整个英格兰上空，那情景威严又壮观。"

如果一个人还算稍微有点良心的话，上校心想，有时候他会突然想起那些空军究竟干了些什么。

"给我来一杯瓦尔波里契拉，"上校说，接着又想起什么似的补充道，"请。"

"抱歉，"上校说，"轻松一点儿，我的心肝儿小狗儿，这些都是你要求我讲的。"

"我可不是你的心肝儿小狗儿，你说的一定是其他什么人。"

"不错，你就是我今生唯一的、真正的、最后的爱。难道这样说不对吗？是你要我讲给你听的。"

"请继续讲下去，"姑娘说，"如果我知道我应该怎么做的话，我真的非常乐意当你的心肝儿小狗儿，可是我仅仅是这个城市里爱着你的一个姑娘。"

"我们必须得采取行动了，"上校说，"我爱你，我没记错的话，这句话应该是我在菲律宾学会的。"

"或许是吧，"姑娘说，"我不管那么多，我宁愿做一个只属于你的最纯粹的姑娘。"

"你就是只属于我的最纯粹的姑娘,"上校说,"完完全全属于我,并且还有一个标记。"

"请不要这么粗鲁,"姑娘说,"你一定要真心实意地爱着我,尽可能地告诉我那些事情的真相,但也不要让自己受到任何伤害。"

"我会尽力告诉你那些事情最真实的一面,"上校说,"谁想受伤害,就让他受去。假如你真的对这些事情很好奇,那么听我讲述,的确比读那些硬纸壳的书籍要强得多。"

"请别那么粗鲁,你只要告诉我事件的真相就可以了,还有,如果你可以做到的话,请你一直紧紧地抱着我,直到将你心中所有的烦闷都宣泄出来。"

"我没什么烦闷需要宣泄的,"上校说,"除那次重型轰炸机的战术事件外。要是他们战术使用得当的话,就是将我炸死,我都没有一句怨言。可若是要给些实质性的援助,至少应该给我指派一个像皮特·克萨达①这样的人物,应该有这样一个人狠狠地踹他们的屁股。"

"请不要这样说。"

"如果你想甩掉我这样一个又衰老又千疮百孔的人,那个家伙倒能给你一些实质性的帮助。"

"你可不像你说的那么不堪,不管怎样,我都爱你。"

"请你帮我从那个小药瓶里倒两片药出来,然后再给我来一杯瓦尔波里契拉,你刚刚忘记给我倒了。现在,我再跟你讲讲其他的一些事情。"

"请不要再说下去了,我现在不想再听了,我觉得再说下去对你太残忍了。我们彼此都不要再提这个话题了,尤其是'瓦尔哈拉殿堂特快专列'那一天发生的事情。我不是审讯官,我也不

---

① 即埃尔伍德·克萨达(1904 - 1993),美国空军的奠基者,为空军的战术理论和实践做出了卓越贡献,在第二次世界大战后被晋升为空军准将。

想去弄明白女审讯官到底是干什么的。现在，就让我们安安静静地躺着，一起看着窗外，看着运河上美丽的风景。"

"这样也许会更好，谁会在乎那该死的战争。"

"或许你和我会在意，"姑娘说着，伸出柔软的手臂，抚摩着上校的头，"这是从小药瓶里取出的药，这是从长颈玻璃瓶里刚刚倒出来的酒，我还要再从庄园里给你送一些更好的酒来。现在，让我们甜甜美美地睡上一会儿吧，请你开始做一个好孩子，我们肩并肩躺在一起，彼此深爱着，现在你应该把手放到这里来了。"

"哪一只手？"

"当然是受伤的那只，"姑娘说，"我非常爱这只手。下个星期，每天我都要想着它，可惜的是，我不能把它像翡翠一样带在身上。"

"我已经将翡翠寄存在旅馆的保险柜里了，"上校说，"用你的名义。"

"现在，让我们闭上眼睛吧，不要再提起那些有关你经历的事情了，也不要提任何伤心的事。"

"好的，让那些该死的事情统统都见鬼去吧。"上校说着，闭上了眼睛，然后将头轻轻地靠在了那件黑毛衣上面，那里就是他的祖国。

你无论如何都得有一个祖国，而这里，就是你的祖国。上校告诉自己说。

"你为什么不是美国总统呢？"姑娘问，"如果你是一名总统的话，我想一定是一位非常杰出的总统。"

"我担任总统？十六岁的时候，我就已经去蒙大拿州的国民警卫队里当兵了。自长这么大以来，我从来没有戴过一次蝴蝶领结，也没有当过一天的时运不济的男子服装商。我恐怕连当总统候选人的资格都没有，即使根本不用我坐在电话本上拍照，我也没办法领导一个反对派。何况我也不是一个没打过仗的将军，我甚至从没有去过一次盟军的最高司令部。而且，我也根本算不上是一个辈分高的老政治家。当然，从某种意义上来说，我还不算老。但现在，从其他角度来说，我们都是被一群渣滓统治着。这种渣滓就像啤酒杯底的那些东西，里面还扔着妓女丢进来的烟头，乱七八糟的，仿佛一个还没弄干净就让一名业余音乐者在钢琴上乱敲乱打的场景。"

"我没有听懂刚才你说的话，我的英语还没有那么熟练，但听你的语气，感觉很吓人。你千万不要因为那些事情而生气，让我来帮助你。"

"你知道什么叫时运不济的男子服装商吗？"

"我不知道。"

"其实干这行并不一定折损人的面子，在我们那里，这样的人有很多，每个城市至少有一个。女儿，我只是一个会打仗的士兵，在这个世界上，我的身份是最低贱最卑微的。假如他们能把我们的尸体运回国，我们还能在阿灵顿①争取一块安身之地，而且我们的家人还能对我们的安葬地行使一些选择的权利。"

"阿灵顿是什么样子的？"

"我可不知道。女儿，"上校回答道，"我还没有被埋在那里呢。"

"那你愿意让自己埋葬在哪里呢？"

"高地上，"上校毫不犹豫地脱口而出，"任何一个我们曾经战胜过的高地上。"

"我想，我们应该把你安葬在格拉珀。"

"我愿意把我埋在任意一个有着炮弹袭击痕迹的山坡上。在夏季，那里如果还有人放牛牧羊就更好了。"

"那里会有牧羊人吗？"

"当然有了。每年夏天，那些山坡上都长着茂密的青草，哪儿的草肥嫩，哪儿就有牲畜。山上的房子都很结实牢固，房子里

---

① 阿灵顿国家公墓修建在美国弗吉尼亚州的阿灵顿县，与华盛顿市面对面，占地 200 公顷以上，呈半圆形，安葬着历次战争中牺牲的无数的军事将领、官兵以及一些杰出人物，还有一座无名战士墓。公墓正中的殿堂是仿照雅典泰修斯神庙于 1802 年建成的。

的姑娘一个个纯朴健美。那些房子都能扛住冬天的风雪。秋天的时候，牧民们都将牲畜赶到山下去喂养，然后他们就在山上的雪地里设下陷阱捕捉狐狸。"

"你以后真的不愿意待在阿灵顿、拉雪兹公墓，或者我们这里的某个地方吗？"

"你们这里荒凉的墓地——"

"我知道，那里是整个城里最没有价值的地方了。噢，我应该说，是城市里。我从你这里知道了城市和城镇的区别。不过我认为，你应该会去你最喜欢的地方，而我也会跟着你一起去那个你喜欢的地方，如果你愿意的话。"

"我想我不会愿意你跟我一起去。因为这种事情应该只能由一个人去付诸实践，就像我们进浴室一样。"

"请别这么粗俗，好吗？"

"好吧，我的意思是，我非常高兴能和你在一起。但是，这件事是一件极端自我的事情，并且整个过程是那么的难堪。"

上校停下来，仔细思考了一会儿说："你将来不用和我在一起，你还是和别人结婚吧，然后生五个儿子，全部都叫理查德。"这话虽然说的有些不着边际，但他还是开口说了出来。

"应该叫慷慨的狮心王理查。"姑娘说，她毫不意外地接受了他的话，显得那么平静，仿佛一切都在意料之中，就像一个人拿到了一手好牌，经过精确的计算之后，就开始根据自己的实力从容不迫地出牌了。

"应该是一派胡言的心。"上校说，"是一个没有一点儿公正和善良之念的批评家，总是在每个人的背后说别人的坏话。"

"请不要这么粗鲁地对我说话，"姑娘说，"不要忘记，你也曾用最坏的话作践过你自己。现在，请你紧紧搂着我，我们什么都不要去想。"

上校用两只胳膊使劲地抱紧她，努力让自己远离那些肮脏的回忆。

第三十章

上校和姑娘并排躺在床上，四周静静的。上校努力控制着自己的思绪，想让自己什么都不想，就像他之前在别的地方那样。可是，此刻他却没办法做到，无论如何都没办法做到。因为这已经太迟了。

不过，他们两人并不是奥赛罗和苔丝德梦娜，这不得不说是一件十分幸运的事情。虽然故事发生在同一个城市，遇到的姑娘比莎士比亚作品中的女主角还要美，而上校也是久经沙场，次数也许比那个喋喋不休的摩尔人打的仗还要多出许多。

那些该死的摩尔人，他们确实都是优秀的战士，上校心想。但我们究竟杀了他们多少人？如果将最后一次跟阿卜杜勒·克里姆①交战的摩洛哥战役也算在里面的话，也许我们杀死他们的人数比繁衍一代需要的人数还要多；但我们是将他们各个击毙的，就像以前在德国佬跟援军会合②之前将他们各个击破一样，我们并没有对他们进行过类似集体大屠杀的行为。

"女儿，"上校说，"假如不是我粗鲁的词语和语气，你真的希望我将这些事情全部告诉你，让你这个年轻的姑娘来了解这些事情吗？"

"是的。如果你能将这些事情告诉我，我觉得比给我任何东西都要好。因为这样的话，我就可以来帮你分担你所承担的痛苦了。"

"嗯，那好吧，"上校说，"我会告诉你我的全部经历。但我现在只能挑一些重点的事情讲给你听。你又不懂打仗，很多细枝

---

① 阿卜杜勒·克里姆（1882－1963），反对西班牙和法国在北非的殖民统治的抵抗运动的领袖。

② 原文为德文。

末节的东西我也没办法给你解释清楚。这些细节只有极少的一部分人才会明白。或许像隆美尔这样的能明白那些细节。但是他在法国时却一直处在被限制的状态，我们还摧毁了他们的通信网。那是两支战术空军部队干的好事，就是我们的空军和英国的皇家空军。说实话，我真的很欣赏他，很希望能和他讨论一些事情。我非常喜欢和他还有恩斯特·乌德特交谈。"

"好吧，现在你就跟我说一些你愿意告诉我的事情吧，来一杯瓦尔波里契拉吧！不过，如果你感到不舒服的话，就停下来，或者干脆什么都不说。"

"一开始的时候，我在后备部队担任上校。"上校开始叙述他的故事了，"这个职位可以说是个无所事事、十分闲散的活儿。在那儿除了为师部指挥官做人员调动所配备的编制，几乎没什么别的任务。也就是说，如果哪里有人员阵亡或者调离原来的岗位，指挥官就会立刻叫我们队里的人员去顶替。可是，阵亡的人员少之又少，而绝大部分都是调离原岗位的。那些有着突出表现的人都得到了升迁，这事儿就像森林大火一样，势头迅猛，一来就是一大片。"

"你是不是应该吃药了？"姑娘提醒到。

"去他妈的见鬼的药吧，"上校情绪似乎有些激动，"该死的盟军最高司令部。"

"这个你已经告诉过我了。"姑娘说。

"我真他妈的期望你能够成为一个战士，"上校赞叹，"你头脑那么灵活，并且还有那么好的记忆力。"

"假如能在你的手下服役的话，我倒很想自己成为一个战士。"

上校说："最好永远都不要待在我的部队里，我虽然非常小心谨慎，但我的运气很差。拿破仑很喜欢他的军队永远走运，他是正确的。"

"我们两个也有一些好运气的。"

"是的，"上校说，"我们的好运和坏运彼此相连。"

"但这都是运气呀。"

"确实如此,"上校说,"不过,你不知道,打仗是不能仅靠运气的。虽然有时候它必不可少。那些只靠运气打仗的人,都随着拿破仑的骑兵一起光荣地阵亡了。"

"你为什么那么讨厌骑兵呢?我认识不少非常优秀的年轻人,他们大多在三个精锐骑兵团里服役,要不就是在海军服役。"

"我并不是讨厌他们,女儿。"上校说,接着举杯饮了一小口干红葡萄酒,酒能够带给他一种熟悉的感觉,让他仿佛又回到了温暖的家里。"我只是经过全面的考虑,并对他们的能力做了评估之后,才得出了这样的结论。"

"他们真的那么不堪吗?"

"他们的确没有任何存在的意义,"上校说到这儿,猛地想起自己也应该努力做一个善良的人,于是又接着补充道,"在我们这个时代——"

"每天都会有幻想破灭。"姑娘接上他的话。

"话也不能这么说,"上校接着道,"应该说是每天都会有新的美好的幻想产生。不过,就像用锋利的剃刀刮掉胡子一样,你可以将所有弄虚作假的东西全部从幻想中清理掉。"

"请你永远都不要把我清除掉。"

"你在我心中是无法清除掉的。"

"再把我抱紧一点,吻我。让我们一起看大运河,那儿的阳光真好真灿烂。请你再跟我多讲一讲你的故事,好不好?"

上校使劲拥抱了一下姑娘,两人一起望向窗外的大运河,那里的阳光的确十分耀眼,充满了勃勃生机。上校又开始他的故事了:"因为司令官将一个年轻人撤了职,我接手了一个团的士兵。这个年轻人十八岁的时候,我就认识了他。当然,现在他已经不再年轻啦。当时,他没有能力指挥一个团,而我最大的愿望就是能拥有一个团。一直到我失去这个团。"他补充道,"当然,我失去这个团,全都是因为执行命令。"

"你怎么会失去这个团?"

"因为战争。战场上，当你渐渐缩小包围圈，就要攻下一块高地的时候。你最后要做的一件事情，不是强行攻占，而是派人去对方的阵营游说劝降。如果你的决定是正确的，派去游说的人又十分有说服力，那么敌人就会选择投降，这样就能避免双方更多无辜的人员伤亡。职业军人一般都是很有理智的人，幸运的是，那些德国人都是理智的将士，而不是盲目的法西斯狂热分子。而恰恰在这个时候，军部通过电话下达了命令。这是来自美国陆军总部的命令，或许是野战集团军司令部，甚至也有可能是盟军最高司令部。命令要求我们必须强行占领这座城市。我一直不明白他们为何下达这样的命令，这或许因为他们看到了斯帕①的报纸，上面刊登了这个城市的名字。于是他们就认为，既然这个城市都上了报纸，就说明这肯定是个重要的城市，就必须强行将它攻占下来。

"为了执行司令部的这个命令，你使得一个连在吊桥那里全部阵亡。你失去了整整一个连队还不算，很快又得使三个连队遭受重创。坦克编队拼命地加速推进，但是也遭遇了对方猛烈的阻击。他们快速冲一段距离，接着又得快速地撤退。一辆坦克被击中，接着是两辆、三辆、四辆、五辆。一般情况下，每辆坦克里面有五名士兵，但是通常只能逃出来三个。他们跳出坦克后拔腿就跑，那情景就像在进行一场橄榄球比赛，队员在冲破了防守区域后，手里拿着橄榄球一路狂奔。不过，在这场比赛里，你代表的是明尼苏达州队，而对方代表的是威斯康星州的贝洛伊特市队。

"我让你感到乏味了吧，女儿?"上校停了停。

"没有。我只是有些不明白刚才你说的那两个地名的寓意，不过这不碍事，等你有时间再专门解释给我听吧。现在，请你继续说下去。"

"等你好不容易攻进了城市。但这时，某个该死的蠢货却给

---

① 比利时列日省的一个城市。

空军下令，让他们在我们的头顶上投炸弹，搞空袭。轰炸的任务很有可能是早就安排好的，只是一直没有取消而已。在没有得到确切的消息之前，我只能这样假设了。总之，我告诉你的只是一个大概的情形，我认为我最好不要讲得太具体了，因为这些，普通老百姓很难理解，你也一样理解不了。

"可是，这次空袭并没有产生多大的作用，女儿。因为你还没有办法在这座城市站稳脚跟，当时，你手下的士兵已经所剩无几了，你还得不停地将他们从废墟里挖出来，不然的话，他们就只能在废墟里等死了。此时，上级再次重复了一遍那个该死的命令：强行攻城。这个命令是那位身穿军装的政治家下达的。他这辈子从没有受过伤，也没有打死过人，只是拿着话筒说说话，或者拿起笔在文件上写写字。假如你乐意的话，你也可以把他想象成我们的下一届总统，反正，随便你把他想象成什么都可以。但此刻，还是要请你想象一下，他和他手下那一大群工作人员。他们离前线那么远，仅仅靠信鸽和通信网来保持与前线的联系，了解一点前线的情况。他们在为了自己采取各种各样安全措施的时候，或许也会操心敌人的炮火千万不要将信鸽给打下来了。假如炮火瞄得十分准确的话。所以，他们要求你还得要再一次发起进攻。我会接着告诉你后面发生的事情。"

上校似乎有点累了，他抬眼看着天花板上变幻不定的光线。一部分最明亮的光线正好是运河河面反射进来的。这光线奇妙而又平稳地律动着、变幻着，就像有一条鲑鱼在里面快活地游弋。但那光线一直都停留在远处，随着阳光的变化而变幻着。

上校扭过头，看着眼前他今生唯一的挚爱。这真是一位不可方物的美人儿。她长着一张孩子般的脸庞，这脸庞常常让他感到一阵心醉神迷。可他必须在下午一点三十五分之前离开，这是毋庸置疑的。想到这儿，上校说："我们还是不要再谈这该死的战争了，女儿。"

"噢，不，求你了，求你了。"姑娘请求道，"再跟我讲讲吧，我这一个星期都得靠想着它过日子呢。"

"那可真是短期服刑了。我说的是去监狱服刑。"

"你不知道在你十九岁的时候，一个星期的时间能有多长。"

"但我知道一个小时有多长，"上校说，"而且，我还可以跟你讲讲两分半钟有多长。"

"请你快点告诉我。"

"在什尼埃菲尔战役和这次战役的短暂间隙，我去巴黎休了两天假。在那里，恰巧和一两个人有些交情，就幸运地参加了一个会议，出席会议的可都是些有资历的重量级的人物。在那个会议上，沃尔特·贝德尔·史密斯①将军跟我们详细讲解了后来被称作'赫特根森林'的战役是怎样易如反掌，怎样如探囊取物一般取得胜利的。其实，那次战役并不完全都在赫特根森林展开，当时整个战场只有一小部分属于那个地方。那片区域叫施塔特瓦尔德。在亚琛被占领，进入德国的通道被突破一个缺口后，德国的最高统帅部决定在那里展开战斗。我没有让你感到厌烦吧，女儿？"

"你永远都不会让我感到厌烦的。并且，打仗的事情一点儿也不会让我感到乏味，除非你用谎话来欺骗我。"

"你可真是个不可思议的与众不同的小姑娘啊！"

"是啊，"姑娘说，"我很早以前就知道自己是这样一个姑娘了。"

"你真的很喜欢打仗吗？"

"我也不知道自己喜欢还是不喜欢，但如果你愿意教我的话，我倒很乐意去尝试一下。"

"这件事情我是永远也不会教你的，我只给你讲讲那些打仗的奇闻逸事就够了。"

"那就多讲些国王死去的悲伤故事吧。"

"不。他们被称为 GI②。哦，上帝！我多么痛恨这个称呼！

---

① 沃尔特·贝德尔·史密斯（1895－1961），美国陆军上将、外交官以及政府官员，1942 年 9 月担任欧洲战场的参谋长及艾森豪威尔将军的参谋长。

② Governmen Issue 的首字母缩写，意思是"美国兵"。

可人们又总是习惯这么叫。他们只会看看连环漫画。他们每一个人都是从那种鬼地方过来的，但大多数人其实并不是很情愿地过来，当然，也有一部分是愿意过来的。他们都爱看一份叫作《星条旗》的报纸。你必须想方设法把你部队的消息刊登在那张报纸上，不然你会被大家认为是个失败的指挥官，我就常常是这样一个失败者。我也曾经尝试过用友好的态度对待那些记者，那次会议我的确邀请了几个优秀的记者。我就不说出他们的名字了，因为保不定会忽略某个优秀人物的名字，这就有失公正了。不过，那些记者我全部能记住。当时，出席会议的人还有一些逃避兵役之类的人，当然，里面也混杂着一些骗子。他们明明只是被一小块碎弹片划破一点点皮，就大喊大叫自己受了多么严重的伤。其中竟然还有那些遇到汽车出意外也佩戴着紫心勋章的人，还有政府的消息灵通人物、胆小鬼、盗贼和一些仅靠打电话就能在政治上发迹的人。这场战役仍旧死了不少人，并且占很高的比例，但是死了的人是不会也不可能来参加会议的。那里面还有一些女人，穿着漂亮军装的女人。"

"你是如何和其中的一个结婚的呢？"

"我跟你说过，那是因为我犯了几个错误。"

"请继续说下去。"

"当时，房间里到处都是地图，有中号地图、大号地图，还有特大号地图，多得连上帝用超高的效率也没办法在一天内看完。可每一个人都装出一副很懂的样子，像小孩子拿着教鞭一样，他们手里也握着一根台球杆一般的毫无用处的东西在做着讲解。"

"请不要说粗话。我不明白你说的'毫无用处'指的是什么？"

"指的是缩短的，或是缩小的，显示出某种不称职的状态，"上校解释道，"这种不称职可以指器具，也可以指人。这是一个有着悠久历史的古老的字眼，甚至在梵语中都能找到它的身影。"

"请继续说下去。"

"为什么还要继续说下去呢？为什么非要通过我的嘴巴来让这些耻辱永远流传下去呢？"

"我觉得很好。假如你同意的话，我还想将它们一一都记录下来，用最真实的语言记录下来，那些我听到的和想到的一切。当然，我无法避免一些错误的发生。"

"如果你能真实地记录下所有你听到的和想到的，那你真的是个非常幸运的姑娘。但是我要告诉你，你最好一个字也不要记，因为我不同意你将它们记下来。"

上校严肃地说："那里挤满了记者。你看他们的衣着穿戴，各有各的爱好。有的带着点玩世不恭，有的充满着急切的渴望。为了严密地监视他们，也为了控制那些拿着指示棒的人们，会场里还有一群挎枪的家伙在维持着秩序和安全。我所说的挎枪的家伙是指那些从来不打仗却穿着军装的人。他们那身军装简直可以被称为戏服，每次当武器不小心碰到了他们的大腿时，他们都会情不自禁地将那玩意儿竖起来。顺便说一声，女儿，我说的武器并不是指那种老式的手枪，而是指真正的手枪。但若真正打起仗来，那手枪比世界上任何一种武器的命中率都要低很多。你可千万不要接收别人送给你的这种东西，除非你非常想在哈里酒吧用它敲别人的脑袋。"

"我可从来没有想过要去敲谁的脑袋。不过，或许我可以敲敲安德烈亚。"

"假如某一天你真想敲安德烈亚的脑袋的话，就必须用枪筒去敲，千万不要用枪把敲。因为如果用枪把的话，手感十分迟钝，容易失去准头。否则，哪怕你打中了他，收回枪的时候也容易将手撞出血。但是，我请你还是不要去敲安德烈亚。他可是我的朋友，而且我也认为，你没有那么容易能击中他。"

"是的，我也是这么想的，那就不去敲啦。现在，请你再详细说说那次会议，或者是参加会议的人们的情况吧。我想，我现在差不多能够一眼就认出谁是挎枪的家伙了。但我还是期望能被人彻底地检查一番，看看我是不是真的合格了。"

"那些挎枪的家伙正为自己的枪法自鸣得意，兴高采烈地等着大将军来解释军事部署。

"记者们三五成群聚在一块儿，有的在轻声交谈，有的叽喳不休，也有些稍微有点头脑的则沉默不语，或者故意做出一副高兴的样子。所有的人都坐在折叠椅上，就像在肖托夸教育集会①上听讲一样。对不起，我又说了一个美国的地名，但我们原本就是本地人。

"这时候，将军走了进来。他可不属于那些挎枪的家伙，他是个大商人，而且还是个优秀的政客。他非常善于经营，当时，部队其实就是世界上最大的商行。只见将军举起那根毫无用处的指示棍，用充满自信的语言以及没有做任何失败准备的态度，向在场所有人详细地说明了这是一次怎样的进攻，我们为什么要组织这次进攻，以及我们为什么能够轻而易举地赢得胜利，没有丝毫难度和困难。"

"请继续，"姑娘说着站起身来，"我帮你把酒杯斟满。你可以看看天花板上闪亮的光斑。"

"好的，再给我斟满，让我看看这些亮光，然后再接着跟你讲。"上校接过姑娘递过来的酒杯，抿了一口，继续说道。

"将军是一个使用强硬手段推销商品的商人。我这么说可没有什么不尊敬的意思，而是称赞他的才能和天赋。他说，我们需要的条件必须全都要具备，什么都不能缺少。那个被叫作盟军最高司令部的组织，当时正设在巴黎附近的凡尔赛。我们朝亚琛的东面发起攻击，那里距离大本营大约有三百八十千米。一支军队有时候很庞大，但他们也可以紧紧地靠拢向前推进。最终他们抵达了兰斯，这里离战场还有二百四十千米，但他们到达时都已经是好几个月以后的事情了。我很清楚大实业家都有避免与工人直接接触的必要，我也清楚军队的规模和存在的各种各样的问题，

①　19世纪后期以及20世纪初期在美国流行的类似暑期学校的活动。这些常常在野外举行的活动，包括报告会、演戏、音乐会等，因在纽约州的肖托夸地方创始而得名。

我甚至也很熟悉后勤的工作，那工作的确十分简单。但是，历史上没有任何一个统帅能够离前线这么远还可以指挥战斗。"

"那就跟我讲一讲这座城市吧。"

"我会全都告诉你的，"上校说，"但是，我不想这些事情使你难过。"

"噢，理查德，你从来都没有让我感到难过。这是一座古老的城市，但仍然有人会去打仗。我尊重他们远远多于尊重其他的所有人，我希望能够对他们有一些更深的了解。当然，我也明白，跟他们这样的人确实不好相处。一般情况下，女人们都会觉得他们非常讨厌。"

"那我令你讨厌吗？"

"你觉得呢？"姑娘微笑着反问。

"可我都感觉自己很讨厌，女儿。"

"我不这么认为，理查德。假如你已经对生活感到厌烦的话，你就不会做那么多伟大的的事了。请不要再对我说这些谎话，好吗？亲爱的，我们的时间不多了。"

"好吧，我再也不瞎说了。"

"你难道不懂，为了宣泄内心的烦闷，你应该把所有的事情都讲给我听吗？"

"我知道。我应该告诉你所有的事情，可……"

"难道你还不明白我的心意吗？我希望在你临死的那一刻，你能怀有宽容而愉悦的心情。噢，上帝，我在胡说些什么。请不要再让我胡说八道了。"姑娘捂住了自己的嘴。

"我知道，我不会那么做了，女儿，"上校安慰她，"放心吧。"

"那就请你再多告诉我一些吧，你愿意怎么痛苦就怎么痛苦吧。"

第三十一章

"女儿，听我说，"上校说，"现在我们不要再谈论那些时髦的人物和高级将领了。哪怕他们是从堪萨斯过来，或者长得比路边的桑橙树还要高。桑橙树虽然也能够结出果实，但这种果实通常都不能吃，那可是纯粹的堪萨斯特产。除了堪萨斯人，其他什么人都跟它毫不相干，不过我们这些当兵打仗的人除外。我们每天都可以吃到这种东西——桑橙。"

停了一下，上校又补充道："我们只把它当作应急口粮，但吃起来味道还算不错，普通的粮食却很难吃，多维饼干算是最好的一种。"

"我们就是这样，不停地打仗、进攻、防守，非常乏味但却十分增长见识。假如有人对这个感兴趣的话，大致情况就是如此，但是我怀疑会不会有这样的人。

"通常情形都是这样的，下午一点的时候，'红色部队'的三科科长接到命令：'白色部队'已经准时出发，'红色部队'必须紧跟其后，并伺机与他们会合。下午一点零五分的时候，假如你可以记住这个时间，女儿，一定要记住，是下午一点零五分。'蓝色部队'的三科科长（我认为你应该知道三科科长是做什么的）说：你们开始行动的时候，请通知我们。'红色部队'说他们正伺机和'白色部队'会合。"

"你一定可以看出来，这是多么的容易，"上校顿了顿，对姑娘说，"每个人都有可能在早餐之前操练一下。"

"可我们不可能全都去当步兵，"姑娘温柔地说，"除了那些优秀又诚实的飞行员之外，我对步兵的尊重胜过其他的一切。请继续说下去。我会好好照顾你的。"

"优秀的飞行员的确很了不起，他们理应得到更多的尊重。"

上校说罢，抬头看了看天花板上的闪闪发亮的光斑。此刻，他的心情极度悲伤，因为他又想起了他曾经失去的那三个营和牺牲的战士们。他永远也不可能再带这样优秀的一个团了。这个团虽然是他中途从别人手中接下来的，但是，在他带领的那段时间里，这个团就是他生命中快乐的源泉。如今，团里一半的人战死沙场，剩下的一半人，个个都成了伤员，有的伤在腰部，有的伤在头部，有的伤在腿脚，还有的比较幸运，伤在臀部。他们几乎全都是在密林里受的伤，如果是在视野开阔的野外，他们极有可能不会被击中，即使被击中，伤也不会这么严重的。正因为如此，受伤的人都变成了终身残疾。

"那真的是一个非常优秀的团，"上校由衷地说，"甚至说它是出类拔萃的佼佼者，也一点都不为过。但是，这么优秀的一个团，却因为我必须执行一个命令而毁在我的手上！"

"既然知道那是一个错误的命令，你为什么还要去执行呢？"

"在部队里，军令高于一切，就像一只狗必须服从主人一样，你必须无条件服从上级的命令。"上校解释说，"唯一能做的，就是祈祷你的主人是个好主人。"

"那你遇到的到底是什么样的主人呢？"

"到现在为止，我一共遇到了两个好的指挥官。后来当我担任指挥官之后，手下的人全都非常优秀，但好的主人始终只有两个。"

"这就是你到现在还没能当上将军的缘故吧？假如你是个将军的话，我会很高兴的。"

"我也会很高兴，"上校说，"不过可能没有你那么兴奋。"

"你现在想不想睡一会儿？"

"那好吧。"上校说。

"你看，我一直在想，你如果能睡着的话，也许就会从那些事情中走出来。只要睡着就好了。"

"是的，我很感激你。"上校说。

"不要再说啦，先生，没什么好说的。一个男人应该做的事就是服从。"

第三十二章

"这一觉你睡得非常好，"姑娘对他说，样子温柔又可爱。"现在，需要我为你做点儿什么吗？"

"不用了，"上校说，"谢谢你。"

可没过了一会儿，上校的心情又开始糟糕起来。他说："女儿，哪怕我穿着碎成布条的衬裤，被剃光了头坐在电椅上，我也照样能够睡着。只要我想睡着，我就能随时随地睡着。"

"我可从来都做不到这一点，"姑娘十分困倦地说，"我只有在困得特别厉害的时候才能够睡得着。"

"你可真是一个可爱的姑娘，"上校赞美说，"你睡着的样子比任何人都要甜美。"

"我可不会因为这样而感到骄傲，"姑娘说着，脸上写满睡意。"这些只不过是睡觉而已。"

"那我们就快些睡吧。"

"不，我想让你继续讲给我听，然后把你那只受过伤的手放在我的手里。"

"这只该死的坏手，"上校说，"自受伤以后，它就变成了这副难看的样子。"

"它的确不好看，"姑娘说，"看起来比你熟悉的任何一只手都要难看。但是，还是请你跟我讲一讲那些打仗的事情吧，只求你不要讲得太残忍了。"

"这件事太简单不过了，"上校说，"我只要不指出具体的时间就行啦。当时天气阴沉沉的，地点的代号是986342。那么，当时是怎样的情形呢？我们使用火炮和迫击炮将敌军的阵地炸得面目全非，整个营地弥漫着硝烟。三科科长传达六科科长的命令：'红色部队'务必在下午五点之前，圆满地完成战前的准备工作。

六科科长希望你能够充分利用火炮的威力，圆满完成战前的准备工作。'白色部队'报告说他们的状况目前一切正常。六科科长通报说，A 连即将绕道抵达 B 连的所在地给予适当的增援。

"B 连的进攻被敌人的炮火阻断，他们只能待在原地等待援兵的到来。六科科长的指挥有些拙劣，这是非官方的消息。他认为应该加强大炮的轰击，可问题是我们没有更多的大炮。

"到底因为什么去打仗？我并不是真正地明白，或者说我已经真正明白了，但谁又愿意去了解真正的战斗呢？这样就可以了，女儿，这些事情通过电话就可以了解得到。如果你想知道的话，一会儿我就可以向你描述一下，什么时间、什么地点、谁被杀死的情景，我还可以加进去一些声音、气味、奇闻逸事等。"

"我只想听你愿意讲的那些事情。"

"那我就告诉你究竟是怎么一回事吧，"上校说，"沃尔特·贝德尔·史密斯将军到现在都还没弄清楚那件事情的来龙去脉。不过，也可能是我错了，我也常常出错的。"

"我很庆幸自己不认识他，或者说那个家伙。"姑娘说。

"在我们的有生之年，你不需要再认识那些家伙了。"上校向她保证，"我还要派兵去把守住地狱的大门，不允许他们进去呢。"

"现在的你看上去有那么一点像但丁。"姑娘显得很困倦地说。

"我就是但丁，"上校说，"在现在这一刻。"

确实有那么一会儿的工夫，他确实是但丁，因为他描绘出了地狱的每一层的情形。虽然它们和但丁在诗中写的不完全一样，但他的确是描绘出来了。

第三十三章

"我想我应该挑一些重要的或者有趣的事情告诉你，那些不重要的情节以及太详细的情节，我就省略了吧，你看你已经疲惫得都要睡着了。"上校说着，再一次抬头望向天花板上晃动的奇妙光斑，又扭头看了看姑娘，觉得她比他见过的任何一个姑娘都要美丽。

那些姑娘，他看着她们来了又去了，她们经过的时候，似乎比任何一种会飞的东西还要快许多。很快地，她们从美丽的少女变成了不值一文的垃圾货色，变得比任何动物都要快。上校心里想着，但我敢肯定，坐在我面前的这位姑娘，肯定会一直保持着她的优雅和高贵，而且永远都不会改变。她长着一头深色头发，据说深色头发的女人特别能留住自己的美貌。她拥有一张棱角分明的脸庞，它是那么立体，将五官精致地聚在一起。这位姑娘还有高贵的血统，以至于她能永远保持属于她的优雅举止。我们那边的美女，大部分都是从卖苏打水的柜台里面走出来的，她们连自己祖上的姓氏是什么都不知道，或者是舒尔茨，又或者是施里茨，她们也弄不清楚。

上校拉回思绪，再次注视着姑娘。她现在正在甜美的睡眠中，那神情像一只优雅的猫儿在打盹。

"好好睡一觉吧，我的最爱，我的美人儿，我已经把该说的都说完了。"

姑娘睡得很熟，手仍然紧紧握着上校那只受过伤的手，虽然那只手上校自己看见都很厌恶。周围很安静，他能感到姑娘均匀的呼吸声，很快就进入梦乡的年轻人都会发出这样的呼吸声，轻轻浅浅的，平稳而安详。

上校接着告诉了她所有的事情，但他没有说一句话。

在幸运地听完沃尔特·贝德尔·史密斯将军那些关于战争的简介的讲话之后，我们就要发动进攻了。执行进攻任务的有红师部队、第九师和我们的部队。红师部队对自己雄厚的势力、战功赫赫的名声胸有成竹；第九师他们无论哪个方面都要比我们强一些；而我们唯一能做的就是，当指挥官命令你去完成任务的时候无条件服从。

我们没有时间阅读幽默的画报，更没有时间做别的什么事情，因为我们在天亮前就要拔营出发，这可是件困难的事情。你必须要把那幅巨大的军用地图丢在旁边，马上带领着一个师的部队冲上阵地。

我们身上都佩戴着四叶苜蓿的徽记，它并没有什么特殊的含义，只是因为我们都喜欢它的样子。即使在现在，每当我看见这个徽记，整个身心都会产生一种和过去一样的感觉。有人说它是常春藤，但它不是，它只是四叶苜蓿，只是跟常春藤稍微有些相似罢了。

指挥官命令我们和红师一起进攻。红师是美国陆军部第一步兵师的代号，这个师部和他们那个爱唱"卡利普索"① 的公共关系军官，永远都让你难忘。他是一个非常可爱的人，那是他的职责。

那些胡说八道② 让人厌恶透顶，当然，如果你喜欢那味道，就应该另当别论。虽然我小时候常常光着脚踩在牛粪上面，可我从来都没有喜欢过那个东西。虽然我喜欢牛粪踩进脚丫子里的感觉，却厌恶踩到马粪。我一见到那玩意儿就会恶心不止，即使在一千码之外，我都能感到它大致所在的方位。

最终，我们和红师会合，发起了进攻。三个师的士兵联合起来，形成了一条进攻战线，这恰好是德国人期望看到的情形。这个时候，我们绝对不会再提起沃尔特·贝德尔·史密斯将军。他

---

① 特立尼达的一种民歌，也会在加勒比群岛的东部、南部演唱，歌词通常都比较诙谐和带着讽刺意味，以脱口秀的形式即兴表演。

② 原文为 horse-shit，也有"马粪"的含义。

并不是一个恶棍，在一个民主的国家里面，我认为是不会存在恶棍的。但是他曾经信誓旦旦地许下承诺，保证能够轻而易举地获得胜利。他只是犯了一个该死的错误，而这个错误，让许多无辜的士兵失去了生命。事实就是这样。

当我们撤回后方的时候，我们都摘下了四叶苜蓿徽记，这样德国佬就不会轻易地认出我们，因为他们对负责这次进攻的三个师都非常熟悉。我们进攻的时候将战线拉得很长，而且没有后援部队，这是非常不利的。至于为什么不利，女儿，我想我不需要跟你详细解释了。我留心观察了一下我们准备攻占的阵地，原来正是帕森埃达拉，它有一片茂密的树林，也许我这样说有些夸大，但是从那时候开始，我一直就是这么认为的。

二十八师正好在我们的右侧，他们的运气也很不济，因为他们已经陷入困境很久了。我们对树林里面一切可能存在的危险也算有一个较为准确的了解。对此，我做了一个还算保守的估计，那里的情形对我们几乎没有什么好处。

没多久，上级又给我们的一个团下达了一个命令，要求他们在全面进攻前率先冲锋。这项任务意味着这个团中至少有一个会被敌人抓住当俘虏，真是那样的话，我们拿不拿下四叶苜蓿徽记就没有什么意义了。敌人守株待兔，正等着那些原先带着徽记的人自动送上门去。那个团的士兵们义无反顾地冲在前方，就像一个接着一个地冲进地狱。他们在那里痛苦地挨过了一百零五天，这个数字对普通的老百姓而言毫无意义，对我们这些从来没在树林里看到过盟军最高指挥官的士兵来说也毫无意义，但就他们而言，是生与死的较量。但谁都没想到最后发生了一场意外。是的，盟军最高司令部就是这样宣布的：这次战斗纯属意外。他们总是将这些事情统统称为意外。一个团就这样消失了，但没有任何人负责任，特别是这个团的指挥官，居然一点责任都没有。我甘愿把我生命中一半的时间都花在和他在地狱中做伴这件事情上，或许这件事并不难办。

假如我们并未像预测的那样冲进地狱，而是走进了德国人的一个与"瓦尔哈拉"相似的场所，并且不能和那里的人和睦相处，就显得太奇怪了。也许在角落里的那张桌子旁边，我们还能和隆美尔、乌德特坐在一起，就像在冬季运动会的旅馆里一样。可那也有可能是地狱，哪怕我从来都不相信地狱。

根据部队士兵的替补规定，和其他那些美军部队里的伤亡团一样，这个死伤惨重的团很快就在部队制度的指导下重新组建了起来。我不想再过多地重述这个过程，在任何一个替补人员的回忆录里面，你都能看到这样的过程。总之，简单而言，只要你没被敌人打死或者打残，精神还算正常，没有被认为是精神病被驱逐出部队，你就还得在前线不停地战斗。我认为这一点很符合逻辑，因为它解决了运输困难这个问题，就和其他任何做法一样合适。于是，一部分没有被打死的士兵被继续留在那儿，但是，他们每个人都对这一仗有着痛彻心扉的深刻理解，他们中没有一个人对这片树林怀有一丝好感。

这一点，从他们所说的话中，你就可以体会出来："你不要再想骗我了，老兄。"

至今为止，我已经当了整整二十八年的非阵亡人员，我十分理解他们的态度和话语。他们都是那个团的士兵。他们大部分的战友都在那个树林被敌人打死。而那个时候，我们正在进攻三座无辜的城市，这是德国佬为了引诱我们上当而专门修建的真正的碉堡。对他们的这个计谋和手段，我们当时可一点儿也不知道。用我那句行话来说就是：或许情报失真，或许不是。

"我对这个团的遭遇感到非常痛心。"姑娘说。她刚刚睁开眼睛，一醒来就开口说话了。

"是的，"上校说，"这真让人痛心疾首。让我们为它干一杯吧。女儿，你接着再睡一会儿吧。战争已经结束了，并且已经被人们渐渐遗忘。"

请不要认为我是一个非常自负的人，女儿。上校在心里默默地说着，注视着他今生唯一的、真正的爱又进入了梦乡。她睡觉时的姿势非常可爱，和他以前的那个职业女性有着天壤之别。他一点儿也不想回忆起那个职业女性睡觉时的样子，但思想却无法控制。他多么希望自己能够忘记这些图画。她睡觉的样子真是不好看，而身边的这位姑娘，她睡着时的模样就像她醒着时那样生动和美丽。亲爱的，好好睡一觉吧。上校想着。

该死的，你有什么资格批评职业女性？上校对自己说，你自己不也选择了这样可悲又可怜的职业吗？我非常想做并且确实做过美国陆军部队里的一位将军，但是现在的我失败了，我又开始诋毁那些成功者了。上校悔悟道。

但这种悔悟的心情并没有持续多久，上校告诉自己："那些马屁精可不能算在成功者里面。他们的人数几乎占了5%、10%，甚至20%。还有那些不知道从哪里冒出来的蠢货，没有打过仗却稳稳地坐在指挥官的高位上，掌握着部队的指挥权，他们更不能算。"

还有一些从葛底斯堡学院来的人也被打死了。那是所有屠杀日里面最残酷的一次，敌我双方的死亡人数都非常令人震撼。

不要再难过了。当"瓦尔哈拉殿堂特快专列"飞过来进行空袭的时候，就连麦克奈尔将军都被炸弹炸伤而死。这没有什么好悲伤的，从葛底斯堡学院来的人被打死了，战争结束后的统计数字证实了这个说法。

回忆起这些悲惨的往事，怎能不让我伤心欲绝呢？

想难过的话，那就一个人难过吧，但一定不要将这些事情跟姑娘说，如果你想说，就在心里默默地说，不要出声，免得令她难过，看她睡得多香甜啊。上校高兴地对自己说。他的思绪常常会变得有些混乱。

第三十四章

好好地睡吧，安静地睡吧，我真正的、唯一的爱。等你醒过来的时候，这一切就已经成为过去了。我会跟你讲一些有趣的事情，绕开这个可恶职业的细节问题。然后，我们一起去珠宝店，把你喜欢的那个小黑人买下来，或者也可以叫它摩尔人，那可是用乌檀木雕刻而成的。那小黑人的脸蛋线条那么精巧圆润，头上还戴着一顶用钻石镶拼而成的帽子。然后，你将它戴在身上，我们再一起去哈里酒吧喝点东西，看看我们的朋友都在做什么，这个时候他们应该都已经到那里了。

然后我们就在哈里酒吧吃午饭，或者再回到这里也可以，到那时我的东西应该都已经打好包了。我们彼此道别，说完再见后，我就带着杰克逊乘着摩托车离开这儿。当然了，临行前还得跟团长聊上几句令人高兴的玩笑话，再跟骑士团的其他成员挥手辞行。以我现在的直觉判断，我们之间十之八九都不会再见面了。

管他呢，上校在心里说着，当然没有发出任何声音。我曾经在许多次战役的前夕，在每年秋天的某一段日子里总会有这样奇怪的感觉，而且，我每次离开巴黎之前，也都会有同样的感觉。当然，这也不一定能说明什么。谁又会在乎这些呢？除了我和团长之外，当然还包括你这个姑娘，我的意思是指挥官级别的那些人。

从前我自己也是很在乎的，但现在，我已经学会了如何去适应这种感觉。

我不会再刻意去关注一些无关紧要的事情，例如妓女的含义，或者一个规矩的女人不应该这样不应该那样的条条框框。

我们也不要再想那个小伙子、中尉、上尉、少校、上校、将军先生等人了。我们必须要再次把这一切全留到前线去，让那张像极了老希洛尼穆斯·博斯笔下的丑脸见鬼去。死神老弟，假若你有刀鞘的话，你可以将你的长柄镰刀插回刀鞘里了。这时上校突然想起了赫特根，又补充了一句：或许你也可以拿起那把大镰刀，将它插进你的屁股。

这儿是帕森达埃勒的层层叠叠的树林，他说。但是，除了天花板上那些奇妙的亮光之外，没有人能听见他说的话。他再次扭头看了看姑娘，她睡得那么熟，她也不会受到他这些想法的伤害。

他又看了看那幅肖像画，心想：我是多么幸运啊！她用两种姿态呈现在我的面前，一个躺在我身边，微微侧着身体；另一个则安安静静地与我面对面凝望。我真是一个幸运的人，永远也不需要为任何事而悲伤。

第三十五章

在那里的第一天，我们一下子就失去了三个营长。其中一个在开战二十分钟后就被打死了，另外两个稍微晚一点儿。也许，这对那些撰稿的记者来说，只是一个统计数字而已。但对于部队的指挥官来说，却是一个沉重的打击。优秀的营长是永远也不可能从树上长出来的，哪怕是圣诞树也不可能，即使在那片树林里有许多树都可以用作完美的圣诞树。我不知道一次又一次的战斗我们失去了多少个连长，但是我想我能够查出来这个数字。

这些人不是用机器能造出来的，也不是像土豆一样能从地里长出来。我们虽然也得到了一部分人员作补充，但当时我却想，他们与其在战场上被敌人杀死，还不如在刚从军用卡车上跳下来的时候就被直接击毙。这样还比较简单省事些，因为他们终究会被敌人打死，而且又要浪费人力和武器补给，把他们的尸首从前线弄回来进行安葬。真像我说的那样的话，不仅节约了人力和物力，还保证了那些去前线找尸体的人的安全，避免他们也被炮弹击中，因为他们去执行这些任务，也会不可避免地遇上难以预测的战斗，甚至也因此而送命。

那里的天气似乎一直就没有好过，不是下雪就是下雨，要不就是大雾笼罩。路上到处都埋满了地雷，有的地方甚至埋着一连串儿的地雷，最多的达十四颗。当汽车在那些泥泞不堪的路上行驶时，只要一陷进去，车轮就会不停地打转，而泥坑就会越转越深，一旦碰到地下的导火线，汽车就会宣布报销，当然，车上的人也会一起跟着完蛋。

他们使用迫击炮进行猛烈的轰炸，还用机关枪和自动步枪布置了一道封锁火线。除此以外，他们还时时刻刻地出谋划策，到处布置陷阱和工事。总之，不管你多么足智多谋，最后总会掉进他们的圈套。而且，他们还用重炮进行大面积的轰击。

在这样残酷的环境下，一个人想要活命简直是一件难于登天的事情，哪怕你想尽一切办法都没用。所以，我们只有毫不停歇地进攻，进攻，再进攻，每天都不停地进攻。

不要再想这些痛苦的事情了，让他们统统见鬼去吧！或许我应该想想另外两件事情，然后再彻底摆脱它们。其中一件事发生在一个寸草不生的小山冈上，这座小山冈是去格罗施瓦的必经之地。

你必须要冲过去的这个地方正好在敌人 88 型火炮的火力控制下，敌人选择了一个优越位置控制着这里，而那个位置正是我方炮火无法攻击到的一处死角。他们要么使用榴弹炮往你所在的地方狂轰滥炸，形成了一道强火力的封锁线；要不就是使用迫击炮在右边不停地轰炸。当我们将敌人打退后，才发现那一处地形对迫击炮的火力控制真的十分有利。

这里确实是一个相对安全的地方。我没有说谎，任何一个人都没有说谎。谎言根本欺骗不了任何一个曾经在赫特根待过的人。一旦你开口说谎，当你说出第一个字的时候，他们就能知道，谁管你是不是上校。

我们在那里还遇上了一辆卡车，车子在我们面前慢慢停了下来。卡车司机长着一张和其他人一样灰暗的脸，他告诉我说："先生，我刚才经过的那条路的中间有一具美国兵的尸体，每辆汽车经过那里的时候都会从他的身上轧过去，我担心这样会对部队产生不好的影响。"

"我们应该把他从道路中间抬走。"有人提议道。

于是我们就过去把他从道路中间抬走了。

抬他时的感觉我现在还记得很清楚。我甚至还记得他被轧得扁平的身体，那种扁平很难用语言形容。

另外还有一件事情一直留在我的记忆中。在我们永久占领这座城市之前，我们在这里抛撒了大量的白磷，你也可以用你们的词语称呼它，不过这并不是重点。重点是我看到了难忘的一幕，那可是我这辈子第一次看见一只德国狗撕咬一具被烧焦的德国兵的尸体，然后我又看见一只德国猫也跑过来使劲咬着，看样子这是一只饿极了的猫，不过长得还算可爱。

一只长相可爱的德国猫在撕咬一个挺不错的德国兵，这幅画面你能想象出来吗，女儿？那么，一只品质优秀的德国狗在啃食那已经被白磷灼烧得焦烂的德国兵的屁股呢？

这样的事情你还能讲出多少来？无数个！可是这些事情讲出来又有什么好处？即使你讲出成百上千件这样的事情，你也无法阻止战争的发生。其他人会这样告诉你，我们已经不再和德国人开战了，而且那只猫也没有撕咬我的身体或我兄弟戈登的身体。因为那个时候他正在太平洋，也许他被螃蟹吃了，或者也许已经被溶解了。

在赫特根那个地方，气候异常寒冷，死去的人全都冻得硬邦邦的，人们的脸也都冻得红彤彤的。这里还有一种奇怪的现象，夏天的时候，人们的脸都是灰色或者黄色，就像蜡像一般；但一旦到了冬天，所有人的脸又变成了纯正的红色。

真正的战士从来都不会和别人说起他们死后的样子，他对着画像说，现在我要结束这个话题了。

但死在吊桥上的那个连最终怎么样了呢？他们遇到了什么？是职业军人吗？

他们全都死了，他说。但我现在却在这里游手好闲，喋喋不休。

现在，谁愿意跟我喝一杯瓦尔波里契拉？你觉得我应该什么时候叫醒她？我们还得去那个珠宝店，我还期望着讲一些笑话，讲一些令人感到高兴的事情。

那么，什么样的事情可以令人感到高兴呢，画像？你应该知道的吧。你比我聪明，虽然你去过的地方没有我去过的多。

好吧，画布上的姑娘，上校在心里默默地对她说。现在我们先把这些事放下来吧，十一分钟过后，我就得叫醒这个睡着的姑娘了，我们要一起进城，高高兴兴地玩上一阵子，我得将你留在这里，等人来将你包装好。

我只是喜欢开一些比较粗俗的玩笑，但我不是一个粗鲁的人。我也不希望自己做一个粗鲁的人，因为从今以后我们就要生活在一起了。我希望这个愿望能够实现，他补充了一句，然后端起一杯酒一饮而尽。

第三十六章

　　天气很冷，寒风一刻也不停歇地吹着，阳光明媚。上校和姑娘肩并肩地站在珠宝店的橱窗前面，专心致志地看着两个用乌檀木雕刻成的小黑人，比较着它们之间不同的地方。小雕像上面点缀着一颗颗精致的宝石，两个小黑人都不错，上校心里想着。

　　"你更喜欢哪一个，女儿？"

　　"我觉得右边那个很好，你觉不觉得它的脸要比左边的那个更好看一些？"

　　"我认为它俩的脸都很不错。如果在以前，我倒是很想让它们做你的仆人。"

　　"好吧，那我们就选定它了。我们再仔细看看。还有，我得进去问问价钱是多少。"

　　"我进去问就好了。"

　　"不好，还是让我进去问吧。他们给我出的价格肯定比给你出的要低一些。毕竟你是一个富有的美国人啊。"

　　"你说呢，兰波①？"

　　"假如你这样做的话，就变成滑稽的魏尔兰②了，"姑娘对他说，"我们还是扮演其他的名人吧。"

　　"快进去吧，阁下，我们得去把那个鬼东西买回来呢。"

　　"你也没办法当一个真正的路易十六呢。"

　　"但是我可以跟你一起坐同一辆囚车去刑场，而且还能吐口水。"

　　"现在让我们忘记一切囚车和痛苦，先将那个小东西买下来，

_____

　　①　兰波（1854－1891），法国诗人，从小才华过人，诗歌风格简洁深邃，是象征主义运动的代表。

　　②　魏尔兰（1844－1896），法国纯粹的抒情诗人之一，是现代语词音乐的创始人。

然后再去奇普里安尼那里做名人。"

他们走进珠宝店，再一次仔细观察了小黑人的头部，姑娘向店主询问了价钱。经过一番迅速的讨价还价之后，虽然便宜了不少，但上校口袋里的钱仍然差了一点儿。

"我去找奇普里安尼弄些钱吧。"上校说。

"不用了。"姑娘回答，然后转过身对店员说，"请你将它装进盒子，然后送到奇普里安尼那儿去。对他说是上校叮嘱你这么做的，请他付一下钱并且暂时保管一下。"

"好的，小姐。"店员说，"我这就按您的吩咐去办。"

他们从珠宝店出来，街上阳光更灿烂，但风势并没有减弱多少。

"顺便告诉你一声，女儿。"上校说，"你的翡翠被我存放在格里迪的保险柜里面了，我用你的名字存进去的。"

"那应该是你的翡翠。"

"不。"他说，语气虽然十分温柔，但意思表达得很清楚，让她能够真正明白他想说的话。"总会有些事情一个人是没办法做到的，你应该明白这一点，所以我们不能结婚，我理解你，虽然我不赞同。"

"我明白你的意思，"姑娘说，"你说得对，我明白这一点，但你可以把它当作一件幸运物收下啊。"

"不行，我不能这么做，这太贵重了。"

"可是那画像也很贵重啊。"

"那不一样。"

"好吧，"她表示同意，"我想也是这样的，我感觉自己有些明白了。"

"如果我没钱，又很年轻，而且骑马的技术也不错，我会接受你送我的一匹马，但我不会接受你送我的一辆汽车。"

"我现在全部明白了。我们现在去哪儿呢？在哪里你可以吻我？"

"我们去旁边的小巷子里，假如住在那儿的人都不认识你，我就可以吻你。"

"我才不会在乎谁会住在那里谁会认识我，现在我只想要你抱紧我吻我。"

他们走进路边的一条小巷。那条小巷子只有一个出入口，他们便朝着巷子的尽头走去。

"噢，理查德，"她说，"我亲爱的。"

"我爱你。"

"请你好好地爱我。"

"我会做到的。"

风将她的头发吹了起来缠绕在她的脖子上。他又一次吻着她，感到那如丝般柔滑的头发不断地轻抚着自己的脸颊。

一会儿，她突然放开了挽着他的手臂，看着他说："我认为我们现在最好还是去哈里酒吧。"

"我也这么认为，你想扮演一下历史名人吗?"

"当然，"她说，"那么就让我们来扮演对方吧，从现在开始，你就是我，我就是你。"

"我们现在就去吧。"上校说。

第三十七章

在哈里酒吧里，他们没有碰到一个熟人。清早来喝酒的客人一般就稀稀拉拉的那么几个，上校全都不认识。柜台后面有两个侍者正在忙碌着。

这个酒吧，一天中总有一段时间，里面会坐满你认识的人。他们就像圣米歇尔山底下那片有规律的潮水一样定时涌过来。唯一有区别的是，潮水是随着月亮的引力变化而变化，而哈里酒吧的潮水更像是格林威治的本初子午线，还有巴黎的标准米①，甚至像法国军官对自己崇高的评价一样从不改变。

"你认识这些清早来喝酒的人吗？或者其中有你认识的人吗？"上校问姑娘。

"我一个都不认识，我早上从来不喝酒，我也没有机会遇到他们。"

"等这里固定的潮水一来，他们就会被冲得干干净净。"

"不会的。就像潮水慢慢上涨一样，在涨起来之前，他们自己就已经走了。"

"看起来，我们现在来得有些不是时候。你在乎吗？"

"我可不是那种喜欢讲排场摆门面的人。虽然我出身名门，却不代表我喜欢这样。我和那些被你叫作笨蛋的人可不一样，还有那些暴发户，你见过那些暴发户吗？"

"见过，"上校说，"我在堪萨斯州见到过，那时我常常从莱利要塞到乡村俱乐部打马球。"

"那里的情形也和这里一样乱糟糟的吗？"

"没有。那可是一个令人愉快的地方。堪萨斯城是个非常美

---

① 在公制度量中，以通过巴黎子午线全长的四千万分之一当作一米。

丽的城市。"

"真的吗？我真希望能和你一起去那里看看。那儿也有度假营地吗？我们能不能在那里住下来呢？"

"当然没有问题。不过，如果住宿的话，我们还是住在米尔巴赫旅馆比较好，那个旅馆里有世界上最大的床铺，在那里，我们可以将自己想象成一个石油大王。"

"那我们的'凯迪拉克'停在哪里呢？"

"我们要开一辆'凯迪拉克'吗？"

"当然啦。难道你愿意开一辆大型的'别克路霸'吗？那个可是液压制动的。我驾驶着它绕着整个欧洲跑了一圈。你送我的最新一期的《时尚》杂志上面就有报道。"

"我想我们最好是一次只用一种车，"上校说，"不管我们驾驶哪一辆车，我们最后都得将它停在米尔巴赫旅馆旁边的车库里面。"

"米尔巴赫旅馆是一家很豪华的旅馆吗？"

"它非常漂亮高贵，我想你一定会非常喜欢那里的。我们出城的时候，可以往北一直开到圣乔，然后在鲁比多酒吧喝上一杯或者两杯，随后过河向西行驶，你先来开车，然后我们再轮流开。"

"做什么？"

"轮流开车啊。"

"好吧，那现在我就开。"

"我们可以全速前进，尽快越过那些乏味的地区，争取以最快的速度来到奇姆尼罗克国家历史文物保护区，接着再向前驶到斯科茨布拉夫和托灵顿，经过那些地方之后，你就能够看到无与伦比的美景了。"

"我还有一张交通路线图和一本旅游指南，上面还标记着用餐的地方和休息的地方。美国汽车协会编制出版的指南手册还会标明前往各个度假营地和旅馆的路线。"

"你花了不少工夫去研究这些吧？"

"我通常都是在晚上看一看，有时还会读一些你送给我的东西。我们应该去拿哪种驾驶执照？"

"应该是密苏里州的。我们必须在堪萨斯城买好车。我们是乘飞机来到堪萨斯城的，你忘记了？或者我们可以乘坐豪华火车。"

"我原本以为我们会飞到阿尔伯克基去。"

"下回吧。"

"那好吧。你觉得这样如何？我们按照指南手册的指引，下午早些时候找一家汽车旅馆停下来休息。我给你调一杯你喜欢喝的酒，然后你看看报纸，我就读会儿《时尚》等书籍，可以吗？"

"当然可以。但我们晚上还要回到这里来。"

"是的。带上我们的车，乘坐一艘意大利的豪华轮船，最好的那种。接着我们就轮流开车从热那亚①直接回到这里。"

"你不喜欢在旅途停下住宿吗？"

"我们为什么要中途停下呢？我们要回家，回到我们自己的房子里。"

"我们的房子在哪儿呢？"

"这个你随时可以决定，这座城市里还有许多空房子，或者我们也可以住在乡村。"

"是的，"上校说，"难道乡村不好吗？"

"乡村很好啊，那样的话，我们一觉醒来就可以看见茂密的树林。这次旅行途中我们都看见了哪些树呢？"

"大部分都是松树，小溪边长着一些白杨。到了秋天，你可以看见白杨的叶子慢慢地变成黄色。"

"到时候我会慢慢欣赏的。那我们在怀俄明州的时候住在哪里？"

"我们先到谢里登②，然后再决定我们晚上住在哪里。"

"谢里登漂亮吗？"

"它非常漂亮。我们可以驾车去观看'大篷马车之战'的那个地方，我会告诉你关于这次战役的有关事实。然后，我们再驱

---

① 意大利一个港口城市。

② 美国怀俄明州的一座北部城市，处于比格霍恩山的东坡。

车朝比林斯①方向去，途中，你能够看到那个蠢货乔治·阿姆斯特朗·卡斯特被杀死的地方，还能看到阵亡者的一个个墓碑。同样的，我也会跟你讲这次战役的情形。"

"那可真是太好了。那么谢里登像哪里呢？像曼托瓦、维罗那，或是维琴察？"

"哪一个都不像。谢里登背靠着连绵的群山，倒有点儿像斯基奥。"

"那像科尔蒂纳吗？"

"一点儿也不像。科尔蒂纳是山中的谷地，但谢里登却建在山坡上，它是背靠群山。我说的那些山也不是比格霍恩山脉那样低矮的山麓小丘，而是从高原上拔地而起的巍峨大山。你可以看得见山顶上云雾缭绕的山峰。"

"那我们的汽车能开上去吗？"

"他妈的肯定可以开上去，还稳稳当当的。但是我宁可不要液压制动的那辆车。"上校不由爆了句粗话。

"没有液压制动的话，我也可以开的，"姑娘说着，挺直了身子，拼命忍住了眼泪，"即便什么都没有，我也可以。"

"你想喝点什么吗？"上校问，"我们可一点儿东西还没有点呢。"

"我现在不想喝。"

"请来两杯干马提尼，"上校朝酒吧侍者喊道，"再加一杯冰水。"

他将手伸进了衣服口袋，摸出一个小药瓶，拧开瓶盖，倒出了两片药片，握在左手手心里，紧紧地攥住，然后又把瓶盖拧紧。对那只受过伤的手来说，做这些动作并不是一件难事。

"我说了，我现在什么都不想喝。"

"我知道，女儿。但是我觉得你过一会儿或许会想喝一点儿。我们也可以剩下一些不喝，要不我全都喝了也行。"他说，"我不

---

① 美国蒙大拿州中南部的一座城市。

是故意对你无礼的。"

"我们还没有把那个会照顾我的小黑人要过来呢。"

"我知道，但是我现在想的是，还是等奇普里安尼来了以后，我能付款的时候再找他们要吧。"

"我们做事不需要这么死板的。"

"对于你来说，我确实有些死板了，"上校说，"抱歉，女儿。"

"请再叫我三遍'女儿'。"

"女儿，女儿，女儿。"

"我觉得我们应该离开这里了。"姑娘说，"我愿意别人看着我们两个，但是我却不想看见任何人。"

"那只装着小黑人的盒子就放在收银台上呢。"

"我知道。我早就看见它在那儿了。"

正说着，酒吧侍者端着两杯冰镇过的酒走了过来，杯口正"嗞嗞"地冒着冷气。他还端来了一杯冰水。

"请你将收银台上的那只小盒子拿过来。那正是给我的东西。"上校对他说，"等奇普里安尼来了以后，请告诉他，我会过来送一张支票给他。"他立刻重新做了一个决定。

"你想不想喝一点儿，女儿？"

"是的，如果你不在意的话，我也改变了主意。"

他们端起杯子，轻轻地碰了碰，轻到彼此几乎都感觉不到。

"你做得很对。"她说，感到心里涌起一阵暖意，刚才那种难受的感觉立刻消失不见了。

"你也做得很好。"他说着，手心里紧紧握着那两片药。

现在，他必须用那杯冰水将药片吞下去，但他似乎觉得现在喝水有些不体面，所以他连忙趁着姑娘转头往门口看的时候，就着那杯干马提尼把药片咽了下去。

"我们可以离开了吗，女儿？"

"是的。我们该走了。"

"服务员，"上校说，"这些酒水一共多少钱？另外，不要忘记对奇普里安尼说，这个小东西的钱，我会找人送支票给他。"

第三十八章

　　他们打算在格里迪旅馆吃午餐，姑娘将乌檀木小黑人身上的别针打开，小心地别在胸口上方。小黑人大概有三英寸长，假如你喜欢这些小工艺品，你就会觉得它非常漂亮；假如你不喜欢，那你就是个笨蛋，上校心想。

　　噢，即使是在心里想，你也不应该这么粗鲁，你要做到心里想的和嘴里说的一致。他告诉自己，从现在开始，你必须要在各个方面都展露出优秀和美好的一面。直到你们互相说再见为止。

　　它听上去有些像情人节的口号。再见，bonne chance①、hasta la vista②，还有我们常说的 merde③. 说说就好了。一路保重，他想到这儿，觉得这真是一个非常可爱的词，念起来也很动听。一路保重，永远平安，不管走到哪里，你都能带着这个祝福，真心真意的祝福，他想着。

　　"女儿，自从我上次对你说过我爱你以后，到现在有多长时间没说了?"他问。

　　"从上次我们坐在这里吃饭以后，你就再没有对我说过那句话了。"

　　"那我现在就要对你说了。"

　　在他走进旅馆之前，她非常仔细地梳理了自己的头发，还去了一趟洗手间，说实话，她一点儿也不喜欢这间洗手间。她还涂了一些唇膏，涂成他最喜欢的样子。她一边涂着唇膏，一边告诉自己："现在，什么都不要去想。现在最重要的不是难过，他就要走了，我要给他留下最美好的印象。"

---

　　①　法文，再见。
　　②　西班牙文，再见。
　　③　法文，粪便，一文不值的东西。

"你看起来总是那么漂亮。"

"谢谢。我十分乐意为你而美丽，如果我能够做到，并且够美丽的话。"

"意大利语是很优美的语言。"

"是的，但丁先生也是这么认为的。"

"团长。"上校说，"这家饭店①有什么好吃的？"

团长一直在思考自己可以为他们做点儿什么，所以他一点儿也没有注意到他们彼此在做什么。他的语言充满了关切，没有掺杂一丝嫉妒，"今天想来点儿肉，还是鱼？"

"今天星期六，"上校说，"我就吃鱼吧。"

"今天提供的是比目鱼，"团长又问姑娘，"您想吃点儿什么，小姐？"

"你看着办吧，我对菜肴懂得不多，而且我从不挑食。"

"你自己选几样吧。女儿。"

"不，你们来吧，我喜欢让懂得比我多的人来替我做决定。我的胃口像那些寄宿学校的学生一样好。"

"那好吧，我会给您准备一份让您非常惊喜的早餐。"团长灰色的眉毛下有着一双略微耷拉着眼皮的眼睛，长长的脸庞总是洋溢着灿烂亲切的笑容，这样的笑容是那种从战争中活下来并且引以为豪的老兵特有的笑容。

"骑士团最近有什么新闻发生吗？"

"没有多少事情发生。只是听说我们的头儿遇到了点麻烦，他的财产全被没收了，而且还得接受审查。"

"希望事情不要太糟糕。"

"我们都对他很有信心，他以前经受过的风雨比这个更厉害。"

"为他干杯。"上校说。

他举起倒满了新鲜又纯正的瓦尔波里契拉的酒杯邀请姑娘："举起你的酒杯，女儿。"

---

① 原文是德文。

"我不要为这头猪干杯。"姑娘说,"再说我也不是骑士团的成员。"

"您已经是我们的一个成员了。"团长说,"为战斗中的战绩。"

"那么我就为他干上一杯吧,"她说,"现在我真的算是骑士团的成员了吗?"

"是的,"团长说,"可是您还没有拿到证书。现在我就任命您为骑士团的特级荣誉秘书。上校会跟您揭示骑士团的秘密的。请吧,上校。"

"我现在就可以说,"上校答道,"我那位麻脸同胞没在这里吧?"

"他带着他的情妇出去了,我是说他带着贝德克尔小姐。"

"那好吧。"上校说,"那我就开始揭示了。只有这一个大秘密是你必须知道的。如果我说错了的话,请纠正我,团长。"

"那就请您开始吧。"团长说。

"好的。"上校说,"女儿,仔细听好了。这可是最高一级的绝密文件,那就是:'爱就是爱,玩笑就是玩笑。当金鱼死去的时候,一切都是这般安静。'"

"揭示完毕。"团长说。

"没想到我也能够成为骑士团的一名成员,真是太令我骄傲和幸福了。"姑娘说,"可是,在某种程度上说,骑士团还不是特别成熟。"

"的确如此。"上校说,"现在,团长,我们的早餐到底是什么,就没有一点儿神秘的玩意儿吗?"

"先来一份辣椒肉馅玉米饼和螃蟹吧,这是地地道道的本地风味,不过是凉的,还带着外壳。第二道菜就是您爱吃的比目鱼,然后给小姐来一份炙什锦。蔬菜要点儿什么?"

"有什么来什么。"上校说。

团长说着离开了餐桌。上校看了看姑娘,又转头望着窗外的大运河。河面上波光粼粼,闪耀着星星点点的光芒,变幻不定的闪光点时而反射进酒吧的角落,这里已经被巧妙地改建成了餐厅。他对姑娘说："刚才我对你说我爱你了吗？女儿？"

"你很久都没有对我说过这句话了，但是我很爱你。"

"两个人彼此深爱着，会发生什么事呢？"

"我认为他们比别人幸运得多，他们都会好好地拥有他们已经拥有的爱情，随后，他们其中的一个就会感到永远的空虚。"

"我可不想再次变得粗鲁，"上校说，"不然我就会说出粗鲁的话来了，可是我请你千万不要感到空虚。"

"我一定会努力去做的，"姑娘说，"我每天早上一醒过来就努力这么做，从我们刚认识的时候就一直在这样做了。"

"继续努力，我的女儿。"上校说。

团长去厨房吩咐完之后，又来到了餐桌边。上校说："给我们先来一瓶维苏威产的干葡萄酒，这种酒配着小比目鱼是最美味的。但是我们吃别的菜的时候，还是得要瓦尔波里契拉。"

"我吃炙什锦的时候，也可以来一杯维苏威干葡萄酒吗？"姑娘问道。

"雷娜塔，我的女儿，"上校说，"当然可以了，你想怎么做都可以。"

"假如我要喝葡萄酒的话，就要和你喝一样的。"

"好的，葡萄酒配炙什锦是一道很不错的食物，对你这个年龄的姑娘最合适。"上校说。

"我可不希望因为年龄而产生这样的不同。"

"我很喜欢这样，"上校说，"除了……"他却没有继续说下去。

随后，他用法语说："让我们打起精神来，就像在战争中的日子一样，面色红润，精神抖擞。"

"谁说的这句话？"

"不知道，我可是一点儿也记不起来了。只记得这是我在元帅学院进修某一门课程的时候听到的。一个不同凡响的名字，但是我记不得了。我了解得最透彻的东西竟然都是在研究德国人如何对付德国人的过程中学到的。他们是最优秀的军人，但总是自视过高。"

"希望我们也能成为你那样的人，现在请你对我说你爱我。"

"我爱你，"他说，"对于这句话这份心，你可以坚信不疑。因为我说的都是真心话。"

"今天是星期六，"她说，"下个星期六是什么日子？"

"下个星期六并不是固定的节日，女儿。你能帮我寻找一个可以聊聊下个星期六的人吗？"

"假如你乐意，你可以和我聊聊呀。"

"让我来问问团长，也许他会知道。团长，下星期六是什么节日吗？"

"复活节，或者说是圣三节。"团长说。

"怎么厨房没有传出来一丁点儿香味呢？"

"因为风不是朝我们这个方向吹的。"

是的，风向不对。上校想。如果这个姑娘能够正式取代那个该死的女人，我就是这个世界上最幸运的人了。我不仅要付给那个女人一笔生活费，还得忍受她不能生一个孩子的事情。但谁又能说清楚到底谁是谁非？谁又能指责一定是某个人的过错呢？我只能指责古德里奇①或者费尔斯通②，或者通用汽车公司。

让别人的事见鬼去吧。他对自己说，只管一心一意爱着你的姑娘吧。

她就在他的身边，并且渴望被他爱，假如他还有爱可以给她的话。

每次看见她的时候总会有一种特殊的感觉涌向心里。他说："你怎么将头发弄得像乌鸦的翅膀一样，还露出一副伤心的表情呢？"

"没有啊，我很好啊。"

"团长，"上校说，"不管风朝哪边吹，设法让你们的厨房飘点儿香味到这边来。"

---

① 美国的一家轮胎公司。

② 费尔斯通（1868－1938），美国发明家，早期的橡胶制造业厂商。

第三十九章

门厅侍者听到总管的吩咐，就赶紧打了电话，不一会儿，他们以前乘坐过的那艘摩托艇就开了过来。

杰克逊中士已经站在了门厅那里，行李和那幅画也全都收拾好了，画像被包裹得非常严实。门外风依然猛烈地吹着。

上校结清了旅馆的账，并且适当地支付了一笔小费。旅馆的侍者帮着将行李和画像搬到了船上。

"就这样吧，女儿。"上校说。

"我可以和你一起去车库吗?"

"车库可不是什么好地方。"

"请让我去吧。"

"好吧，"上校说，"那就上船吧，你这可是自己给自己出洋相啊。"

摩托艇向前行驶，他们彼此一句话都没有说。风从船尾处吹过来，那台老掉牙的发动机动力很弱，摩托艇慢得让人几乎察觉不到有风吹过来。

船靠岸了，杰克逊把行李递给搬运的工人，自己则拿着那幅画像。上校说："你想在这里说再见吗?"

"我必须这样做吗?"

"不是的。"

"那我可以去车库的酒吧，在那里等你们开车出来吗?"

"那样做更不好。"

"可我不在乎。"

"杰克逊，请将那些东西都拿到车库那边去。你将车子开出来之前，请人照看一下这些东西，然后再检查检查我的猎枪，最后把东西都放在后排座位上，放稳妥些、紧凑些，尽量多空出一

些地方。"上校对杰克逊说，

"是的，先生。"杰克逊回答道。

"我可以去吗？"姑娘问。

"不行。"上校对她说。

"为什么不行？"

"你知道的。他们并没有邀请你。"

"请不要对我这么狠心。"

"上帝啊，"上校说，"女儿，你真的不明白我想努力做到对你温柔有多么艰难。也许我狠下心来，事情就会很容易办到。让我们把钱付给这个好人，然后我们再去那边树下的长凳那里坐一会儿吧。"

上校将摩托艇的船费付给了船主，并且告诉这位好心的老头儿，他并没有忘记吉普车发动机那件事。但他也坦白地告诉老头儿，不一定百分之百能弄到，但弄到的可能性非常大。

"发动机虽然是用过的，但也比你现在用的这个要好上许多。"

上校和姑娘一起下了船，登上被磨得很光滑的石阶，走过一小段石子路，来到树下的长凳上并肩坐下。

天气显得有些阴暗。树枝光秃秃的，猛烈的寒风刮得它们一直摇摆不定。树叶早就掉光了，不知被风刮到哪个未知的地方去了。

这时，有个男人走过来，问他们需要不需要这个城市的明信片。上校对他说："小子，赶紧走开，我们不需要这个。"

姑娘终于哭了起来，即使她说过已经下决心再不哭了。

"看，女儿，"上校说，"没有什么可以再说的事情了。我们驾驶的那辆车上可没有安装什么减震器。"

"我不会再哭了，"她说，"我并不是一个神经质的人。"

"我并没有说你是那样的人啊。我想说的是，你是这个世界上最可爱、最美丽的姑娘。不管是在任何时候、任何场合。"

"即使真的这样，那又能怎样呢？"

"我的全部都被你俘虏了。"上校说，"千真万确。"

"那现在又算是什么呢？"

"现在就让我们热烈地亲吻，然后说再见吧。"

"我不明白那是什么意思？"

"我不知道怎么跟你说，"上校说，"但我想每个人对这些都有一套自己的理解方式，就跟对待其他事情一样。"

"我会尝试着去理解。"

"放松点儿，女儿。"

"好，"姑娘说，"在那辆没有安装减震器的汽车里。"

"从一开始你就是一个吸引囚车的诱饵。"

"你不能对我温柔一点儿吗？"

"我想我做不到了，虽然我努力地试过。"

"那就请继续努力地去尝试，这将是我们全部的希望。"

"我会继续努力的。"

他们紧紧地拥抱在一起，热烈又真诚地彼此亲吻，之后上校牵着姑娘的手走过了石子路，来到了石阶下面。

"你应该要一艘更好的船，而不是那艘破旧的摩托艇。"

"如果你不在意的话，我宁可要那艘破旧的摩托艇。"

"在意？不会的，"上校说，"这不应该是我做的。我的职责是发出指示和执行命令。我不在意。再见，亲爱的，美丽的可人儿。"

"再见。"她说。

第四十章

他在嵌在湖底的大木桶里埋伏着。在威尼托这里，人们习惯将这种木桶当作打猎的遮蔽物，它能巧妙地掩护猎人，避免猎物发现他们。现在，猎物就是野鸭。

他和那几个小伙子相处得十分愉快。一路上，他们说说笑笑闹个不停。最开始的时候，他们在车库会合，然后一起在掉了烟囱的老式炉子上做了一顿美味的晚餐，还一起度过了一个非常美好的夜晚。

在他们开车前往打猎地点的路上，有三个猎手被安排在汽车后排的座位上。那些从来不撒谎的人这会儿也允许自己适当地夸大事实吹吹小牛，而那些习惯吹嘘者却能将牛皮吹得天花乱坠。

天花乱坠，上校心想，就像那些繁花朵朵的樱桃树或苹果树一样漂亮。谁会去阻止一个说谎的人说话呢？他想着，除非他将你说成他的同类。

上校这一生总是在不停地发现说谎者，就跟某些收集邮票的人发现新的邮票一样，但是他并不把他们分门别类。除了这个时候，他并不真正看重他们，他只不过特别喜欢听他们撒谎而已，当然了，除了那些事关重大的事情。就像昨天晚上，大家喝了许多格拉巴酒之后。说了一大堆漂亮的谎话，上校听了感到很快活。

房间里飘浮着一缕缕青烟，是从那些烧着木炭的老式炉灶里飘出来的。噢，不，烧的是原木。他想，总之，在青烟缭绕或日落西山的时候，正是最奇妙地说谎话的时刻。

有两回，他自己差点儿也要说谎了，但他还是忍住了，只是稍微夸大了一点事实。我希望就是这样。他想。

目前来看，结着冰层的湖面很有可能使大家的打猎计划遭到破坏，但也并非完全令人绝望。

一双针尾鸭不知道从什么地方突然飞了出来，它们用极快的速度朝水面斜飞下来，就连那些最先进的飞机俯冲都望尘莫及。上校听见野鸭拍打翅膀的声音，便迅速地转身，扣动了扳机。只听一声枪响，一只公鸭掉了下来，重重地砸在了冰面上。就在这只公鸭还没有坠落之前，他又举起枪瞄准那只伸着脖子拼命往上飞的母鸭。

只听"砰"的一声，母鸭掉在了公鸭旁边。

这就是屠杀，上校心想。普天之下，哪一件事不是屠杀？但是，小伙子，你的枪法还是那么精准。

小伙子，噢，见鬼的小伙子。他想着，你这个可怜的满身是伤的老家伙。看，它们又飞过来了。

这回飞过来的是几只体型稍小的赤颈鸭。它们发出细微的嗡嗡声，然后聚拢着一起飞了过来。很快，就散开飞去不见踪迹。过了一会儿，它们又聚集在一起往这边飞来。一只在湖面上的活鸭诱饵不停地引诱着天上的同伴。

它们再转一圈我再开枪，上校对自己说。保持镇定，把头再埋低一点儿，眼睛不要东张西望，它们很快就会飞回来的。

果然，没过一会儿，鸭子们又都聚集了过来。活鸭诱饵引诱着它们，它们飞得离上校更近了。

它们在滑翔着降落的时候突然收起了翅膀，就像飞机着陆的时候放下副翼一样。可是当它们发现湖面上厚厚的冰层时，又立刻展开翅膀飞去。

这时，这名狩猎者——这会儿他不再是上校，也不是别的什么人。他只是一个拿着猎枪的猎人——站起身子，对准其中的两只鸭子扣动了扳机。鸭子应声摔了下来，它们掉在冰面上的声音很重，跟那两只大鸭子摔下来的时候差不多一样重。

一家两只，应该足够了，上校想。也许这些鸭子们是同一个族群的？

突然"砰"的一声，上校听见身后传来一声枪响。他知道那边并没有安置橡木桶，于是扭头往冰封的湖面望去，远远地看到那一溜长满了菖蒲的湖岸。

这下全完了，他想。

一群原本已经低飞过来的绿头鸭，此刻已经展开双翅往空中飞去了。它们向高处飞的时候尾巴笔直向下，看起来就像站着一样。

上校看见一只鸭子直直地掉了下来，紧接着又听见了一声枪响。

这些鸭子原本应该朝着上校这个方向飞来的，但那个满脸不高兴的船夫却朝它们开了枪，导致它们改变了方向。

怎么回事，他怎么能干出这样的事来？上校心里有些恼火。

按照事先安排，他手里那支猎枪是用来打死那些受伤后又跑掉的鸭子的，因为猎狗没办法捉到它们。这群鸭子原本是上校的囊中之物的，可那个该死的船夫竟然朝它们开枪。这真是一个人对另一个人所能做出的最缺德的事情了。

可是，船夫离橡木桶太远了，朝他叫喊的话，对方肯定什么都听不见，于是上校便朝他那边放了两响空枪。

距离真他妈的远，子弹都打不到，但至少可以让他知道，我知道他干了什么缺德事。这到底他妈的见什么鬼了？这是一次多好的打猎机会啊，组织地最好，打起来也最得心应手。我几乎从未体验过这样的打猎兴致，可这个婊子养的蠢货到底怎么回事？让人如此扫兴。

他知道发怒对自己的身体非常不利，于是取出两片药，就着水壶里的杜松子酒吞了下去。他没有带水，他也知道杜松子酒对他同样没什么好处。除了安静地休息和少量的活动之外，一切事情都对我没有好处。好吧，那我就安静地休息，尽量地少活动吧。小伙子，难道你认为打猎是运动量很小的活动吗？

你，美丽的姑娘，他又不由地想起姑娘来，开始自言自语。现在，我多么希望你就在我身边，我们一起站在一只双人木桶里，背靠背，肩并肩。我不停地观察着周围，但也会不时地看看你；我能够精确无比地击落每一只展翅高飞的野鸭。为了向你展现我高超的技术，我还要击中一只野鸭，让它刚好掉进我们站着的木桶里，并且不会将你砸伤。

这时，空中又传来一阵拍打翅膀的声音，上校站起身来，转头一望，只见一只孤零零的公鸭正拍打着翅膀朝大海飞去。它伸长着美丽的脖子，羽毛十分艳丽。它背对着高山，飞翔的速度很快，这个目标的视野可真开阔，上校想。于是，他举起枪，让枪口迎着这只野鸭，移动，稳住，瞄准。当它盘旋进入射程的时候，上校毫不犹豫地扣动了扳机。

只听"扑通"一声。公鸭一下子坠落到冰面上，正如同他刚才所说的那样，正好掉在木桶的旁边。由于之前的破碎，冰面刚刚只结了一层薄冰，因此无法承受公鸭的坠落力量，被砸出了一个冰窟窿。被当作诱饵的那只母鸭看见公鸭掉了下来，连忙摆动着双脚，想要移过去。

"你这辈子从来都没有看过它。我敢打赌，你根本没有看见它飞过来。或许你看见了，但是你什么也没有说。"上校对这只母鸭说。

公鸭是头朝下砸向冰面的，这时它的头栽进了冰层下面，上校能够很清楚地看见它胸口和翅膀上的华美羽毛。

我可以送一件羽毛做的背心给她，就像古代的墨西哥人用羽毛来装饰他们神祇的那种样式，他心想。但是据我推测，这些鸭子都会被送到市场去，可那里没有人知道如何将这些漂亮的羽毛和鸭绒收集起来，也没有一个人懂得如何剥皮和鞣皮。这件羽毛做的衣服一定非常好看。用绿头公鸭的皮做背上那部分，用针尾鸭的皮做胸前那部分，然后用两块长条凫皮做装饰，刚好盖在左右两侧的胸部那里。这一定是件独一无二的背心，我打赌她一定会喜欢的。

真希望那些鸭子会再飞过来，上校心想。或许会有些愚蠢的鸭子飞过来，我应该赶紧做好准备，等着它们拍打翅膀的声音。但是一只都没有飞过来。

周围的其他几只木桶也一片寂静，只有远处的海面上偶尔传来几声枪声。光线很好，野鸭可以很清楚地看到湖面上已经有了厚厚一层冰，它们不会再飞到这边来了。

野鸭们成群结队地朝海上飞去，那里的水面没有结冰。上校没办法打猎了，他坐在木桶里无所事事，便又漫不经心地想起心事来。他想弄明白事情发生的原因和经过，因为他清楚地知道自己不应该得到一个这样的结果，但他还是接受了这个战绩。现实生活中，他也是在这样不停地探寻原因。

一天晚上，他和姑娘一起在街上散步，迎头碰见两个水兵。他们向姑娘吹着口哨，上校有些气恼，但又想，他们并没有动情，就不要乱生事端了。

但事情的发展有点儿不对劲。他一开始就凭借着本能察觉到了一些，直到后来才完全明白。于是他和姑娘慢慢走着，故意在路灯下停了下来。他只是想让那两个家伙借着灯光看清楚他的肩章，肩章上左右两边都用银丝绣着一只展开双翼的小鹰。虽然军装有些旧了，银丝也不再那么显眼，但仍然能够让人一眼就看清楚。那是他身份的徽记。两个水兵仍然毫无顾忌地朝着姑娘吹着口哨。

"如果你不害怕的话，就去墙那边站着仔细看。"上校对姑娘说，"不然就将身子转过去对着墙壁，但不要随意走动。"

"他们看上去很高大，还比你年轻许多。"姑娘有些担心。

"放心吧，一会儿你就会觉得他们再也不高大了。"上校向她保证。

他穿过马路，来到了对面，走到两个水兵跟前。

"请告诉我，你们的岸上巡逻队在哪里？"他问。

"我怎么知道在哪儿？"一个大个子回答道，"我只想好好欣赏一下这个俏丽的小妞儿。"

"你们叫什么名字？部队番号是多少？"

"我怎么知道？"其中一个不耐烦地说。

"就算我知道，我也不会告诉一个懦弱无能的上校。"另外一个也接着说。

　　看样子这俩家伙是部队里的两根老油条。上校在动手之前想。这样嚣张的家伙，竟然知道自己所有该有的权利。

　　上校对准他的左侧一拳挥了过去，然后在他避开之前一连打了三拳。

　　这时候，另外一个，也就是最先吹口哨的那个人，迅速向上校扑了上来。看样子这家伙之前喝了不少酒，上校用手肘猛地在他的嘴上一击，接着借助路灯的光亮，又用右手迅速地出击，在力道使尽之前，上校快速地瞥了一眼这个挨打的家伙。他发现自己的进攻还是非常有效的。

　　随后，他又使出一个左勾拳，接着向前跨出一步，再次向对方身体的右侧猛击一拳，跟着又是一记左勾拳。在完美地完成这套动作之后，上校转身向姑娘走去，因为他不喜欢听见人的头部撞到人行道上的声音。

　　回到马路对面，他转身看了一眼那个最先被击倒的水兵，只看见他安静地躺在地上，下巴无力地耷拉着，嘴角流着鲜血，血的颜色很正常。

　　"行了，我的活儿干得不赖吧。"他对姑娘说，"管他们是什么玩意儿，只不过那两个人的裤子真是滑稽。"

　　"你感觉怎么样？"姑娘问他。

　　"我很好，你一直站在那边看着吗？"

　　"是的，一直在看。"

　　"噢，上帝，明天早上，我的两只手就要开始遭罪了。"他心不在焉地对姑娘说，"走吧，我们可以开始安安静静地散步了，但是，我们得走慢一点儿。"

　　"那我们就慢慢走好了。"

　　"我并不是说因为我受伤了走不快，我只是想，我们不要那么快分手。"

　　"那我们就尽量走慢些，就像一对在悠然漫步的恋人。"

　　他们就这样慢慢地走着。

"你想不想做个试验?"上校问。

"当然。"

"那我们这样走走看,"上校示范着说,"这样当别人从背后看我们的时候,会感觉我们的腿十分危险。"

"我来试试,不过我担心我可能做不到。"姑娘饶有兴趣地走了几步,不过并不成功。

"我们还是好好地走吧。"

"他们有没有打中你?"姑娘突然问。

"打中一下,就在耳朵后面。不过还挺狠的,这是第二个扑过来的家伙给我来的这下。"

"格斗就是这样子的吗?"

"当你运气不错的时候是这样。"

"如果运气不好会怎么样呢?"

"运气不好的话,你的膝盖会弯曲,然后你要么朝前跪倒,要么往后仰面摔倒。"

"那你打过架之后,还会爱着我吗?"

"是的。假如有可能的话,我会比以前更加爱你。"

"怎么会不可能呢?我看了这场格斗之后就更爱你了。我这样慢慢走,你觉得可以吗?"

"你这样走路,就像树林里的一只小鹿,有时候又像一匹狼,再不,就像一头又老又大、不紧不慢踱着步的草原狼。"

"我可要说明了,我可不想当一只又老又大的草原狼。"

"等你见到那种高大威武的猛兽时,"上校说,"你就愿意当一只草原狼了。真的,你走路的样子就像所有一切悠然散步时的大野兽那样。当然了,你并不是一只大野兽。"

"那当然,这一点我可以保证。"

"朝前走几步,再让我仔细看一看。"

她又向前走了几步。上校说:"你走路的时候就像一个正要迈上冠军奖台的人。如果你是一匹马的话,我就会毫不犹豫地把你买下来,哪怕要我每个月偿还百分之二十的贷款利息。"

"你根本无须买下我。"

"这我知道。不过这件事不是我们现在要讨论的事情，我们这会儿是在讨论你走路的姿势。"

"好吧，"她说，"那两个人的情况如何了？打架的事情我可一点儿都不懂，现在我们该怎么办呢，我要不要去照顾他们一下？"

"不要，绝对不要，"上校告诉她，"一定要记住这一点，绝对不要去照顾他们。我甚至希望他俩都得上脑震荡，然后他们就会腐烂发臭。事端是他们挑起来的，不会产生任何民事问题，并且我们都买了保险。对于打架这样的事情，雷娜塔，我想告诉你一件事，你愿意听吗？"

"当然，请现在就告诉我。"

"要是你打架的话，就必须打赢。这是最重要的一点，其他的都不重要，也根本不需要提起，就跟我的老朋友隆美尔先生说的一样。"

"你真的很喜欢隆美尔吗？"

"非常喜欢。"

"但他是你的敌人。"

"有很多时候，我喜欢敌人更胜于朋友。你不知道，海军在所有的战斗中都能够打胜仗，这个结论我是从五角大楼听到的，那时候的我还能被允许从那幢大楼的正门进去。假如你有兴致的话，我们现在可以沿着这条街往回走，追上去问问刚才那两个家伙。"

"说实话，理查德，打架的事情我已经看够了。"

"我也是的，真的，"上校说，不过这句话他是用意大利语说的。

"我们先去哈里酒吧，然后我再把你送回家，怎么样？"上校接着提议道。

"你那只受过伤的手没有什么事吧？"姑娘并没有接他的话茬。

"没有，"他解释说，"我只用它打了一次那个家伙的脑袋，其他几次都是打的身体的其他部位，不碍事的。"

"那我可以摸摸它吗?"

"但是你要轻轻地摸。"

"它肿得太厉害了。"姑娘轻轻地摸了一下。

"没什么，又没有碰伤骨头，肿早晚是会消退的。"

"你爱我吗?"

"是的，我会用我两只肿得还不算太糟糕的手和整颗心来爱你。"

第四十一章

　　就是这么一回事。也许是那天，也许就是另外某一天发生了这个奇迹，但你从来都不知道，他心想。发生了这样的一个奇迹，而根本就是他无心促成的。你这个小兔崽子，他想。但也没有反对。

　　天气越来越冷了，先前裂开的冰又重新冻在了一起。那只被当作活饵的母鸭再也不用看天上了，不是因为它不再做引诱同类的事情，而是它急于给自己找一个稳妥的保命的地方。

　　你这该死的婊子，上校心想。虽然这样称呼对那只母鸭有些不公平，但这正是它的职业。为何母鸭的吸引力比公鸭要大些呢？我猜你应该是明白的。不过即使这事不真实，那到底什么才能是真实的？公鸭事实上更具有诱惑力。

　　好了，从现在开始，不要再去想她了，不要再想雷娜塔了，这对你没什么好处，甚至还可能会伤到你，小伙子！况且你们已经互相说过再见了，那声再见代表什么？那是跟死囚车连在一起的意思。她原本也是要跟你一起钻进这该死的囚车的，如果它真的是一辆囚车的话。多么令人烦恼的职业，他心想。相爱和分离，人们总是因为这个痛苦不已。

　　是谁给你权利去结识那样的一个姑娘？

　　没有谁。他回答道，是安德烈亚把她介绍给我认识的。

　　但她怎么会爱上一个像你这样的可怜的狗崽子？

　　我不知道，他认真地回想了一下，我真的不知道。

　　就像不知道别的事情一样，上校也不知道这个姑娘为什么会爱上他。也正因为如此，这一生之中，他才从来没有在清晨醒来的时候为自己感到悲伤。不管是生病的时候，还是没有生病的时候，他从来没有在清晨为自己感到过悲伤，即使他这一生经历了无数的痛苦和烦恼。

这一点，几乎没有人能和他一样。这位姑娘虽然还是个年轻的姑娘，但第一眼看到他时，就知道他是这样的一个人。

此刻，她正在自己家里睡觉吧，上校心想。那才是她应该待的地方，这种打猎的木桶可不是她能够站的地方，更何况周围还散着那些跟冰冻结在一起的木头圈子。

但是这时我真他妈的希望她能够站在这里。假如这是一个双人木桶的话，她就可以观察着西面，留意是否有野鸭群从那边飞过来。不过她站在这里不会觉得冷就更好了，也许我能够从某些人那里去换一件真正的羽绒服过来，这里没人卖这样的衣服。有一回他们竟然错将一些羽绒服发给了空军。

我可以仔细看看这羽绒服是怎么做出来的，然后就在这里用鸭绒做一件，他想着。不过，我要寻一个好的裁缝师来剪裁，把衣服做成双排纽扣的式样，右边不需要缝制衣兜，还得镶上一块麂皮，这样就可以避免被枪托蹭破了。

就这么干吧，他告诉自己。要么就这样做一件，要么就从哪个家伙那里弄来一件，然后再根据她的身形裁剪一下。我还要再帮她弄一支猎枪，上好的帕迪－12，重量不能太轻，或者就弄一支博斯，双管立式的，总之，她应该有一支跟她相匹配的枪，两支帕迪也不错，他心想。

突然，上校听到空中传来一阵翅膀迅速拍击的轻微声响。他立刻抬头望去，是一群针尾鸭。它们飞得实在是太高了，他只能仰头看着它们。它们飞得很高，应该可以清楚地看见下面木桶里的猎手、冰面上的木质圈子，以及那只正四处寻找安身之处的、可怜的母鸭。很显然，那只母鸭也发现了空中的同伴，又开始大声地叫起来，认真地履行着它作为诱饵的职责。但遗憾的是，那群针尾鸭似乎没有听到，它们没做片刻停留，径直飞向没有结冰的大海。

除了一个小摩尔人的头像，我几乎从来都没有送过她什么东西，就像她说的那样。而且那小摩尔人的头像也算不上什么礼物，还是她自己挑选后我才买下来的。可给姑娘赠送礼物完全不应该是那个样子的。

我想给她足够的安全感，但现在早已不复存在；我想给她自己全部的爱，但它又是那么的微不足道；我也想送给她我所有的财产，但除了两支好猎枪、几套部队所发的军服、一些勋章和奖状，还有几本书籍，以及一笔上校等级的退休金，我几乎一无所有。

不管怎样，我也要将自己在这世间所拥有的一切都送给你，他心想。

她将她的爱情、翡翠和画像全都送给了我。当然，最后我是把翡翠还给了她。但最终，我也要把画像永远地归还给她。我原本是可以把我那枚弗吉尼亚军事学院的戒指送给她的，可见鬼的是，我他妈的不知道把它丢到哪儿去了？

她不会收下一枚带着小金属徽章的十字勋章，或是两枚银星奖章以及其他的一些破玩意儿的；她也不会收下她自己国家或者法国、比利时颁发的那些奖章，还有那些不值钱的玩意儿的。她若是要了这些东西，才不正常呢。

我最好的礼物就是将我的爱全部送给她，但是他妈的这个玩意儿要怎么送给她呢？你根本就没有办法让它永远保持着活力，难道用冰将它冰镇起来吗？

但这也许是个办法，我想我应该去打听一下。但现在我到哪儿能给那个老船夫弄来一台报废的吉普车发动机呢？

动脑筋使劲想想吧，你的职业不就是不停地出谋划策吗？当他们向你开枪的时候，你不就得想办法脱身或者反击吗？

那个家伙搅乱了我的狩猎计划，我真想他能有一支来复枪。这样，我们各自拿着一支枪，就能很快地分辨出我们之间谁更会想办法。即使身在沼泽，或者在不能动弹的木桶里，如果他想赢我，还是得先靠过来。

噢，别再去想那个蠢货了，他告诉自己。想想你爱的姑娘吧，你并不愿意再杀人了，永远都不愿意再杀人了。

你在骗谁呢！他对自己说。你是想做个基督教徒吗？与其这样，还不如真心实意地做些实实在在的努力，那样或许她才会更爱你。她真的会吗？我不知道，我可以对上帝发誓，我真的不知道。

说不定在咽下最后一口气之前，我会成为一个基督徒的。是的，他对自己说，说不定你就会变成那样。可谁愿意打这个赌呢？

"你愿意为这个来打个赌吗？"他不由得询问那只做诱饵的鸭子。鸭子在他身后慢慢地游着，不时地抬头看着天上，发出嘎嘎的低声叫唤。

针尾鸭群飞得太高了，并且从不停下来盘旋。也许听到了诱饵鸭的呼唤，它们匆匆往下看了一眼，就直直地向没有结冰的大海飞过去了。

飞到那边之后，它们一定会成群结队地停在水面上，上校心想。现在或许就有个拿着枪的人在船上等着偷袭它们。它们通常会在离背风处非常近的地方飞行，那个时候，肯定会有人准备悄悄射击。好吧，等枪响的那一瞬间，肯定会有一些野鸭往回飞，飞到这边来。但天气太冷了，湖面几乎全都被冻住了，我想我还是赶快回去吧，别像个傻瓜一样在这里死等。

今天，我已经打下来好几只了，战绩和往常一样，甚至还要好一些。事实就是这样，除了阿尔瓦里托打得比我好一点之外，这里没有一个人能超过我，上校心想。阿尔瓦里托还是个小伙子，他反应迅速，当然打得比我好。但是，你并没有打下来几只鸭子，这个成绩甚至比那些普通的枪手甚至还要差劲些。

是的，我知道，我知道这样的结果，也知道为什么会这样。但我们不需要用数目的多少来判断，我们也丢弃了书本，难道不是吗？

他想起来在一次战争中，因着莫名的机缘巧合，他竟然和一位好朋友在阿登战役的战场上相遇，当时他们正在追击各自的敌人。

正是初秋时分，他们在一块高地上会合了，高地周围散着几条小路，四周是茂密的橡树和松树丛。前天刚下过一阵雨，潮湿的沙地上还留着敌人的坦克和半履带式车辆清晰的痕迹。但当时天气晴朗，万里无云，视野非常开阔，他们可以很清楚地看见远处起伏不平的原野，他和那位好朋友各自举着望远镜仔细观察，仿佛在寻找打猎的目标。

那时，上校还是将军，担任副师长的职务。通过望远镜，他清晰地看到了敌人军车留下的每一种痕迹。他非常清楚地推算出敌人什么时候用完了地雷，同时还能够大致推算出敌人剩下的炮弹数目。在这之前，他还能估算出敌人在到达齐格菲防线①之前，会在哪里进行阻击。当时，他断定在他预计的两个地方外敌人都不会再进行战斗了，他们的做法是迅速朝后撤退。

"对我们这样的高军衔指挥员来说，乔治，我们离开部队太远了。"他对好朋友说。

"是的，我们已经走过了头，将军。"

"那好，现在就让我们丢掉书本上的教条，继续往前追击吧。"将军说。

"我不能赞同您的观点，将军，因为那本书正是我写的，难道他们不会在这里埋下地雷进行阻击吗？"他的好友说着，用手指向一个按道理应该设埋伏的地方。

"他们在这里没有留下一样东西，"上校说，"他们根本就是一点儿本钱都没有了，一场小小的交火，他们就没法对付了。"

"每个人在犯错之前都认为自己是正确的，"好友说，然后又补充道，"将军。"

"我是正确的。"上校说。事实上，他确实是正确的。虽然他对局势做出了最有把握的判断，但他却没有完全遵照日内瓦公约的精神，而日内瓦公约精神据说正是战争中的主导精神。

---

① 20世纪30年代沿着德国西部边界修建的碉堡和据点网，1944年从法国战场撤退的德军发现这条防线能有效地阻挡美军的追击，让他们得以喘息。这条防线一直到1945年才被突破。

"那就让我们义无反顾地继续追击吧。"他的好友说。

"没有什么东西能阻碍我们的脚步，我敢保证他们绝对不会在这两个地方停留。这并不是从那些德国佬那里听到的，而是我的理智和推断告诉我的。"

他又一次仔细地察看了周围的原野，听了听风吹树林的声音，闻着脚下的气息，又看了看那湿润沙地上的痕迹，故事到这里就结束了。

不知道她会不会喜欢这个故事？上校心想。不行，这样有些太自夸了。但是，我十分愿意其他人来告诉她，那样的话应该比较可信。谁能告诉他呢？乔治不会告诉她的，他是唯一一个可以告诉她这件事的人，但他绝对不会讲，我敢肯定他不会。

我的判断百分之九十五的情况下都是正确的。即便是在打仗这样简单的事情上，我也能够保证这个平均成功率，可那百分之五的错误也不能小瞧。

我是永远也不会跟你讲这件事的，女儿。这只是我心中的另外一种声音，我这令人厌恶而怯懦的心脏啊，这该死的心脏又不能保持稳健的跳动了。

也许还可以办到，他想着，便从衣袋里掏出两片药，就着杜松子酒吞了下去，然后把目光投向灰暗的冰层。

我现在可以将那个阴险的家伙叫过来了。我们收拾一下，就可以回到狩猎小屋去，这次打猎已经结束了。

第四十二章

木桶早已被嵌在了湖底的泥地里，上校在橡木桶里站直了身子，朝着空旷的天空开了两枪，当作招呼船夫的信号，然后他朝着小船挥了挥手，示意船夫过来。

小船撞开薄薄的冰层，一路咔嚓作响，慢慢地靠了过来。船夫收集好那些散在周围的木圈子，又抓起那只不停地嘎嘎叫着的母鸭，把它塞进口袋。猎狗在结了冰的湖面上摇摇晃晃地滑行着，将那些被打死掉下来的鸭子衔起来，一只只丢到船上。船夫的怒气似乎已经消失了，脸上露出一副满足的神情。

"您打得太少了。"他对上校说。

"谢谢你的帮助。"

这就是他们之间全部的对话。

船夫小心翼翼地将野鸭放到船头，把它们一只只胸脯朝上摆放好。上校把他的猎枪和打猎凳都递给船夫，放到船上。

上校爬上船。船夫仔细地检查了一遍木桶，从木桶内壁的钩子上取下一个围裙一样的东西，那东西上面缝着一些口袋，是用来装子弹的。随后，船夫也爬上了小船。

他们又开始破冰前行。湖面的冰结得更厚了，他们划得很吃力。小船缓慢地行驶着，但他们仍然坚持不懈地朝着还未结冰的运河前进。上校双手紧紧握着船桨，就像来时一样。不同的是，现在阳光灿烂，远处的雪山一目了然。突然，前方出现了一排排菖蒲，这意味着小船就要进入运河了，他们齐心协力地使劲朝前划。

不大一会儿，小船终于碾碎最后一块冰面，滑进了褐色的运河。上校立刻感觉非常轻松，他将长桨递给船夫，坐了下来。上校浑身都冒着汗水，刚才他使了太大的力气。

那只猎狗在船上冻得瑟瑟发抖，它一直蹲在上校的脚边一动不动。但小船刚驶进运河，它就越过船舷，"扑通"一声跳入运河，迅速朝岸边游去。不一会儿那狗就上了岸，它抖了抖身子，甩走身上的水珠，一下子就钻进了茂密的菖蒲丛。上校看着菖蒲摆动的方向，知道猎狗正在往家的方向飞奔，最终它还是没能吃到那根香肠。

上校还在不停地冒汗。他知道，虽然身上的野战外套能够抵御寒风的入侵，但他还是谨慎地拿出两片药，就着水壶里的杜松子酒一口吞了下去。

水壶是银制的，形状扁平，外面还套着一个皮套。皮套被磨损得很旧了，还沾了一些污秽，皮套下面的壶身刻着一行不起眼的小字："雷娜塔怀着爱送给理查德"。除姑娘、上校和那个镌刻者之外，谁都没看到过这行铭文。铭文并不是在买水壶的地方刻上去的，那已经是很早以前的事情了，上校想。现在谁还在乎这些呢？

水壶的螺旋盖上刻着"送给 R. C.，R 赠"的小字。

上校将水壶递给船夫。船夫看着上校，又看了看水壶，问："这是什么？"

"英国白兰地。"

"那我尝一下？"

他仰头喝了一大口，就跟农夫拿着酒瓶灌酒一样。

"谢谢你。"

"你收获如何？"上校问。

"噢，打死了四只鸭子，猎狗还找到了别人打下来的三只鸭子。"

"你刚才怎么开枪了？"

"刚才我是气昏头了，对不起。"

我有时候也会变成这样，上校心想，但并没有问他为什么会那么生气。

"那些鸭子飞得糟糕极了，让人觉得十分遗憾。"

"确实如此。"上校有些恨恨地说。

上校仔细观察着猎狗在长长的草丛和芦苇中奔跑。忽然,他看到猎狗停了下来,屏住呼吸,一动不动。突然,它"呼"的一下蹿了出去,蹿得十分高,然后猛地向前一扑。

"它逮到一只受伤的鸭子。"他对船夫说。

"博比,我的乖狗狗。"船夫大喊,"快衔回来,衔回来。"

草丛不停地晃动着,发出一阵窸窸窣窣的响声,没一会儿,就看见猎狗一下子从里面钻了出来,嘴里衔着一只野鸭。它灰白色的脖子和绿色的头就像一条蛇一样上下伸动着,毫无意义地挣扎着。

船夫急急忙忙掉转船头,往岸边靠了过去。

"给我吧,博比!"上校说,"真能干!"

上校动作十分轻柔地从狗嘴里将鸭子取了下来。当他把鸭子拿在手里仔细观察的时候,发现这只鸭子几乎没有受伤,简直可以用毫发无损来形容了。这是一只很漂亮的鸭子,而且还十分强壮。它的心脏怦怦直跳,眼中闪着被捕后的绝望的光芒。

他抚摸着这只鸭子,像抚摩一匹骏马一样,轻轻地梳理着鸭子的羽毛。

"它仅仅是翅膀受了一点儿轻伤。"他说,"我们可以将它留下来养着,它可是个绝佳的活体诱饵,或许我们可以在春天的时候给它自由。快,接着,将它和那些母鸭都装在一起。"

船夫小心翼翼地接过鸭子,轻轻地将它放进了船头下那包粗麻制的布口袋里。口袋里发出一阵喧闹,上校仿佛听见母鸭在跟新成员交流。或者说,母鸭还在反抗。他心想,自己也没法听懂那些被擒获的鸭子在说些什么。

"再喝口这个吧,"他对船夫说,"今天这该死的天气真冷。"

船夫接过水壶又狠狠地喝了一大口,"谢谢你,"他说,"你的白兰地太够劲了。"

第四十三章

码头上，紧挨着河边有一大排又低又矮的石头房屋，屋子前面摆满了野鸭。

它们被分成几组摆放着，数目不一样，有的是几个排的数量，有的是几个连的数量，上校心想，可能只有我的勉强有一个班的数量吧。

猎场的看守头儿正站在岸上，他脚穿一双高筒靴，上身套着一件短夹克，后脑勺扣着一顶旧毡帽。上校的船渐渐靠近岸边的时候，他挑剔的目光一下就注意到了放在船头的鸭子的数目。

"我们蹲守的地方都结冰了。"上校解释说。

"我想也是这样。"看守头儿说，"真令人遗憾，那里原本是最好的狩猎点。"

"谁打的最多？"

"男爵，打了四十二只，他附近有一段活水，暂时还没有结冰。您大概没有听到枪声吧。那里刚好是逆风。"

"其他的人呢？"

"其他人都走了，只有男爵还在等着您。您的司机也在屋里睡觉。"

"他一直都是这样。"上校说。

"把这些鸭子都好好地摊开摆好，"看守头儿对船夫说。

这位船夫也是猎场的看守员，他说："我会把猎物的数目都登记到猎物登记册上。"

"袋里还有一只绿头鸭，它的翅膀受了一点儿轻伤。"上校说。

"好的，我会照顾好它的。"

"我进去看看男爵，再见。"

"您应该快去暖和一下。"看守的头儿说，"今天太冷了，上校。"

上校往大门走去。

"再见。"他向船夫告辞说。

"再见，上校。"船夫回答。

上校进来时，阿尔瓦里托男爵正站在屋子中间，他的脚边生着一堆火。见他进来，男爵腼腆地笑着，用他特有的、低沉的声音说："挺遗憾的，你这次狩猎不太成功。"

"湖面都被冻住了。不管怎样，我还是觉得很高兴。"

"冷得够呛吧？"

"还行。"

"咱们吃点东西吧。"

"谢谢，我还不饿。你吃过了吗？"

"是的。另外几个人已经走了，我把自己的车借给了他们。我能搭你的车去拉蒂萨纳或者再远一点儿的地方吗？到了那边，我就可以再搭别的车回家了。"

"当然可以。"

"今天真是可惜，那里的湖面竟然结冰了，我们原本的计划其实挺好的。"

"湖那边肯定有数不清的鸭子吧？"

"是的，但它们不会一直留在那里的，食物都被冻住了。它们今晚或许就会往南迁移。"

"全都会飞走吗？"

"一些本地长大的鸭子一般不会飞走。只要还有地方没有被冻住，它们就不会飞向南方。"男爵解释道。

"真令人遗憾，这次不能尽兴。"

"对不起，你远道而来，却只打了这么几只鸭子。"

"没什么，我一直都喜欢打猎，"上校说，"我更喜欢威尼斯。"

"是的。"男爵转过身，面对着火堆，一边伸出双手取暖，一边说，"我们都很爱威尼斯。我想你比我们任何一个人都要爱它。"

上校一字一句地说："你知道我多么喜欢威尼斯。"

"是的，我知道。"男爵说。他注视着火堆，没有再说话。过了一会儿，他又说，"我们应该把你的司机叫起来了。"

"他吃饭了吗？"

"他啊？是吃完了就睡，睡醒了又吃，吃完了又接着睡。不过他读了一会儿他带过来的书，书里画着一些插图。"

"噢，那是连环画。"上校说。

"看来我应该多读读这类书，"男爵说，他笑容腼腆，使得整个人看起来有些忧郁。"你可以从的里雅斯特帮我捎几本来吗？"

"当然，你想要多少本都没问题，"上校说，"任何荒诞古怪的故事书我都能给你找来。对了，还有个问题想问你一下，你知道那个替我撑船的猎场看守员是怎么一回事吗？他好像一见到我就露出很大的敌意，这种敌意一直到现在我也能感受到。"

"噢，我想这是由于你穿着军装的缘故。他一看见盟军的军服就会有这种反应。你看，他的'解放意识'似乎有些过头了。"

"请继续说清楚些。"

"好吧。那些摩洛哥人经过这里的时候，他的妻子和女儿都遭到了强暴。"

"我想这时候该给我一点儿酒了。"上校沉默了一会儿说。

"请自便吧，桌上有一些白兰地。"

第四十四章

上校把阿尔瓦里托送到了一栋别墅面前，别墅的院门很气派，还有一条用鹅卵石铺成的车道一直通向里面。因为这栋房子地处偏远，差不多离那些轰炸目标有六英里远，所以才逃过了那场灾难，没有被炸得粉碎。

上校向他辞行，阿尔瓦里托说，他十分欢迎上校随时光临，哪个周末也好，或者是每个周末都来这里打猎也好。

"你真的不进来再坐一坐吗？"

"不用了。现在我得赶回的里雅斯特，请代我向雷娜塔表示问候，好吗？"

"没问题。汽车后座放的是她的画像吧？保管得很不错。"

"是的。"

"我会告诉她的，你不仅枪法精准，而且画像也保管得非常好。"

"别忘了，还有我的爱。"上校嘱咐道。

"是的，还有你的爱。"

"再见，阿尔瓦里托，真的很感谢你。"

"再见，上校。如果我可以和一个上校告别的话。"

"不要再把我当成一个上校了。"

"这可不容易办到。再见，上校。"

"如果发生什么意外的话，请你一定告诉她去'格里迪'取回画像。"上校说，"我想，我没什么其他要说的了。"

"再见，上校。"

第四十五章

　　他们驱车来到公路的时候，天已经渐渐暗了下来。

　　"往左转。"上校说。

　　"那条路不能通往的里雅斯特，先生。"杰克逊说。

　　"让的里雅斯特见鬼去吧，我命令你往左转。难道这世界上通往的里雅斯特的路只有一条吗？"

　　"不是的，先生，我只是想向你指出——"

　　"我不要你给我指出那些乱七八糟的事情，你只管听我的指挥就行了。只要我不说话，你最好保持沉默，不要随便出声。"

　　"好的，先生。"

　　"抱歉，杰克逊。我没有别的意思，我只是想说，我知道我们应该往哪走，我想独自思考一些事情。"

　　"好的，先生。"

　　汽车在公路上疾驰，上校对这条路十分熟悉，他心想，真不错，我出发前答应给格里迪旅店的那些人送几只鸭子，我要给他们四只。这次打到的野鸭实在太少了，没法弄到足够多的羽毛，送给那个年轻人的妻子那么一点点羽毛真是一点儿用处也没有。不过那几只野鸭又大又肥，倒可以让他们好好地享用几顿美餐。噢。我怎么忘记给博比一根香肠了呢？

　　我没有更多的时间给雷娜塔留字条了，可是一张小小的字条，能写下多少我想对她说的话呢？

　　他伸手从衣袋里掏出了一支铅笔和一个便条本，然后打开用来看地图的小照明灯，用那只受过伤的手，仔细地写下了一张简短的便条。

　　"把这个收好，最好是放到你的口袋里，杰克逊，必要的时候就按照上面说的去做。如果发生的情况和描述的一样，这就是我给你的命令。"

"好的，先生。"杰克逊一边答应，一边接过了那张写着备用命令的字条，把它仔细地折叠了起来，放进了军装的左上衣口袋。

现在终于可以放松一下了，上校默默地对自己说。如果说还有什么事值得操心的话，那就是你自己了，但这种事儿要办到的话可真是一种奢望。

你已经不能再对美国军队做什么了，已经不再有一点儿实际用处了。这是再清楚不过的一件事。并且你还对你的姑娘说过了再见，她也对你说了再见。那的确非常简单。

你的枪法一直都那么准，阿尔瓦里托是知道的。是的，就是这样。

所以，你还有什么值得烦恼的事情呢，小伙子？你可不是一个无知的蠢货，明明知道有些事情肯定会发生，并且没有一点儿回旋的余地，却还因此苦恼不堪。这样的事情是我们不希望发生的。

就在这时，他遭到了一次重击，正像在收拾木头圈子的时候猜到的那样。

三次打击就可以去见上帝了，他想，居然还给了我四次。我觉得自己真是个幸运的小伙子。

他又感到一阵猛击。

"杰克逊。"上校问，"你知道托马斯·乔纳森·杰克逊将军吗？

"1861年7月，北方军队向弗吉尼亚发起进攻，杰克逊将军组成了一道坚固的防线，成功阻挡了具有明显优势的敌军部队，从此得到一个有名的绰号石壁。但1863年5月，他在一次和北军的战斗中，不幸被己方的流弹误伤，失去了一条左臂，截肢后又染上了并发症肺炎，最终不幸丧命。在他将要面对死神的时刻，你知道他说了什么吗？那段话我可以一字不差地背下来，这当然值得我夸耀一番。不过报纸上的说法却是这样的：'命令 A. P.

希尔立刻行动。'接着他又神志不清地说了一段胡话，过一会儿又听见他说，'不，不，还是让我们蹚水过河，去树荫下休息一会儿。'"

"听上去真是有趣，先生，"杰克逊说，"那这一定就是说的'石壁杰克逊'了。"

上校正要回答，却一下子顿住了，他感到了第三次猛烈的撞击，一阵铺天盖地的剧痛来势汹汹地向他袭来，他知道自己撑不下去了。

"杰克逊，"他努力控制住自己，缓了一口气对司机说，"现在请你把车停到路边，然后关掉停车的指示灯。你认识从这儿到的里雅斯特去的路吗？"

"认识，先生。我有一张地图。"

"非常好。现在我必须坐到这辆该死的汽车后座上去了。"

这是上校在这个世界上说的最后一句话。但是在这之前，他还是顺利地坐到了汽车的后座，而且还仔细地关好了车门，他做事一向很稳妥。

杰克逊等了一会儿，看到上校已经坐好了，就打开大车灯，借着灯光，沿着路边的沟渠慢慢地把车子开到一条两旁栽满柳树的道路上。他一边轻踩油门缓慢前行，一边仔细地寻找那个拐弯的岔道口。终于找到了那个岔道口，他小心地把车转了进去。车子顺着右边的车道朝南一路疾驰，到了一个交叉路口，然后转到直达的里雅斯特的公路上。他靠路边停下车子，打开车里供司机看地图的灯，拿出了那张写着命令的便条，上面写着：

如果我死了，请把我放在车上的一幅包好的画像和两支猎枪送到威尼斯的格里迪旅馆，那里自然会有合法的认领者去认领。落款是：美国陆军上校理查德·坎特韦尔。

"他们一定会通过那些正式而又复杂的手续将这些东西都交到继承者手里的。"杰克逊想着，便给车挂上了挡，又开始了新的征程。